06/2500

Über 40 Jahre
Heyne Science Fiction
& Fantasy

2500 Bände
Das Gesamt-Programm

SCIENCE FICTION

Herausgegeben
von Wolfgang Jeschke

Weitere Auswahlbände aus
THE MAGAZINE OF FANTASY AND SCIENCE FICTION
erschienen als Heyne-Bücher:

Saturn im Morgenlicht (06/3011/214)
Das letzte Element (06/3013/224)
Heimkehr zu den Sternen (06/3015/236)
Signale von Pluto (06/3017/248)
Die Esper greifen ein (06/3019/260)
Die Überlebenden (06/3021/272)
Musik aus dem All (06/3023/286)
Irrtum der Maschinen (06/3025/299)
Die Kristallwelt (06/3027)
Wanderer durch Zeit und Raum (06/3031)
Roboter auf dem Kriegspfad (06/3053)
Die letzte Stadt der Erde (06/3048)
Expedition nach Chronos (06/3056)
Im Dschungel der Urzeit (06/3064)
Die Maulwürfe von Manhattan (06/3073)
Die Menschenfarm (06/3081)
Grenzgänger zwischen den Welten (06/3089)
Die Kolonie auf dem 3. Planeten (06/3097)
Welt der Illusionen (06/3110)
Mord in der Raumstation (06/3122)
Flucht in die Vergangenheit (06/3131)
Im Angesicht der Sonne (06/3145)
Am Tag vor der Ewigkeit (06/3151)
Der letzte Krieg (06/3165)
Planet der Selbstmörder (06/3186)
Am Ende aller Träume (06/3204)
Das Schiff der Schatten (06/3219)
Stürme auf Siros (06/3237)
Der verkaufte Planet (06/3255)
Planet der Frauen (06/3272)
Als der Wind starb (06/3288)
Welt der Zukunft (06/3305)
Sieg der Kälte (06/3320)
Flug nach Murdstone (06/3337)
Ein Tag in Suburbia (06//3353)
Ein Pegasus für Mrs. Bullit (06/3369)
Traumpatrouille (06/3385)
Der vierte Zeitsinn (06/3402)
Reisebüro Galaxis (06/3418)
Stadt der Riesen (06/3435)
Der Aufstand der Kryonauten (06/3454)
Insel der Krebse (06/3470)
Das Geschenk des Fakirs (06/3486)
Wegweiser ins Nirgendwo (06/3502)
Ein Affe namens Shakespeare (06/3519)
Tod eines Samurai (06/3537)
Frankensteins Wiegenlied (06/3553)
Cagliostros Spiegel (06/3569)
Jupiters Amboß (06/3587)

Die Cinderella-Maschine (06/3605)
Katapult zu den Sternen (06/3623)
Altar Ego (06/3642)
Die Trägheit des Auges (06/3659)
Lektrik Jack (06/3681)
Sterbliche Götter (06/3718)
Jeffty ist fünf (06/3739)
Eine irre Show (06/3811)
Das Zeitsyndikat (06/3845)
Fenster (06/3966)
Gefährliche Spiele (06/3899)
Terrarium (06/3931)
Das fröhliche Volk von Methan (06/3946)
Cyrion in Bronze (06/3965)
Im fünften Jahr der Reise (06/4005)
Dinosaurier auf dem Broadway (06/4027)
Mythen der nahen Zukunft (06/4062)
Nacht in den Ruinen (06/4099)
Willkommen in Coventry (06/4127)
Kryogenese (06/4169)
Der Drachenheld (06/4208)
Der Zeitseher (06/4265)
Der Schatten des Sternenlichts (06/4315)
Sphärenklänge (06/4389)
Die Wildnis einer großen Stadt (06/4438)
Reisegefährten (06/4485)
Volksrepublik Disneyland (06/4525)
Die Rückkehr von der Regenbogenbrücke (06/4574)
In Video Veritas (06/4621)
Die Lärmverschwörung (06/4673)
Mr. Corrigans Hommunculi (06/4734)
Der Wassermann (06/4786)
Der magische Helm (06/4836)
Hüter der Zeit (06/4888)
Cyberella (06/4936)
Ebenbilder (06/5004)
Johnnys Inferno (06/5049)
Invasoren (06/5113)
Der letzte Mars-Trip (06/5166)
Ein neuer Mensch (06/5289)
Ansleys Dämonen (06/5341)
Die Untiefen der Sirenen (06/5429)
Die Halle der neuen Gesichter (06/5511)
Der dreifache Absturz des Jeremy Baker (06/5649)
Der Lincoln-Zug (06/5892)
Der Dunkelstern (06/5934)
Der Tod im Land der Blumen (06/5980)
Werwolf im Schafspelz (06/6314)

sowie der große Sonderband:
30 Jahre Magazine of Fantasy and Science Fiction, hrsg. von Edward L. Ferman
(06/3763)

Werwolf im Schafspelz

*Eine Auswahl
der besten Erzählungen*

aus

THE MAGAZINE
OF FANTASY AND SCIENCE FICTION

99. Folge

Zusammengestellt von
RONALD M. HAHN

Deutsche Erstveröffentlichung

WILHELM HEYNE VERLAG
MÜNCHEN

HEYNE SCIENCE FICTION & FANTASY
Band 06/6314

Deutsche Übersetzungen von
Cecilia Palinkas,
Horst Pukallus, Manfred Weinland

Das Umschlagbild malte Stefan Theurer

Redaktion: Werner Bauer
Copyright © 1996, 1997 by Mercury Press, Inc.
(Einzelrechte jeweils am Schluß der Erzählungen)
Copyright © 1999 der deutschen Übersetzungen
by Wilhelm Heyne Verlag GmbH & Co. KG, München
Printed in Germany 1999
Umschlaggestaltung: Atelier Ingrid Schütz, München
Technische Betreuung: M. Spinola
Satz: Schaber Satz- und Datentechnik, Wels
Druck und Bindung: Elsnerdruck, Berlin

ISBN 3-453-14985-8

INHALT

M. Shayne Bell
NEUE, HELLE HIMMEL — 7
(BRIGHT, NEW SKIES)

Brian Stableford
DIE FLÖTEN DES PAN — 31
(THE PIPES OF PAN)

Michael Coney
WERWOLF IM SCHAFSPELZ — 68
(WEREWOLVES IN SHEEP'S CLOTHING)

Jack Cady
KILROY WAR HIER — 119
(KILROY WAS HERE)

Stephen Dedman
NIE MEHR GESEHEN, IM TRAUM NUR MEIN — 201
(NEVER SEEN BY WAKING EYES)

Robert Reed
GRAFFITI — 241
(GRAFFITI)

M. Shayne Bell

NEUE, HELLE HIMMEL

Als meine Brille zerbrach, brachte ich sie in den Laden für UV-Schutz, der im Damm gegenüber dem World Trade Center eingelassen ist. Die Rollcontainer von zwei sibirischen Frachtern, die hinter dem Geschäft angedockt hatten, um ihren Weizen zu löschen, ragten über die Dammkrone hinaus, und ich konnte nicht aufhören, sie zu betrachten, weil sie mich an die Zeit erinnerten, als Amerika sein Getreide noch in mein Heimatland Sibirien exportiert hatte, nicht umgekehrt. Wann immer Mutter amerikanischen Weizen ergattern konnte, hatte sie ihn in aller Herrgottsfrühe zu Brot verbacken und mich und meine fünf Brüder angelacht, wenn das die Wohnung durchziehende Aroma uns aus den Betten getrieben und – noch ganz verschlafen die Augen reibend – in die Küche hatte stürmen lassen. »Wohin wird dieses Land wohl driften«, hat sie dann jedesmal gemurmelt, »wenn das Brot des Kapitalismus sogar unsere jüngsten Kommunisten aus ihren Betten lockt?«

Aber das war vor langer Zeit gewesen.

»Lady, entweder Sie entschließen sich, in den Laden zu gehen, oder Sie räumen den Bürgersteig.«

Ein Fremder mit hoher Stimme. Ich war sicher, einen Mann vor mir zu haben, obwohl ich nicht unter seine Umhangkapuze sehen konnte, um letzte Gewißheit zu erlangen, und sein New-Jersey-Akzent nicht mehr als seine Heimat verriet.

Ich fuhr nicht einmal zusammen, als er mich so plötzlich ansprach. Wenn man sich ständig mit den Geheimnissen seiner Umwelt und der Biologie beschäftigt, lernt man zwangsläufig, seine Gefühle unter Kontrolle zu halten, zu beobachten und das, was einem Angst einflößen *könnte* – oft auch nur neugierig macht –, zu analysieren und aufzuzeichnen.

Die Biologie hat mich viele Male aus meiner Ruhe aufgeschreckt, aber das Fürchten gelehrt hat sie mich nur ein einziges Mal, vor noch gar nicht langer Zeit.

Dieser Mann jedenfalls schaffte es nicht, mich zusammenzucken zu lassen. Ich zog das Tuch um meine Schultern enger, ging auf den Laden zu und behielt den Mann auf dem Gehsteig im Auge, achtete auf jede noch so leise Bewegung, um rechtzeitig zu bemerken, ob er sich mir nähern wollte. Gleichzeitig sprach ich mir Mut zu, daß ich mich in einer der besseren Gegenden New York Citys aufhielt. Vor üblen Überraschungen sollte ich hier eigentlich sicher sein.

Aber eine andere Stimme in mir hob hervor, daß es trotzdem *New York* war, nicht Irkutsk, daß ich mich nicht mehr in der Polarregion aufhielt und die Uhren hier in vielem anders ticken als dort, wo ich zu Hause war. Garantien gab es nicht. Auch die Klima-Konferenz, an der ich mit einem eigenen Vortrag teilgenommen hatte, war schließlich gescheitert, und in einer Welt, in der solches trotz der schrecklichen Beweislast jenseits der Türen des Konferenzsaales passierte, war alles möglich. Alles.

Beim Öffnen der Ladentür bimmelten Glöckchen; drinnen erwartete mich Kühle. Der Mann folgte mir nicht.

Während ich die Tür wieder schloß, spähte ich hinaus. Er stand da und erwiderte meinen Blick. Der Sonnenschein brach sich auf der Brillenverglasung unter seiner Kapuze. Es war ausreichend Platz vorhanden gewesen, daß er um mich herum gekommen wäre, deshalb war mir schleierhaft, was ihn veranlaßt hatte, mich mehr oder weniger vom Gehweg scheuchen zu wollen. Vielleicht gehörte er einer dieser Sekten an, die ihre Frauen hinter verschlossenen Türen hielten, damit ihre Haut keinen Schaden nehmen konnte, und er war einfach der Meinung, auch ich sollte mich nicht im Freien aufhalten.

»Womit kann ich Ihnen dienen?« fragte eine Ladenangestellte mit Greenwich Village-Akzent undeutlich hinter ihrem Schleier hervor. Sie stand im Halbdunkel auf der anderen Seite des Verkaufstresens.

Für einen kurzen Moment überlegte ich, ob ich sie bitten sollte, die Polizei zu rufen, doch verwarf ich den Gedanken und entschied mich, die Sache auf sich beruhen zu lassen. Der Mann da draußen mochte ein religiöser Fanatiker sein, aber kein Perverser, und ein Taxi mit drei Insassen würde mir dieselben Dienste leisten wie die Polizei, falls ich Probleme bekommen sollte, diesen Ort wieder zu verlassen – eines dieser Luxusgefährte mit Chauffeur *und* Bodyguard, der bewaffnet auf dem Beifahrersitz mitfuhr und dessen Gewehr die Amis hier gern als den *dritten* Chauffeur bezeichneten.

Plötzlich fiel mir ein, daß der Mann auch vorhaben konnte, mir zu folgen, um herauszufinden, wohin ich mich von hier aus wenden würde. Das Schlimmste, was dann passieren konnte, war, daß noch mehr der leitenden Angestellten mich finden und mit mir zu sprechen versuchen würden. Sie würden mir ein Vermögen für das bieten, was ich entdeckt hatte, als ob mir daran etwas gelegen hätte – mir, die ich aus Sibirien stammte; eine Frau, die sich nur allzugut an ihre altmodische, kommunistische Mutter erinnerte und wußte, daß sie sich für sie geschämt hätte, wenn sie ein solches Angebot angenommen hätte!

Meine Entdeckung war ohnehin nicht in Geld aufzuwiegen – sie betraf das Augenlicht der Tiere. Denn ich allein – ja doch, ich! – besaß den Schlüssel, um der weltweit grassierenden Erblindung sämtlicher Arten Einhalt zu gebieten ...!

Und dennoch hatte ich mich noch nicht dazu durchringen können, meine Entdeckung bekanntzumachen. Ich müßte jede einzelne Gattung für immer verändern, um ihr die Sehkraft zu retten – es ging nur auf genetischem Weg. Die Anpassung würde die Welt, wie wir sie kannten, zerstören – aber nur ein neuer Schöpfungsakt konnte das Überleben der Welt sicherstellen.

Über solche Gedanken und Möglichkeiten durfte nicht mit Geld entschieden werden. Wenn ich mich entschließen würde, das, was sich hinter meiner Entdeckung verbarg, zu realisieren, müßte dies im Konsens mit einer Firma geschehen, von der ich überzeugt war, daß sie das Werkzeug, das sie durch mich erhielte, gut nutzen würde – und schnell, und daß die entwickelten Verfahrenstechniken billig von anderen zu erwerben wären. Letzteres hätte den Stolz meiner kommunistischen Mutter geweckt.

»Womit kann ich Ihnen dienen?« fragte die Verkäuferin erneut und dieses Mal mit ehrlicher Besorgnis in der Stimme.

Ich genoß ihre Fürsorglichkeit.

»Mit ...«, setzte ich an, hielt aber inne, weil mir klar wurde, daß heute ein trefflicher Tag war, um sich Sorgen zu machen. Ein idealer Tag für das nackte Entsetzen. Denn auf dem Tresen vor der Angestellten stand ein präparierter Pinguin, der eine Xavier-Briggs-UV-Schutzbrille trug und dabei lächelte, als fühlte er sich auf der Glasplatte so glücklich wie auf einer Eisscholle, und alles, was ich tun konnte, war, ihn unverwandt anzustarren. Ich hatte keinen Pinguin mehr gesehen – weder lebendig noch ausgestopft –, seit ich der Arktis vor einem knappen Jahr den Rücken gekehrt hatte. »Wer hat dem armen Pinguin das angetan?« fragte ich, und es war unnötig hinzuzufügen: einem der letzten Pinguine überhaupt!

»Er ist ja nicht echt. Fühlen Sie doch, fassen Sie ihn ruhig an. Es ist ein Imitat. Irgend so eine Marketing-Masche – haben Sie nicht die Fernsehwerbung gesehen? Aber die Fälschungen heutzutage sehen verdammt echt aus, da gebe ich Ihnen recht ...«

Ich nickte, mußte mich regelrecht zwingen, den Blick von dem Pinguin zu lösen, und zog meine kaputte Schutzbrille aus der Innentasche meines Umhangs. Als nächstes streifte ich meine Kapuze zurück, nahm die geliehene Brille ab und fuhr mit den Fingern durch mein Haar. Meistens vergaß ich, die Kapuze überhaupt abzuziehen, wenn ich einen Laden betrat, obwohl ich nicht immer in solcher Eile war.

»Ist es eine reine Schutzbrille, oder reguliert sie eine Sehschwäche?« fragte die Verkäuferin.

»Reiner Schutz. Meine Augen sind noch gut genug.«

»Sie Glückliche. Wenn wir ein Rezept anfordern müssen, kann das bis zu einer Stunde dauern ... Hier, verschaffen Sie sich einen Überblick über unser Angebot an vorrätigen Modellen. Probieren Sie ohne Scheu aus, was Ihnen gefällt ...«

Ich schlenderte an dem Regal mit Schutzbrillen entlang und fragte mich, ob sie ›*Sie Glückliche*‹ gesagt hatte, weil ich nicht auf ein Rezept warten mußte, oder ob es sich auf die Gesundheit meiner Augen bezogen hatte. Mein Blick schweifte zur Tür. Der Mann stand immer noch draußen auf dem Gehsteig und starrte in den Laden herein. Wenn er für Xavier-Briggs arbeitete oder irgendeine andere Firma ihn angestellt hatte, um sich an meine Fersen zu heften – und wenn ich dafür stichhaltige Beweise fand –, würde ich ihn und seine Auftraggeber verklagen.

Ich ging an Schutzbrillen vorbei, die mit Diamanten besetzt waren, und anderen, die in fluoreszierendem Orange und Grün leuchteten. Aber ich suchte keinen Firlefanz, sondern eine Brille, die gut verarbeitet war, nicht mehr und nicht weniger.

Die freundliche Angestellte trat neben mich. »Soll ich die Polizei rufen wegen dem Kerl da draußen? Belästigt er Sie?«

»Wenn ich das wüßte«, antwortete ich. »Er scheuchte mich vom Bürgersteig. Vorher habe ich seine Stimme noch nie gehört. Ich habe ein gutes Gedächtnis für Stimmen, müssen Sie wissen. Nein, ich kenne ihn nicht. Trotzdem steht er da und starrt unentwegt zu uns herein...«

»Ich rufe die Polizei.«

Sie alarmierte sie von einem Wandtelefon hinter der Kasse aus, ging dann zur vorderen Ladentür und schloß sie ab. »Sie kommen gleich«, sagte sie.

Der Mann draußen ließ uns nicht aus den Augen.

»Es tut mir sehr leid«, sagte ich. »Wenn ich gewußt hätte, daß mein Besuch Ihnen das Geschäft verdirbt...«

»So etwas passiert«, wiegelte sie achselzuckend ab. »Aber Ihr Akzent... Stammen Sie aus Sibirien?«

Sie spielte also auch dieses Spiel: Akzente entlarven. Ich spielte es schon, seit ich meine Gastprofessur an der Columbia-Universität absolviert hatte und mir auf diese Weise mit Freunden aus der Heimat die Zeit vertrieb. Damals versuchten wir, soviel wie möglich über eine Person nur über deren Stimme herauszufinden – was gar nicht unpraktisch war, seit sich alle Welt mit Schutzaccessoires vor der Sonne versteckte.

Stimmen verraten viel mehr über Menschen, als ich mir früher vorstellen konnte. Ob ein Mann dick war, eine Frau den Hang zur Magersüchtigkeit besaß, sogar ob jemand zu Hautkrebs tendierte – all dies erfuhr ich schon aus der Stimme der jeweiligen Person. Meine Mutter erhob für sich sogar den Anspruch, sagen zu können, welche *Art* von Hautkrebs in den Leuten wucherte, dabei verließ sie sich ausschließlich auf Bemerkungen, die die Betroffenen über andere Dinge verloren.

»Ja, ich bin Sibirierin«, sagte ich. »Aus Irkutsk.«
»Sie kamen zu der Konferenz?«
Ich nickte.
»Was ist Ihr Fachgebiet?«
»Ökosysteme – und wie sie sich der veränderten Umwelt anpassen.«
»Verstehe, das erklärt auch, warum der Pinguin Sie so stört. Sie selbst passen sich den sich ändernden Gegebenheiten wohl nicht an?«
»Ich würde nie etwas kaufen, was von Xavier-Briggs hergestellt wurde«, bestätigte ich indirekt ihre Frage und warf einen Blick zurück auf den Pinguin mit der Schutzbrille, der auf dem Tresen stand. Mein ganzes Leben lang hatte ich über das Thema der Anpassung doziert, mit allen möglichen Leuten über alle erdenklichen Arten von Anpassung diskutiert. Ich ging weiter und betrachtete die Schutzbrillen. Manche hatten kleine goldene Kreuze an den Einfassungen, die mich an die kunstvolle schmiedeeiserne russisch-orthodoxe Kirche in der Nähe des Hauses meiner Mutter erinnerten und daran, wie ich mit ihr über die Problematik der kirchlichen Anpassung gesprochen hatte. Die Kommunisten hatten das Kirchengebäude zu einem Museum gemacht, und meine Mutter war auch noch stolz darauf. Einige Male hatte sie mich in der Vergangenheit dorthin geschleppt, um mit mir Ausstellungen zu besuchen. Kunst, die ihren privaten Besitzern nach der Revolution weggenommen worden war und nun der Öffentlichkeit zugänglich gemacht wurde.

Eines Morgens waren wir so früh, daß der Kurator

gerade erst die Tür aufgeschlossen hatte und wir ihn noch auf der Außentreppe trafen. Er kratzte Wachs von den Stufen, entfernte die Reste von Kerzen, die während der Nacht abgebrannt waren. »So ein Dreck«, fluchte er, während er damit beschäftigt war. »Man sollte sie alle ...«

»Wen?« fragte ich mit kindlicher Stimme und Naivität.

Meine Mutter starrte mich aus Augen an, die zu ganz kleinen Schlitzen zusammengekniffen waren. »Die Abergläubigen in unserer Gemeinschaft, die nicht damit aufhören wollen, hier zu beten.«

»Warum hören sie nicht auf?« hatte ich gefragt. »Es ist doch nur noch ein Museum. Warum entzünden sie Kerzen auf den Treppenstufen?«

»Weil ihnen dieser Ort heilig ist, ganz egal, wie wir ihn heute nennen«, hatte der Kurator eingeworfen, die Kerzen mit einer Schaufel zum Mülleimer befördert und uns nachgeschaut, als wir alle hineingegangen waren. Ich grübelte lange, ohne zu wissen, wer sie waren, über jene Leute nach, die immer noch versuchten, hier draußen auf den Stufen das zu tun, wofür die Kirche vor langer Zeit einmal erbaut worden war, und während ich so über sie und ihre Beweggründe nachsann, schossen mir Tränen in die Augen. Mutter führte mich ins Freie, wo wir uns auf die Stufen setzten und ich versuchte, mein Weinen und meine Traurigkeit zu unterdrücken. Es gab immer noch Wachsflecken neben meinen Schuhen. Ich beugte mich vor, um sie mit der Hand ins Gras zu kehren.

Meine Mutter war kein bißchen ärgerlich wegen meiner Gefühlsduselei. »Viele Menschen haben geweint, als wir diesen Ort in ein Museum umwandelten«, sagte sie. »Aber damals war ein neues Zeitalter über uns hereingebrochen, und wir alle waren gezwungen, uns daran anzupassen. Die Leute, die diesen

Ort heute noch als ihre Kirche verehren, wollten sich nicht freiwillig umstellen, sie mußten zu ihrem eigenen Wohl gezwungen werden, sich anzupassen. Solch ein Zwang mag zunächst schmerzhaft sein, aber das vergeht. In der nächsten Generation wird niemand mehr, wenn er diesen Ort betritt, an etwas anderes denken als an ein Museum.«

Trotz dieser Worte hatte ich danach damit begonnen, mein Leben so zu gestalten, daß ich das natürliche Wesen der Dinge, die mich umgaben, respektieren konnte, und darüber hinaus Wege zu finden, dieser natürlichen Welt zu helfen, zu überleben, wie sie war. Ich wollte nicht unterstützen, daß man sie vergewaltigte, damit sie sich den neuen Gegebenheiten anpaßte.

Aber ich war mit meinen Idealen gescheitert. Ich hätte nur meiner Mutter Glauben schenken müssen, dann hätte ich schon damals erkannt, daß all mein Bemühen als Fehlschlag enden würde.

»Wie finden Sie dieses Modell?« Die Verkäuferin hielt mir eine Schutzbrille mit winzigen Aquarien entgegen, die in die Stege eingebaut waren. Hinter getöntem Glas schwammen kleine blaue Fische.

»Wir importieren sie aus Taiwan«, fügte sie hinzu.

Ich nahm sie in die Hand und fragte: »Wie füttert man die Fische?«

»Man kann die Deckel öffnen, hier.« Sie öffnete eine der Abdeckungen für mich und verschloß sie auch wieder. »Die Schutzbrille gibt es im Set mit einer Futterdose.«

Ich probierte sie an und betrachtete mich im Spiegel. Die Brille stand mir überhaupt nicht zu Gesicht, aber immerhin war sie originell. »Wieviel kostet sie?« fragte ich.

»Vierhundertsiebenundneunzig Dollar, einschließlich der Steuer.«

Ich nahm die Brille wieder ab und gab sie zurück.

»Das, was ich suche, muß etwas aushalten«, sagte ich. »Eine Arbeitsschutzbrille.«

»Wir führen einige Schweizer Modelle, die das Richtige für Sie sein dürften.«

Sie dirigierte mich tiefer in den Laden, wo das Rauschen des Hafenwassers hörbar war, auch der gedämpfte Lärm, mit dem eines der sibirischen Frachtschiffe entladen wurde. Wir befanden uns fünfzehn Fuß unter dem neuen Meeresspiegel. Ich berührte die Wand. Sie war kühl, aber nicht feucht.

Die angepriesene Schutzbrille gefiel mir ausgezeichnet. Der schwarze Rahmen war überaus stabil, die Linsen kratzfest. »Die nehme ich«, entschied ich. Im selben Moment klopfte jemand an die Tür. Wir blickten beide in die Richtung. Draußen standen drei Männer in dunklen Anzügen, die ich für Kundschaft hielt.

»Ich komme gleich zu Ihnen an die Kasse«, sagte die Verkäuferin und eilte an mir vorbei nach vorne, um die Tür aufzuschließen.

Ich ging mit der Brille, für die ich mich entschieden hatte, zur Kasse und wurde dort erneut mit dem Pinguin konfrontiert. Ich konnte mir nicht helfen, ich fand ihn abscheulich – gerade *weil* er so echt und so albern mit seiner Brille aussah. Ich war versucht, ihn anzufassen, um mich zu vergewissern, ob er nicht doch echt war.

»Sie könnten sämtliche Arten retten, nicht wahr?« fragte die Angestellte, die jetzt zu mir zurückkehrte.

»Wie meinen Sie das?« fragte ich unbehaglich.

Die Männer in ihren Schutzanzügen waren ihr gefolgt, und auch der Mann mit dem Jersey-Akzent war bei ihnen, und plötzlich wußte ich es: Es waren Firmenvertreter, wahrscheinlich von Xavier-Briggs. Ich fragte mich, was als nächstes passieren würde. Auf das Eintreffen der Polizei brauchte ich nicht länger zu warten. Die Verkäuferin hatte sie vermutlich nie alarmiert. Ihr Anruf hatte diesen Männern hier gegolten.

»Warum unternehmen Sie nichts, um die Pinguine zu erretten, obwohl Sie es könnten?« wollte die Frau von mir wissen.

»Ich müßte sie erst vernichten, in etwas *völlig anderes* verwandeln, wollte ich sie – wie Sie es ausdrücken – *er*retten«, erwiderte ich. »Und ich habe meine Zweifel, ob es das wert wäre.«

»Nachtsichtige Augen und auf die Dunkelheit abgestimmte Biorhythmen würden die Arten vor dem Aussterben bewahren«, mischte sich einer der Männer ein.

»Nein«, widersprach ich. »Die Pinguine, die wir kennen, würden trotzdem aussterben. Ich würde lediglich eine neue Kreatur auf ihren Grundlagen erschaffen.«

»Dann *könnten* Sie es also tun.«

Sie trickten mich aus. Ich hatte schon zu viele Worte über das verloren, was ich zu tun imstande *wäre*, aber noch zögerte, in die Tat umzusetzen.

Ich legte die Schutzbrille auf die Verkaufstheke zurück.

»Schon gut, sie gehört Ihnen.« Die Verkäuferin schob sie mir zurück. »Sie können von uns haben, was Sie wollen.« Plötzlich hielt sie wieder die taiwanesische Brille mit den lebenden Fischen in der Hand und wollte mir auch diese zuschieben. »Bei Ihnen hätten es die Fische gut, das weiß ich«, sagte sie.

Ich hatte weder vor, die Brillen noch irgend etwas anderes anzunehmen, um mich damit kaufen zu lassen.

»Nur die Arten, die in der Lage sind, sich anzupassen, werden überleben – und nicht alle, ohne die wir uns ein Leben nicht vorstellen können, werden das aus eigener Kraft schaffen«, sagte die Frau. »Wir müssen ihnen *helfen*.«

Und Milliarden an den Verfahren verdienen ...

Ich hörte dergleichen nicht zum ersten Mal.

Meine kommunistische Mutter hatte mich ein knappes Jahr, nachdem die Sowjetunion aufgehört hatte zu existieren und es keine Hoffnung gab, daß die alten Verhältnisse je wieder zurückkehren würden, angeschaut und mir erklärt, daß die einzigen Leute, die eine Chance zu überleben haben würden, diejenigen sein würden, die sich dem Kapitalismus anpaßten.

»Anpassen!« Ich spie ihnen das Wort förmlich ins Gesicht. »Sie erwarten, daß ich meine Entdeckung dafür verwende, um die Natur der Welt zu befähigen, sich der Häßlichkeit und Hoffnungslosigkeit anzupassen, die das ungehemmte kapitalistische Denken Ihrer Konzernbosse gesät hat! Und *daran* wird sich nichts ändern, oder? Sie sind völlig außer Kontrolle – und werden es bleiben! Alles, was ich tun könnte, wenn ich mit Ihnen kooperieren würde, wäre, das *Leiden* der Arten zu verlängern.«

»So denken Sie doch nicht wirklich«, hielt die Frau dagegen. »Der ausgestopfte Pinguin machte Sie schon sprachlos. Und kamen Sie nicht hierher, um eine Brille zum Schutz Ihrer eigenen Augen zu erwerben? Wenn Sie wirklich nicht mehr in einer Welt leben wollten, die möglicherweise auch Pinguine einschließt, die anders sind als die, die wir heute kennen, wäre Ihnen doch längst alles egal, und Sie wären bestimmt nicht hierhergekommen!«

Ich senkte den Blick, schwieg. Diese Frau konnte mehr als Akzente bestimmen. Was für eine absurde Begegnung. Sie versuchten, mich mit den angebotenen Geschenken auf ihre Seite zu ziehen. Diese speziellen Geschenke beinhalteten noch mehr. Aber darüber war noch nicht gesprochen worden. Die Rettung der Arten war bislang das einzige Thema gewesen. Ich stellte fest, daß sie mich neugierig gemacht hatten, was noch hinter dieser Aktion stehen könnte.

»Welche Garantien hätte ich, daß man mir überhaupt erlauben würde, die Augen der Pinguine anzupassen?« fragte ich.

»Wir haben eine Liste von Arten aufgestellt, die zuerst gerettet werden müßten«, sagte die Frau. »Sie dürften solche Tiere, die Ihnen besonders viel bedeuten und noch darauf fehlen, hinzufügen. Wenn wir sofort damit beginnen, Ihr Verfahren zu testen, könnten vielleicht schon im nächsten Frühjahr wieder Kühe auf den Weiden grasen ...«

Bei Nacht, auf zähen Gräsern weidend, die sich angepaßt hatten ... Das saftige Gras früherer Zeiten war schon lange verschwunden.

»Die Pinguine könnten die nächsten sein«, mahnte einer der Männer.

»Wenn Sie wenigstens Gesprächsbereitschaft signalisieren würden?« hielt mir ein anderer vor. »Die Biotechnologie von Xavier-Briggs ist führend. Wir könnten schneller als jeder andere Resultate erzielen. Sie müssen doch selbst den Wunsch haben, die Rettungsmaßnahmen zu forcieren!«

»Ich werde darüber nachdenken«, sagte ich.

»Andere werden irgendwann ohnehin entdecken, was Sie bereits jetzt gefunden haben«, meldete sich jetzt wieder die Frau zu Wort. »Sie sollten handeln, solange Sie noch die Chance haben, die Welt so zu gestalten, wie es *Ihren* Vorstellungen entspricht.«

»Ich brauche Zeit, um über alles nachzudenken«, erwiderte ich. »Lassen Sie mich die Schutzbrille bezahlen und gehen.« Ich zog meine Kreditkarte aus dem Geldbeutel und reichte sie der Frau, von der ich nicht einmal wußte, ob sie eine echte Verkäuferin war, auch wenn sie in dem Job angelernt worden zu sein schien. Mir rieselte es eiskalt den Rücken hinunter, als ich mir bewußt machte, daß ich schon die ganze Zeit observiert worden sein mußte. Meine Verhaltensweise schien sehr vorhersehbar zu sein, sonst wäre ein Arrangement wie dieses, um mich zu treffen und mit mir ins Gespräch zu kommen, kaum realisierbar gewesen.

Die ›Verkäuferin‹ nahm meine Karte und buchte neunundfünfzig sibirische Dollar für die Original Schweizer Schutzbrille von meinem Konto ab. Das Modell aus Taiwan ließ ich unbeachtet auf der Theke liegen und verließ mit meiner neuen Brille den Laden. Niemand bot mir an, mich ein Stück mitzunehmen – ich hätte es auch nicht angenommen. Sie fragten mich auch nicht, wo sie mich finden könnten. Sie wußten, wo.

Ich ging die Straße hinunter und spielte mit dem Gedanken, wie es wäre, die Namen von sechs oder sieben Arten auf eine Liste hinzuzufügen, auf der ohnehin nur Platz für eine Handvoll war, die in der Kürze der zur Verfügung stehenden Zeit gerettet werden konnte – und ich fragte mich, nach welchen Kriterien ich meine Wahl getroffen hätte. Ob ich der Versuchung erlegen wäre, mit den ausgewählten Gattungen ein komplexes Ökosystem aufzubauen – fressen und gefressen werden in der neuen Welt.

Es war stürmisch geworden. Der Wind trieb Staub vom Landesinnern den Hudson River herauf.

Eine halbe Stunde später traf ich mich am Eingang zum Central Park in der 79. Straße mit den drei Konferenzteilnehmern, mit denen ich zusammen den Flug nach New York City unternommen hatte. Gemeinsam gingen wir zum Metropolitan Museum of Arts, um die kontroverse Ausstellung DIE GRÜNEN HÜGEL DER ERDE: LANDSCHAFTSMALEREI VOR DEM OZONRAUBBAU zu besuchen.

Meine Mutter war nie einer der neu aus dem Boden geschossenen politischen Parteien Sibiriens beigetreten. Nach der Auflösung der Sowjetunion gab sie auch niemals wieder ihre Stimme ab. Nachdem ich den Brillenladen verlassen hatte und durch die Straßen New Yorks schlenderte, erinnerte ich mich daran, wie ich einmal vor unserem Haus in Irkutsk gestanden und beobachtet hatte, wie die Leute zur Kirche (zum Museum) gingen, um in einer komplizierten Wahl ihre Stimme für die Kandidaten aus fünfzehn politischen Parteien abzugeben, und daran, daß sich meine Mutter nicht beteiligt hatte. Damals konnte ich das nicht verstehen. Sie hatte mir so oft gepredigt, daß Kommunisten sich erfolgreich mit jeder Gesellschaftsform arrangieren konnten, aber sie selbst wollte sich nicht an neue Gegebenheiten anpassen.

Während ich in solchen Erinnerungen schwelgte, wurde mir plötzlich bewußt, daß sie darin nicht anders war als ich – oder ich ganz genau wie sie war: Wir beide wollten, daß die Welt ewig auf dem Stand blieb, den wir kannten. Die Welt meiner Mutter war kommunistisch geprägt gewesen, deshalb wollte sie nicht, daß sich daran etwas änderte. Nach all diesen Jahren glaubte ich wieder ihre Nähe zu spüren; zu fühlen, wie sie mich beobachtete, während ich durch die Straßen von New York City lief, um mich zu Wort zu melden, und mir war, als würde ich ihre Blicke auf meinem Rücken spüren. Es war ein so starkes Gefühl, daß ich mich einmal sogar umdrehte und auch tatsächlich eine alte Frau hinter mir *sah*, aber es war eine Schwarze, und sie trug einen knöchellangen, dunklen Rock mit einer langärmeligen grünen Seidenbluse und einem Umhang darüber, wie meine Mutter sie nie getragen hätte, weil sie solch modische Kleidung ihr Leben lang kaum in den Geschäften von Irkutsk zu Gesicht bekommen hatte, und wenn doch einmal, nicht das Geld gehabt hätte, sie zu kaufen. Die schwarze Frau lächelte mir freundlich zu, und ich eilte an ihr vorbei weiter.

Mein guter alter Freund Savka Avilova wartete vor dem Eingang zum Park. Savka war unverwechselbar, sogar in seiner Schutzkleidung. Ich ging direkt auf ihn zu. »Nadja, wie konntest du bloß erraten, daß ich es war?« fragte er vorwurfsvoll.

Ich lächelte. »Wo sind die anderen?«

»Drinnen. Komm, wir holen sie.«

Ich blickte zu der schützenden Kuppel hinauf, die den Park überspannte, und schüttelte den Kopf. »Nein.«

Savka packte mich am Arm und zerrte mich auf den Eingang zu.

»Achte auf die Düfte«, sagte er.

Die Luft, die aus dem Park strömte, roch nach jungen, sprießenden Pflanzen, nach Humus, und ein wenig auch nach Flieder, obwohl es nicht die Jahreszeit dafür war.

»Komm mit rein«, sagte er.

»Nein«, wehrte ich erneut ab. »Nähme man die Kuppel weg, würden die Pflanzen darunter sterben. Ich kann daran nichts Schönes finden, aber ich erinnere mich sehr wohl, wie es war, als diese Bäume noch ohne Kuppel wuchsen.«

Savka ließ mich stehen und eilte den anderen hinterher. Ich entfernte mich vom Parkeingang und kehrte dorthin zurück, wo die Luft voller Staub war und nach Abgasen und den Leuten roch, die sich nur einmal die Woche ein Bad leisten konnten, selbst in größter Sommerhitze. An einem Zeitungskiosk kaufte ich das *Time*-Magazin von dieser Woche. Die Titelgeschichte berichtete vom neuesten Stand der Besiedlungsprojekte, die an den Küsten der Antarktis gestartet worden waren, nachdem die Polkappen geschmolzen waren. Ich blätterte nicht gleich die betreffende Seite auf, sondern überflog zuerst einen Bericht über die Unterwasserstädte vor Schweden, die zugehörigen Unterwasserbergwerke und -farmen. Dem Artikel zufolge plante die schwedische Bevölkerung, ins Meer überzusiedeln. Eine Seewassertiefe von mehreren Hundert Fuß bot selbst für hellhäutige Männer und Frauen allerbesten Schutz vor aggressiver UV-Strahlung.

Ich verweilte gerade über einer Reportage, die das Vorhaben beleuchtete, eine Schutzkuppel über ganz Saint Louis zu errichten, als sich eine blinde Frau mit einer Eisenstange, die wohl von irgendeiner verrosteten Maschine abgerissen worden war, über den Gehsteig an mir vorbeitastete.

»... so hungrig und durstig«, sagte sie immer wieder. »Kann mir nicht jemand etwas zu essen besorgen? Ich habe Geld. – So hungrig und durstig ...« Niemand half ihr. Keiner der Straßenhändler verkaufte ihr etwas, noch nicht einmal ein Glas Wasser. Sie setzte ihren Weg tastend über den Bürgersteig fort. »So hungrig und durstig ...« Dem Akzent nach stammte sie aus dem Mittelwesten der Staaten. Vermutlich war sie aus einem aufgegebenen Teil Iowas hierhergekommen.

Ich kaufte ein Hotdog und eine Cola und ging damit zu der Blinden. »Hier ist etwas zu essen und zu trinken ...« Ich sagte ihr, was ich gekauft hatte. Sie griff unbeholfen daran vorbei, so daß ich es ihr in die Hände geben mußte. Sie trug keine Schutzbrille. Sie brauchte keine mehr. Ihre Augen waren von der UV-Strahlung zerfressen, fast weiß, so sehr war die Iris schon gebleicht. Es erinnerte mich an die Augen meiner Mutter, bevor sie an Hautkrebs gestorben war. Meine Mutter hatte mich auch aus solchen verblichenen Augen angesehen und mich gebeten, sie ein letztes Mal an den Baikal-See zu fahren, bevor sie ihn nicht mehr sehen konnte. Wir hatten den Tag auf einem Felsen über dem See verbracht und beobachtet, wie sich Sonne und Wolken im Wasser spiegelten, und als meine Mutter an diesem Tag zu mir sprach, hörte ich zum ersten Mal den Hautkrebs sogar in ihrer Stimme: tief und dunkel lauerte er hinter jedem ihrer Worte.

»Nadja«, rief Savka.

Benommen drehte ich mich um. Savka winkte zu mir herüber. Die beiden anderen waren bei ihm. Ich ließ die blinde Frau stehen und ging ihnen entgegen: Jegor Grigorowitsch, Staatliche Universität von Gomel, Spezialist in der Behandlung fortgeschrittener Hautkrebsarten, Aruthin Zohrab, Staatliche Universität von Nowosibirsk, bekannt für seinen Anteil an der Entwicklung UV-resistenter Weizensorten, und Savka von der Staatlichen Lomonossov-Universität in Moskau, ein Träumer, Theoretiker und gläubiger Verfechter der Theorie, daß der Mensch die zerstörte Ozonschicht selbst wiederherstellen konnte.

»Du hast dich mit der alten Frau unterhalten?« fragte Aruthin.

Ich nickte.

»Hast du heute schon Zeitung gelesen?« fragte Jegor. »Die UN-Kommission für Erblindungen schätzt, daß bereits fünfzig Millionen Menschen in China das Augenlicht verloren haben. Geschätzte weitere hundert Millionen dürften in den nächsten zehn Jahren von diesem Schicksal betroffen werden.«

»Wie kann ein Land sich mit so vielen Behinderten halten?« fragte Aruthin. »Wie werden sie mit ihnen verfahren? Was werden sie *tun*?«

Nichts, dachte ich. Gar nichts.

Ich erinnerte mich an das erste Mal, als meine Mutter und ich einen blinden Chinesen gesehen hatten. Er hatte irgendwie die Grenze passiert und den ganzen weiten Weg bis Irkutsk zurückgelegt, im Herbst vor zehn Jahren. Mutter hatte ihn in unser Haus aufgenommen. Aber von uns sprach niemand ein Wort Mandarin, und er war des Russischen nicht mächtig. Ich bereitete ihm Tee zu und schloß seine Hände um die warme Tasse. Er hielt sie fest und versuchte aufzuhören, weiter vor Kälte zu zittern. Nach dem Abendessen durfte er am Herd schlafen. Dabei hielt er immer noch die Teetasse fest, als wollte er sie nie mehr loslassen. Am Morgen darauf war er verschwunden. Aber mitgenommen hatte er nichts. Sogar die Teetasse stand wieder auf der Tischplatte. Wir gingen ihn suchen, konnten ihn aber nirgends auf den Straßen in der Nähe unseres Haus und auch nicht tiefer in der Stadt finden.

»Das Museum ist dort vorn auf der anderen Straßenseite«, sagte Savka. »Wir müssen uns anstellen.«

Wir näherten uns dem Metropolitan. Leute standen Schlange die Treppe hinunter und noch eine gute Strecke weit entlang dem Gehsteig. Wir waren nicht die einzigen, die sich DIE GRÜNEN HÜGEL DER ERDE anschauen wollten.

»Daß man sich«, sagte ich kopfschüttelnd, »auch noch fünf Monate nach Ausstellungseröffnung anstellen muß ...«

»Die Ausstellung kommt fünfzig Jahre zu früh«, sagte Aruthin. »Die meisten in der Schlange können sich doch noch an die Erde, wie sie einmal war, erinnern. Ich mache das nur mit, weil ich Constables Landschaftsmalerei generell verehre, aus keinem anderen Grund ...«

»Ja, laß uns deinen Constable würdigen«, sagte Jegor. »Vor dem Ozonraubbau wurde Landschaftsmalerei vollkommen unterschätzt.«

Auf diese Art unterhielten sich die beiden weiter. Savka und ich standen hinter ihnen in der Schlange und verfolgten eine Weile, wie sie über Kunst fachsimpelten, während wir uns langsam vorarbeiteten.

»Was hat dazu geführt, daß du aufgegeben hast?« fragte Savka plötzlich ganz ruhig.

»Ich habe nicht ›aufgegeben‹!« fauchte ich. Seine Unterstellung traf mich völlig unvorbereitet und brachte mich auf die Palme. »Ich habe mein Leben dem Studium der biologischen Vielfalt gewidmet und erforsche die Möglichkeiten, wie dieses breite Spektrum auch künftig erhalten werden kann!«

»Das behauptest du und bist nicht einmal bereit, den Park zu betreten, um zu sehen, wie die Vielfalt *dort* erhalten wird?«

Er wußte nicht, was ich wußte. Er war der Ansicht, daß die Kuppel eine gute Sache sei. »Wir besaßen einmal so viel«, antwortete ich Savka. »Und wir haben so viel verloren.«

Eine Weile lauschten wir Jegor und Aruthin, wie sie sich über Kunst ereiferten, und dem Verkehrslärm, der von der Fifth Avenue zu uns herüberdröhnte. Wir schwiegen. Aber ich kannte Savka zu gut, um zu glauben, daß er unseren Disput so enden lassen würde. Dann bemerkte er, daß ich das *Time*-Magazin bei mir trug.

»Du warst doch in der Antarktis«, sagte er. »Wie ist es da?«

»Kalt«, sagte ich.

»*Nur* kalt?«

Wo sollte ich mit meinen Erklärungen anfangen? Er durchschaute mich, wie ich es von ihm gewohnt war. Ich hatte Dinge in der Antarktis gesehen, von denen ich noch nie jemandem das geringste erzählt hatte. »Es gibt dort immer noch ziemlich viel Eis – zumindest erschien es mir so«, sagte ich, »auch wenn das Meer vollkommen eisfrei ist.«

»Wo genau warst du denn?«

»In Mirnyy. Ich war im Sommer dort, als das Eis unbeschreiblich in der Sonne glitzerte. Morgens ist ihr Schein ganz weich, und das Eis sieht dann tiefblau aus – fast violett.«

Wir gingen wieder zwei Schritte, dann sah ich Savka

an und entschied mich, es nicht dabei zu belassen, sondern ihm ungeschminkt zu schildern, was mich in der Antarktis so ... bewegt hatte. Er sollte erkennen, daß ich nicht aufgegeben hatte, auch wenn es mich noch so mitgenommen hatte.

»An meinem ersten Tag dort ging ich hinaus«, begann ich, »um das Meer anzuschauen. Der Morgen war ruhig, absolut windstill. Dann begriff ich, daß es *zu* friedlich war – nicht ein einziger Seevogel jagte nach Fischen. Und zuerst dachte ich, es gäbe überhaupt keine Vögel mehr. Aber es waren immer noch einige da. Auch Pinguine. Als ich am Strand um einen Felsvorsprung bog, sah ich Hunderte von ihnen herumliegen: blind und sterbend! Viele waren schon tot. Der Gestank war fürchterlich. Schon als ich in die Antarktis reiste, war mir bekannt gewesen, daß die Pinguine eine bedrohte Tierart sind. Das Absterben des Phytoplanktons führte zum Aussterben des Krills, von dem sich die Pinguine in der Hauptsache ernährten, und es war kaum mehr etwas zum Fressen für sie da. Aber es wäre mir nie in den Sinn gekommen, daß Pinguine erblinden könnten! Ich hatte die Gründe ihres Artenschwunds falsch interpretiert. Zwei Junge waren gerade geschlüpft, und ich beobachtete, wie sie zur Sonne hinaufschauten und auf die Beine zu kommen versuchten. Dabei konnte ich buchstäblich zusehen, wie sie erblindeten, kaum daß sie ihren Eiern entschlüpft waren!

Ich kniete so, daß ich ihre Köpfe für eine Weile mit meinem Körper beschattete, während ich fieberhaft nach einem Weg suchte, um sie zu retten. Aber die Verfrachtung in einen Zoo war ebenso unmöglich wie der Gedanke, die Jungen auf dem Stützpunkt zu pflegen. Nein, mir blieb keine Wahl, ich mußte sie zurücklassen. Ich stand auf und blickte mich um, inmitten Hunderter sterbender oder bereits verendeter Pinguine, und konnte rein gar nichts für sie tun. Nichts, Savka, nichts ...«

Ich hatte aus meinem *Time*-Magazin eine harte Rolle gefertigt. Nun öffnete ich sie und rollte sie in entgegengesetzter Weise, um die Wölbung wieder herauszukriegen. Ich suchte Halt in dem, was ich mit meinen Händen tun konnte.

»Ihr beiden gebt ein trauriges Paar ab«, sagte Aruthin.

»Wir sind gleich drin«, rief Jegor. »Haltet euer Geld bereit.«

Wir bezahlten unsere Billetts, betraten das Museum und stellten uns in die Schlange vor dem Gemälde mit Namen: DIE GRÜNEN HÜGEL DER ERDE.

Nach einer Weile bat ich Savka und die anderen, mir meinen Platz freizuhalten, und schlug den Weg zur Damentoilette ein. Aber als ich um die nächste Gangbiegung war, setzte ich mich einfach nur auf die erstbeste Besucherbank und betrachtete die Menschenmenge, die hereinströmte, um sich Bilder der alten Erde anzusehen.

Jemand klopfte mir auf die Schulter, und als ich aufblickte, sah ich jemanden in einem Umhang, der sogar hier im Museum seine Schutzbrille aufbehielt. »Wollen Sie hier einfach sitzenbleiben, Lady, oder werden Sie jetzt mit mir kommen, um mit den Leuten von Xavier-Briggs zu reden?«

Es war der Mann mit dem Jersey-Akzent. Aufgrund der Art seiner Berührung war ich nun sicher, es mit einem Mann zu tun zu haben. Ich schrie nicht um Hilfe. Ich machte keine Szene. Ich wurde nicht einmal wütend. Mir war plötzlich klar, daß es an der Zeit war, mit ihnen zu reden, an der Zeit, meine Arbeit aufzunehmen. In seiner Schutzkleidung sah der Mann aus wie ein mittelalterlicher Mönch, der darauf wartete, mir die Beichte abzunehmen. Aber ich hatte nichts zu beichten, außer vielleicht, daß ich müde war; sehr, sehr müde angesichts der Zukunft, die ich mitgestalten würde. Von heute an würde sich die Welt endgültig ändern, und ich würde mithelfen, diesen Wandel zu vollziehen. So hatte ich entschieden.

Ich wußte nicht, was meine Mutter zu diesem Entschluß gesagt hätte. Doch ich war jünger als sie, und vielleicht unterschieden wir uns doch mehr, als ich befürchtete, nun, da ich wieder Partei für eine Sache ergriff – eine Sache, die die neue Welt anging, der ich als Geburtshelfer beistehen würde.

Ich setzte mich gerade, warf die Kapuze meines Umhangs zurück, zog die Schutzbrille ab (wieder einmal hatte ich all das zu tun vergessen, als ich erst einmal drinnen war) und forderte den Mann auf: »Warten Sie draußen auf mich. Ich will mir noch kurz die Bilder ansehen. Dann werde ich mit Ihnen gehen, um mit den Leuten zu sprechen, die Sie geschickt haben.«

Ich versuchte mir nicht vorzustellen, wie er im Schatten seiner Kapuze lächelte.

Dann kehrte ich ihm den Rücken und malte mir statt dessen aus, wie es sein würde, wenn die *Sphenisciformes nocturnalis* auftauchen würden, die Nacht-Pinguine, und wie sie mit ihren großen Eulenaugen und ihren dicken Lidern in der Dämmerung aufwachen und sich ins dunkle Meer stürzen würden. Dort würden sie UV-resistentes Krill finden und sich davon ernähren; Krill, das ich entwickeln würde, falls es mir gelang, und wenn nicht Krill, dann eben irgend etwas Vergleichbares. Ich würde etwas Anpassungsfähiges für sie finden, so daß sie in der Dunkelheit ihrer neuen Welt nicht verhungern mußten.

Ich nahm wieder meinen Platz in der Schlange ein, und etwas später betrachtete ich mit Savka, Aruthin und Jegor Constables Gemälde *Das Wäldchen bei Hampstead* und versank im weichen Sonnenlicht des Bildes.

Wir schlenderten noch an den Werken vieler anderer Landschaftsmaler vorbei, und irgendwo zwischen Frederick Churchs *Herz der Anden* mit den prachtvollen Bäumen und Van Goghs *Ein Kornfeld mit Zypressen* öffnete ich plötzlich mein *Time*-Magazin, blätterte die Stelle auf, wo sich der Artikel über die Antarktis befand, und betrachtete die Abbildungen darin.

In den kommenden Jahren würden Bilder aus der Antarktis ganz anders aussehen. Noch gab es auf diesen keine Pinguine ...

Originaltitel: ›Bright, New Skies‹ • Copyright © 1997 by Mercury Press, Inc. • Aus: ›The Magazine of Fantasy & Science Fiction‹, Juni 1997 • Aus dem Amerikanischen übersetzt von Manfred Weinland

Brian Stableford

DIE FLÖTEN DES PAN

In ihren Träumen war Wendy ein junges hübsches Mädchen, das in einem magischen Wald lebte, wo es niemals regnete und auch nie richtig kalt wurde. Sie ernährte sich von bunten, wildwachsenden Beeren, die so süß schmeckten wie sie aussahen, und alles, was sie sich für die Zukunft ersehnte, war, daß sie auch weiterhin so glücklich hier leben durfte wie bisher.

Es gab noch andere Mädchen in dem Wald aus Träumen, doch untereinander mieden sie sich, als hätten sie kein Bedürfnis nach Gesellschaft. Aber nie waren sie in irgendeiner Form behelligt worden – zumindest nicht, soweit Wendys Erinnerung zurückreichte.

Eines Tages jedoch stürmten Fremde die Bastion der Träume: unheimliche Schattenmänner mit Hörnern über den Augenbrauen und zottelig behaarten Beinen. Sie spielten beunruhigende Melodien auf ihren Flöten, die scheinbar aus Schilfrohr gefertigt waren, aber Wendy kannte – ohne zu wissen, woher sie dieses Wissen nahm oder was es für einen Sinn machte – die schreckliche Wahrheit: Diese Instrumente waren mit Blut besudelt, denn man hatte sie aus den Knochen von *Menschen* gemacht. Und die Musik war nichts anderes als der Atem der verlorenen Seelen ...!

Die Schattenmänner verwandelten die Idylle in einen Alptraum, befleckten alles und stahlen den Bewohnern des Waldes ihre Unbeschwertheit.

Seit der Invasion irrte Wendy mit ängstlich flatterndem Herz von Versteck zu Versteck, denn sie wußte: Wenn die Schattenmänner sie jemals in ihre Finger bekommen würden, konnte sie nur noch versuchen, um ihr Leben zu laufen – rennen, rennen, rennen –, aber ein Entkommen würde es nicht mehr geben. Wo sie sich auch verborgen hätte, das Spiel der Flöten würde sie überall finden.

Und jedesmal, wenn sie danach in eiskalten Schweiß gebadet aufwachte, fragte sie sich, ob nicht auch ihre Eltern unter diesen furchtbaren Traumbildern zu leiden hatten, den Chimären, die Wendy heimsuchten ...

Irgendwie bezweifelte sie es.

Es klopfte heftig gegen die Schlafzimmertür.

»Aufstehen, Schönheit!« Wendys Mutter machte sich gar nicht erst die Mühe, hereinzukommen. Sie brauchte sich nicht zu vergewissern, ob Wendy der Aufforderung Folge leistete. Wendy gehorchte immer; sie war ein braves Mädchen.

Nachdem sie aufgestanden war, entledigte sie sich ihres Nachthemds und setzte sich vor die Ankleidekommode, wo sie sich im Spiegel betrachtete. Das war Teil ihres Morgenrituals, wenn sie real erwacht war. Sie blinzelte, um sich den Schlaf aus den Augen zu vertreiben, und zuckte leicht zusammen, als eine verdrängt geglaubte Sequenz ihres Traums kurz und heftig durch ihr Bewußtsein blitzte.

Wendy konnte nicht mehr sagen, wann genau diese Traumgespinste angefangen hatten. Es mußte bereits begonnen haben, als sie noch nicht genügend Gespür für das Phänomen der Zeit entwickelt hatte. Vielleicht hatte sie auch davor schon geträumt, so wie sie auch vorher allmorgendlich als Reaktion auf das drängende Klopfen gegen die Tür aufgestanden war, aber die Fähigkeit, sich an ihre Träume zu erinnern, hatte sie erst kürzlich herausgebildet. Vielleicht markierte die

Entdeckung dieses Talents ja auch den Moment, da sie ihre kindliche Unschuld ein für allemal verloren hatte.

Es war ihr selbst ein Rätsel, wie sie es geschafft hatte, sich nicht zu verraten, nachdem es begonnen hatte und sie noch nicht ihr jetziges Niveau an Selbstkontrolle erreicht hatte. Vermutlich hatte man den Signalen ihrer Verhaltensänderung keine nähere Beachtung geschenkt. Ihre Eltern hatten sich schon immer darin gefallen, ihr zu sagen, was für ein Glück sie hatte, noch so jung zu sein – und inzwischen mußte sie ihnen in diesem Punkt sogar zustimmen. Mit dreizehn *durfte* man ein bißchen neugierig und sogar mehr als ein bißchen absonderlich sein. Es war sogar in Ordnung, eine Portion Raffinesse an den Tag zu legen, solange man es damit nicht übertrieb.

Es war nicht leicht, Informationen zu erhalten, denn es war riskant, die Systeme des Hauses offen zu befragen, aber immerhin hatte sie in der Zwischenzeit herausgefunden, daß sie seit nun ungefähr dreißig Jahren dreizehn zu sein schien. Dreizehn zu sein steckte ihr im Blut und in den Knochen – nur in der intimen Abgeschiedenheit ihres Verstands verhielt es sich ein wenig anders.

Dort, wo es drauf ankam, war sie schon mindestens vier Monate *nichtmehrdreizehn*.

Wenn es nur ewig mein Geheimnis bleiben könnte, dachte sie, *aber es wird herauskommen. Jeder Tag, der vergeht, bringt mich dem Moment der Wahrheit näher.*

Sie schaute in den Spiegel und forschte in den Linien ihres Gesichtes nach Spuren größerer Reife. Sie hätte schwören können, daß ihr Gesicht etwas schmaler geworden war, ihre Augen ernster blickten und ihr Haar nicht mehr ganz so blond war wie früher. Zum Großteil mochte dies ihrer Einbildung entspringen, aber an einigen Tatsachen ließ sich nicht rütteln. So war sie einen halben Zentimeter gewachsen, und auch ihre

Brüste waren üppiger geworden. Es war also nur eine Frage der Zeit, bis diese Veränderungen der Aufmerksamkeit der anderen nicht länger entgingen, und sobald ihre Umwelt es bemerkte, würde sich die Wahrheit nicht mehr verleugnen lassen. Meßbare Fakten konnten nicht ignoriert werden. Bald würden ihre Eltern die Augen vor der schrecklichen Wahrheit nicht mehr verschließen können.

Ihr Baby wurde erwachsen.

»Hast du gut geschlafen, Liebes?« fragte ihre Mutter, als Wendy am Frühstückstisch Platz nahm. Sie verband keine Hintergedanken damit, es war nur die übliche Floskel, ihre Art, den Tag zu beginnen. Solche Rituale waren Teil von dem, was sie für das *alltägliche Leben* hielten. Auch Eltern hatten offenbar ihre angeborene Programmierung.

»Ja, danke«, antwortete sie sanftmütig.

»Welchen Geschmack bevorzugst du heute?«

»Kokosnuß und Erdbeer, bitte.« Wendy lächelte beim Reden, und ihre Mutter lächelte zurück. Sie lächelte, weil Wendy lächelte. Wendy hatte stets zu lächeln, weil sie ein fröhliches Kind war, aber eigentlich lächelte sie, weil ›Kokosnuß und Erdbeer‹ ein Beweis war, daß sie wählen *konnte,* eine Fingerübung, was ihr Freiheitsbedürfnis anging, das niemand als solches aus ihren Worten erkennen würde.

»Ich fürchte, ich kann dich heute morgen nicht ausführen, Liebes«, sagte ihr Vater, während ihre Mutter die Bestellung eintippte. »Wir müssen auf den Haus-Arzt warten. Die Wassersysteme arbeiten immer noch nicht wieder beanstandungsfrei.«

»Wenn du mich fragst«, meinte Mutter, »ist das Wasserbecken das eigentliche Problem. Seine Leitungswurzeln geben ihr Bestes, aber sie sind zu tief hinab gewachsen. Das ganze System funktioniert nur, solange wir ab und zu einen guten, altmodischen Regenguß bekommen. Unter den lang anhaltenden Dürreperioden leidet der ganze Besitz. Wir sollten ein Treffen einberufen und mehr Druck auf die Landschaftsingenieure ausüben. Ein Wasserbecken zu reparieren sollte heutzutage doch keine Probleme mehr bereiten.«

»An dem Wasserbecken ist nichts kaputt, Liebling«, sagte Vater geduldig. »Es liegt daran, daß unsere Nachbarn dieselben Systeme verwenden wie wir. Bei trockenem Wetter haben die zellterminalen Leitungen im Phloem die Tendenz, zu verkleben. Das dürfte leicht zu reparieren sein – wahrscheinlich bedarf es nicht mehr als ein wenig grundsomatischer Technik, nicht mehr als einer einzelzelligen Vergrößerung des Phloem – aber du weißt ja, wie die Ärzte sind. Sie wählen selten die billige und effektive Behandlung, wenn sie dir etwas Komplizierteres verkaufen können.«

»Was ist Phloem?« fragte Wendy. Sie konnte so viele Fragen stellen wie sie wollte, um ein hohes Level an Altklugheit zu erlangen. Das war ein großer Segen, und sie war froh, keine Achtjährige zu sein. Als solche hätte sie sich auf passive Beobachtung beschränken und mit einem sehr beschränkten Vokabular auskommen müssen. Wenigstens war bei Dreizehnjährigen schon etwas Verstand gefragt.

»Eine Art Pflanzengewebe«, erklärte ihr Vater und ignorierte den beleidigten Blick, den Mutter ihm zuwarf, weil er es gewagt hatte, ihr zu widersprechen. »In etwa vergleichbar mit deinen Venen, nur daß in Pflanzen natürlich Saft und kein Blut zirkuliert.«

Wendy nickte, brachte es aber trotzdem fertig, eine Miene aufzusetzen, als hätte sie die Antwort nicht richtig verstanden.

»Ich werde die Netz-Enzyklopädie befragen«, sagte ihr Vater. »Dann kannst du nähere Details darüber abrufen, während ich mich mit dem Haus-Arzt unterhalte.«

»Sie will bestimmt nicht den ganzen Morgen damit zubringen, das nachzulesen, was die Enzyklopädie über *Phloem* zu sagen weiß«, mischte sich Mutter in gereiztem Ton ein. »Sie soll lieber hinaus an die frische Luft gehen.«

Ihr Einspruch ging über das übliche Morgenritual – wie etwa die Nachfrage, ob Wendy gut geschlafen habe – hinaus. Es klang ehrlich. Wenn Wendys Mutter anfing, über die Bedürfnisse und Wünsche ihrer Tochter zu streiten, flocht sie geschickt ihre eigenen Wünsche und Bedürfnisse ein. Wendy hatte sich die Meinung gebildet, daß diese Vorgehensweise ihrer Mutter deren bevorzugte Methode war, den Vater zu kritisieren. Momentan schien sie ihm heimzahlen zu wollen, daß er – was das Wasserbecken anging – anderer Ansicht als sie war.

Wendy war sich der Ironie bewußt, die darin steckte, daß sie eigentlich *gern* die Enzyklopädie studiert hätte. Es gab so vieles zu lernen, und die Zeit, die einem dafür blieb, war so knapp bemessen ... Vielleicht war ihr Wissensdurst nicht logisch, weil er ihr auch langfristig betrachtet keine Vorteile einbringen würde, aber sie wollte ganz einfach so viel von dieser Welt verstehen, wie es nur möglich war, bevor eines Tages der ›Ernst des Lebens‹ begann und ihre Unsicherheit sie in Alpträume stürzte.

»Schon gut, Mami«, sagte sie. »Wirklich, es ist in Ordnung.« Sie lächelte beide an und bediente sich des überaus verläßlichen Kniffs, sowohl ihren Vater zufriedenzustellen, indem sie sich auf seine Seite schlug, als auch ihre Mutter zu besänftigen, indem sie ihr das Gefühl vermittelte, sich soeben mit der gleichen Heldenhaftigkeit in ihr Schicksal gefügt zu haben, wie es auch ihre Mutter meisterlich praktizierte – und zelebrierte.

Beide erwiderten Wendys Lächeln. Alles war wieder in Ordnung, zumindest für den Augenblick. Obwohl sie Nacht für Nacht die Nachrichten verfolgten, schienen sie sich keine Sorgen zu machen, daß ihrer Tochter in den eigenen Wänden etwas passieren könnte ...

Wendy brauchte nur ein paar Minuten, um hinter die Bedeutung der verschiedenen Icons zu kommen, über die sie Informationen betreffs der Translokation von Pflanzen und der Kernfragen kindlicher Physiologie abrufen konnte. Ihr Vater hatte die Datenfülle für sie im Netz vorab gesichtet. Indem er das Phloem mit ihrem eigenen Stoffwechselsystem und Organismus verglich, versuchte er in ihr ein besseres Verständnis dafür zu wecken. Daß sie eine Weile mehr Gefallen an den Abhandlungen zu kürzlich aufgetretenen Kinderkrankheiten fand, war ihr egal. Sie traute sich zu, jederzeit glaubhafte Ausflüchte erfinden zu können, falls jemand im Log des Netzes nachforschte, wo sie überall herumgesurft war. Obwohl sie im Grunde ausschloß, daß so etwas tatsächlich passieren konnte, vermochte sie die Gedanken an die pure *Möglichkeit* nicht völlig zu unterdrücken – nach ihrem Dafürhalten gab es einfach Dinge, über die man anfing sich Sorgen zu machen, sobald man sich nur den Luxus erlaubte, auf das eigene Gefühl zu hören.

»Ich habe überlegt, ob ich ebenso krank wie die Wurzeln des Hauses werden könnte«, würde sie sich herausreden, falls sie danach gefragt würde. »Ich wollte wissen, ob auch mein Blut bei trockenem Wetter verkleben kann.« Sie war der Überzeugung, alles würde verzeihlich bleiben, solange sie vorgab, das, was sie gelesen hatte, nicht verstanden zu haben, und auch bewußt jede Erwähnung des Wortes *Progeria* vermied. Inzwischen ahnte sie, daß es Progeria war, worunter sie litt, und das letzte, worauf sie es anlegte, war, daß man sie zu einem Kideringenieur schickte, der diese Ahnung bestätigte.

Am häufigsten fragte sie harmlose Dateien zum Themenkomplex Blut ab und verbrachte ihre Zeit damit, vorzugaukeln, Dinge zu studieren, die keine elementare Bedeutung hatten. Wann immer sie aber ein Dokument fand, das sie wirklich brennend interessierte, war sie gewieft genug, es schnell zu überblättern, so daß es – falls doch jemand das Log checkte – den Anschein erwecken mußte, als hätte sie sich nicht die Mühe gemacht, es genauer in Augenschein zu nehmen. Detail-Informationen zu jüngeren Fällen, die das Ausbreiten der Epidemie dokumentierten, wagte sie erst gar nicht aufzurufen, ebensowenig kritische medizinische und politische Stimmen, die den Umgang mit den Opfern beleuchteten.

Es muß wunderbar sein, ein Elternteil zu verkörpern, dachte sie. *Sich nicht mehr darum scheren zu müssen, ob man durchschaut wird oder nicht ... Überhaupt, das ganze Leben muß prima sein!*

Anfangs hatte Wendy noch geglaubt, Vater und Mutter hätten wirklich Sorgen. Wie sie redeten und sich benahmen! Aber seit ein paar Wochen durchschaute sie die Heuchelei, wenn es überhaupt eine war. Denn irgendwie schienen sie tatsächlich zu meinen, sie hätten Sorgen. In Wahrheit handelte es sich wohl eher um eine Gewohnheit, eine Art angeborener Unruhe, die noch von damals übriggeblieben war.

Die Erwachsenen schienen einmal unter echten Ängsten gelitten zu haben, als sie noch davon ausgehen mußten, jung zu sterben, und viele Leute nicht einmal siebzig geworden waren. Wendy nahm an, daß sie sich einfach noch nicht richtig an die eigene und die Veränderung der Welt gewöhnt hatten. Sie wurden die *alten* Gewohnheiten nicht los.

Im Laufe der Zeit würden sie es schaffen.

Aber würden sie dann noch Kinder brauchen, überlegte Wendy, oder würden sie lernen, ganz ohne Nachwuchs auszukommen? Waren Kinder auch nur eine Art von Angewohnheit, ein anderer Ausdruck angeborener Unrast? War die Bedrohung durch die Krankheit gerade rechtzeitig gekommen, um die durchschnittene Nabelschnur, die das Band zwischen dem Menschen und seiner evolutionären Entwicklung symbolisierte, noch einmal zu flicken?

Wir sind nur eine Zwischenlösung, dachte Wendy, während sie die Zusammenfassung einer Abhandlung aus der aktuellen Ausgabe des *Nature* überflog, in der die Progeria-Pathologie behandelt wurde. *Bald wird es für uns keinen Platz mehr geben, und es wird keine Rolle spielen, ob wir nun älter werden oder nicht. Sie werden uns alle verschwinden lassen ...*

Der Artikel stellte die Behauptung auf, daß es nur ein Frage der Zeit war, bis ein Serum zur Immunisierung entwickelt sein würde, obwohl noch nicht einmal geklärt war, ob es solcher Anstrengungen überhaupt bedurfte, um den rasenden Alterungsprozeß in Kindern, die davon betroffen waren, wieder umzukehren.

Wendy wagte es nicht, sich den Bericht selbst oder einen Auszug daraus zugänglich zu machen – eine solche Fährte zu ihren wahren Absichten wäre nicht übersehen worden und ebenso vernichtend gewesen, als hätte sie einen blutigen Fingerabdruck bei einem Mordopfer hinterlassen.

Sie hätte sich gewünscht, eine klarere Vorstellung davon zu haben, ob die neuesten Nachrichten eine positive oder negative Tendenz zeichneten oder ob gerade die langfristigen Prognosen von Bedeutung für sie persönlich waren, nachdem sich bei ihr sowohl physische als auch psychische Symptome etabliert hatten.

Sie wußte nicht, was mit ihr geschehen würde, sobald ihre Eltern ihre Veränderung feststellen und die Behörden verständigen würden. Die Fälle, die ihren Niederschlag in den täglichen Nachrichtensendungen fanden und von denen sie sich einen flüchtigen Eindruck verschaffen konnte, schienen auf keinen gemeinsamen Nenner zu bringen zu sein. Ob dies jedoch zwangsläufig bedeutete, daß es von höchster Stelle noch keine strikte Vorgabe zum Handling des sich immer drastischer ausweitenden Problems gab, blieb unklar.

Zum x-ten Mal fragte sie sich, ob sie ihren Eltern einfach reinen Wein einschenken sollte, was mit ihr passierte, und genausooft fühlte sie die panische Angst bei dem Gedanken in sich aufsteigen, daß sie damit vielleicht alles gefährdete – daß sie vielleicht in die Fabrik zurückgeschickt oder den Wissenschaftlern ausgeliefert werden würde. Ob sich jeder Familienzusammenhalt auflösen und man sie sich selbst überlassen würde.

Aufgrund dieser Überlegungen barg es unüberschaubare Risiken, länger dem Sinn der Rituale nachzujagen, mit denen ihre Eltern ihr begegneten. Und ebenso riskant schien es, weiter herausfinden zu wollen, was wohl geschehen würde, wenn eine Dreizehnjährige nicht mehr länger dreizehn *wäre*.

Noch nicht, warnte die Stimme der Furcht in ihr. *Es ist zu früh. Bleib dran, aber halte dich bedeckt ... Denn wenn sie dich einmal durchschaut haben, wirst du fliehen, fliehen, fliehen müssen, aber ein Entkommen wird es trotzdem nicht geben. Du kannst nirgendwo hin ...!*

Sie kehrte dem Terminal den Rücken und ging die Treppe hinunter, um nachzusehen, welche Arbeit der Haus-Arzt im Keller verrichtete. Ihr Vater schien nicht sehr erfreut darüber zu sein, sie an diesem Ort zu sehen, vielleicht, weil er gerade versuchte, den Arzt von seiner selbst zurechtgeschusterten Diagnose zu überzeugen und ihm dessen eigene Recherche mißfiel, mit der er sich beschäftigte, statt das ›Expertengespräch‹ in Gang zu halten, und so ließ sie die beiden allein, um sich für ein Weilchen mit ihren Spielsachen zu beschäftigen. Damit vertrieb sie sich immer noch gern die Zeit – und vielleicht war das, in Anbetracht der Dinge, nicht einmal das Schlechteste.

»Wir könnten jetzt eine Weile nach draußen gehen«, sagte ihr Vater, als der Haus-Arzt wieder gegangen war. »Möchtest du im Garten Ball spielen?«

»O ja, bitte«, erwiderte sie.

Ihr Vater spielte gern Ball, und Wendy fand es auch ganz unterhaltsam. Es war jedenfalls spannender als die sitzende Beschäftigung, die ihre Mutter bevorzugte. Ihr Vater hatte mehr Power als ihre Mutter, vielleicht lag das daran, daß ihr Job sie körperlich stark beanspruchte. Ihr Vater begnügte sich mit der Steuerung von Software, und wirkliche Arbeit verrichteten höchstens seine überaus flinken Finger. Im Gegensatz zu ihm mußte Wendys Mutter ihre Hände in Fernsteuerungshandschuhe und ihre Füße in schwere rote Stiefel stecken, um etwas zu bewegen. »Mit seinem Geist in einer Maschine eingequetscht zu sein«, klagte sie manchmal, wenn sie hoffte, Wendy könnte es nicht hören, »ist knochenharte Schufterei.« Natürlich rutschten ihr solche Äußerungen niemals in Wendys Gegenwart heraus.

Draußen im Garten warfen Wendy und ihr Vater sich den Ball eine halbe Stunde lang gegenseitig zu und gestalteten die Würfe mit der Zeit immer schwieriger, so daß sie ihre Sprungkraft beweisen oder sich auf den harten Grasteppich fallen lassen mußten und sich dabei ziemlich schmutzig machten.

Anfangs war Wendy noch von dem unablässigen Strom ihrer beharrlichen Gedanken abgelenkt, doch als sie sich mehr in das Spiel hineinsteigerte, entspannte sie sich endlich ein wenig. Sie schaffte es zwar nicht, sich wieder ganz in den Zustand einer Dreizehnjährigen zu versetzen, aber sie erreichte einen Gemütszustand, der ihre Sorgen erträglich machte.

Atemlos, beide Knie und einen ihrer Ellbogen aufgeschrammt, hatte ihr das Spiel am Ende viel Spaß bereitet, um so mehr, da ihr Vater es offenkundig auch genossen hatte. Er war ohnehin aufgekratzt, weil sich der Haus-Arzt die Zähne an ihm ausgebissen hatte. Ihr Vater hatte sich nicht aufschwatzen lassen, daß das Haus ein völlig neues Wurzelsystem benötigte, sondern seine Auffassung durchgesetzt, daß die Probleme mit der Wasserversorgung vom Becken herrührten.

»Somatische Transformationen sind auch nicht immer das Allheilmittel«, hatte der Haus-Arzt noch verdrossen angemerkt, bevor er gegangen war. »Nach drei Monaten können Sie den nächsten Ärger haben.«

»Das werde ich riskieren«, hatte ihr Vater fast amüsiert erwidert. »Danke, daß Sie sich die Zeit genommen haben, vorbeizuschauen.«

Berücksichtigte man, daß der Arzt seinen Zeitaufwand penibel in Rechnung stellte, wäre Wendy eher der Auffassung gewesen, er hätte sich bei ihrem Vater bedanken müssen, aber gesagt hatte sie es nicht. Der damit verbundene Wirbel hätte sich nicht gelohnt. Es gab wichtigere Dinge, die sie ansprechen wollte, kaum daß sich ihr Vater – um eine Pause bettelnd – auf den hartgebackenen Boden sinken ließ.

»Ich bin nicht so taufrisch wie du«, sagte er scherzend zu ihr. »Wenn du erst einmal hundertfünfzig bist, geht alles nicht mehr so wie früher.« Er schien nicht zu merken, wie sehr es sie berührte, ihn gedankenlos *du* sagen zu hören, wenngleich er in Wirklichkeit nur *wir* meinen konnte: ein *wir*, das sie nicht mit einschloß und niemals einschließen würde.

»Ich blute.« Sie wies auf einen leichten Kratzer an ihrem Ellbogen.

»Oh, mein Liebes«, mimte er Erschrecken. »Tut es weh?«

»Nein, nicht sehr«, sagte sie wahrheitsgemäß. »Wenn ich zuviel davon verliere, brauche ich dann, wie die Wurzeln des Hauses, Aufbau-Injektionen?«

»Das wird nicht nötig werden«, versicherte er und hob ihren Arm etwas höher. »Es ist nur ein Tropfen. Ich werde ihn einfach wegküssen.« Für ein paar Sekunden preßte er seine Lippen auf die Wunde und sagte schließlich: »Morgen wirst du davon nichts mehr sehen.«

»Dann bin ich froh«, sagte sie. »Ich nehme an, es würde euch teuer zu stehen kommen, ein völlig neues Mädchen in Auftrag geben zu müssen.«

Er sah sie befremdet an, aber Wendy verließ sich darauf, daß er in zu guter Laune war, als daß die Gefahr bestanden hätte, er könnte ihr Gerede so ernst nehmen, wie es gemeint war.

»Entsetzlich teuer«, pflichtete er scherzend bei, als er sie auf seine Arme hob und zurück ins Haus trug. »Wir müssen also künftig noch besser auf dich aufpassen, nicht wahr?«

»Oder so ein somatisches Was-auch-immer machen«, erwiderte sie so unschuldig wie möglich. »Das müßtest du doch auch, wenn du für eine Weile einen Jungen haben wolltest, nicht wahr?«

Sein Lachen schien nicht das leiseste Mißtrauen zu beinhalten. »Wir lieben dich genau so, wie du bist, mein Liebes«, versicherte er. »Wir würden dich gar nicht anders wollen.«

Sie wußte, daß das die Wahrheit – und das eigentliche Problem – war.

Zum Mittagessen gab es Schinken und Käse und echtes Gemüse, das im warmen Keller unter sanftrotem Licht gediehen war. Wendy hätte liebend gern mit mehr Appetit gegessen, doch war sie zu sehr um ihr Gewicht besorgt. So wie die Dinge nun einmal standen, glaubte sie, daß es besser sein könnte, nur im Essen herumzustochern. Heimlich ließ sie das, was noch auf ihrem Teller lag, verschwinden, kaum daß ihr Vater ihr den Rücken kehrte.

Nach dem Mittagessen nahm sie in der Überzeugung, es wieder riskieren zu können, den unterbrochenen Faden ihrer Unterhaltung mit Vater wieder auf. »Warum wolltet ihr lieber ein Mädchen als einen Jungen?« fragte sie. »Die Johnsons taten das nicht.«

Die Johnsons hatten einen zehnjährigen Sohn namens Peter. Er war das einzige andere Kind, das Wendy regelmäßig traf, und er hatte unter ihren sezierenden Blicken bislang noch nicht das winzigste Symptom der Krankheit gezeigt.

»Wir wollten nicht *ein* Mädchen«, korrigierte ihr Vater sie immer noch in aufgeräumter Stimmung. »Wir wollten *dich*.«

»Aber warum?« fragte sie und versuchte den Eindruck zu vermitteln, lediglich weitere Komplimente hören zu wollen. Tatsächlich hoffte sie, brauchbare Informationen aus ihrem Vater herauszukitzeln. Es bedeutete immer noch das größte Rätsel für sie: Warum ausgerechnet sie? Und warum hatte es überhaupt ein Kind sein müssen? Warum glaubten die Erwachsenen, Kinder zu *brauchen?*

»Weil du so hübsch bist«, sagte Vater. »Und weil du eine perfekte Wendy bist. Manche Leute sind die geborenen Peter-Leute, deshalb bekommen sie auch ihren Peter. Andere sind Wendy-Leute, deshalb bekommen sie ihre Wendy. Deine Mutter und ich sind ganz definitiv Wendy-Leute – wahrscheinlich sind wir sogar die wendysten Eltern auf der ganzen Welt. Es ist einfach eine Frage des persönlichen Geschmacks.«

Was für ein albernes Babygesülze, was für ein fürchterliches Bla-Bla! Wendy sah ein, daß sie noch lange weiterbohren mußte, ehe sie vielleicht doch noch eines Tages ein klein wenig Wahrheit aus den leeren Worthülsen herausfiltern konnte.

»Aber du entscheidest dich doch auch täglich für eine andere Sorte Manna zum Frühstück, zum Mittagessen oder zum Abendessen«, warf Wendy ein, »und manchmal schmeckt dir eine Sorte wochenlang nicht. Dein Geschmack wechselt. Und vielleicht gefalle ich dir eines Tages auch nicht mehr, und du willst eine Abwechslung ...«

»Das wird nie geschehen, Liebes«, antwortete er zärtlich. »Geschmack ist nicht alles. Manna schenkt dem Körper Vitalität, und die verschiedenen Geschmacksrichtungen helfen, die Essensroutine ein wenig zu versüßen – aber Beziehungen sind etwas völlig anderes. Sie entspringen einer anderen Art von Bedürfnis. Wir lieben dich, Schönheit, bestimmt mehr als alles andere auf der Welt. Nichts könnte dich je ersetzen.«

Sie überlegte, ob sie fragen sollte, was denn passieren würde, wenn er und Mutter sich eines Tages voneinander trennten, entschied sich aber, die Angelegenheit für den Moment auf sich beruhen zu lassen. Obwohl die Zeit allmählich drängte, mußte sie vorsichtig bleiben.

Bevor Mutter nach Hause kam, schauten sie eine Weile gemeinsam fern. Vater hatte eine Vorliebe für Filme aus dem Archiv, Filme über ausgestorbene Tierarten – keine solchen, die von den Ingenieuren inzwischen wieder hergestellt worden waren, sondern kleinere, überaus seltsame, im Meer lebende Geschöpfe. Ihr Vater hätte diese Gattungen auch dann nicht aus persönlicher Erfahrung kennen können, wenn sie damals,

als er jung gewesen war, existiert hätten, auch nicht von den Aquarien her; den heute noch Lebenden waren sie nur als Motive aus Filmen vertraut. Schon der Ton der Bandaufzeichnungen, die ihre frühere Existenz dokumentierten, war nostalgisch schlecht, und ihr Vater wirkte, wenn er an die Sterilisation der Meere während der letzten Ökokatastrophe dachte, ebenso tief und ehrlich erschüttert, als hätte er einen ganz persönlichen Verlust erfahren.

»Ist das nicht unglaublich schön?« fragte er bei der Betrachtung einer Seeanemone, die drei leuchtenden Clownfischen als Behausung diente, während linkisch wirkende Garnelenschwärme an ihr vorbeizogen. »Ist das nicht *außergewöhnlich?*«

»Sicher«, sagte sie pflichtbewußt und versuchte, die ihr angemessen scheinende Ehrfurcht in ihren Ton zu legen. »Wunderschön.«

Die Begleitmusik war schwermütig. Sie wurde auf einer Windharfe erzeugt, vielleicht sogar von einem Menschen. Wendy kannte auch diese Art von Musik nur aus Filmen; es war, als hörte sie den Atem einer verlorengegangenen Natur, die noch vor Leben gestrotzt hatte, das nicht auf dem Reißbrett der Ingenieure entstanden war.

»Im nächsten Sommer«, sagte ihr Vater, »werden wir eines dieser Glasboden-Boote chartern, mit dem Touristen hinaus zum neuen Barrier-Riff gebracht werden. Es mag nicht mit dem früheren Original vergleichbar sein, denn sie wollten bewußt etwas Zeitgemäßes erschaffen, etwas Neumodisches eben, aber hier und da haben sie ein paar höchst bemerkenswerte Kreaturen integriert ...«

»Mutter will den Nil hinauffahren«, erinnerte Wendy. »Sie möchte die Sphinx und die Grabmäler der Pharaonen besuchen.«

»Das können wir auch noch im nächsten Jahr machen«, erwiderte ihr Vater. »Das sind nur Ruinen, denen es nichts ausmacht zu warten. Lebendige Dinge hingegen ...« Er hielt inne. »Sieh dir das an!« rief er aufgeregt und wies auf den Monitor.

Wendy erblickte eine Unmenge von Quallen, die dicht unter der silbrigen Oberfläche schwammen. Ihre Körper pulsierten, als wären es große lichtdurchlässige Herzen.

Auch egal, überlegte Wendy indessen. *Ich werde nicht hier sein. Ich werde weder das neue Barrier-Riff noch die Sphinx oder die Pyramiden sehen. Selbst wenn sie eine Heilmethode fänden und wenn ihr beide wolltet, daß ich geheilt würde, werde ich nicht mehr da sein. Zumindest nicht mein wahres Ich. Das wahre Ich wird gestorben sein, auf die eine oder andere Art, und es wird nichts anderes übrigbleiben als ein ewig dreizehnjähriges Mädchen und dessen Programmierung, die den Anschein erweckt, sie besäße einen lebhaften Verstand ...*

Ihr Vater legte seinen Arm um ihre Schulter und umarmte sie liebevoll.

Er muß mich wirklich von Herzen gern haben, dachte sie. Immerhin hielt sich seine Liebe schon dreißig Jahre – und sie würde gewiß noch einmal so lange halten, wenn sie nur so hätte bleiben können, wie sie war ... wenn sie nur wieder das hätte werden können, was sie einmal gewesen war ...

Die TV-Programmanstalt kündigte eine Dokumentation über Progeria an, der Sendetermin lag spät in der Nacht, lange nachdem sämtliche Kinder der Nation zu Bett gegangen waren. Wendy fragte sich, ob ihre Eltern sich die Sendung anschauen würden und ob sie sich nach unten schleichen sollte, um durch die geschlossene Tür zu lauschen. Irgendwie hoffte sie, sie würden sie sich nicht ansehen. Vielleicht würden sie erst dadurch hellhörig werden und auf dumme Ideen kommen. Solange sie die Krankheit als ein Problem betrachteten, das nichts mit ihnen zu tun hatte, ein Problem, das nur andere Leute betreffen konnte und über das sie sich keine Gedanken zu machen brauchten, war es in jedem Fall günstiger.

Sie blieb wach, und als die leuchtenden Zeiger ihrer am Bettrand stehenden Uhr verrieten, daß die Zeit gekommen war, stand sie leise wieder auf und schlich die Treppe hinunter, so weit, bis sie verstehen konnte, was im Wohnzimmer besprochen wurde oder aus dem Fernseher tönte.

Ihr Verhalten barg schwer kalkulierbare Folgen in sich. Immerhin fußte es abseits jener Denkschienen, die einem Kind ihres Alters zugebilligt wurden. Aber sie hatte es schon früher einige Male praktiziert, ohne erwischt zu werden.

Schnell erkannte sie, daß der Fernseher gar nicht eingeschaltet war. Nur die Stimmen ihrer Eltern waren zu hören. Sie wollte sich wieder umdrehen und zurück in ihr Bett schlüpfen, als ihr plötzlich bewußt wurde, worüber sie miteinander sprachen.

»Bist du *sicher*, daß sie geistig noch nicht angegriffen ist?« fragte ihre Mutter gerade.

»Absolut«, erwiderte Vater. »Ich habe sie den ganzen Nachmittag genau beobachtet – sie gibt sich vollkommen normal.«

»Vielleicht hat sie es doch nicht«, meinte Mutter hoffnungsvoll.

»Es mag nicht die schlimmste Form sein«, erwiderte Vater in einem Ton, der Wendy eine Gänsehaut erzeugte. »Man ist sich ja noch nicht einmal sicher, ob nur die drastischsten Fälle Mißtrauen gegen ihre Umgebung entwickeln. Es gibt Stimmen, die damit argumentieren, daß die überwiegende Mehrheit der Fälle relativ geringe Abweichungen von ihrer Programmierung aufweist. Unstrittig sind jedoch die körperlichen

Symptome, die bei allen Betroffenen übereinstimmend auftreten. Ich habe sie ganz bewußt ins Haus zurück *getragen*, und sie ist zweifellos schwerer geworden. Unter ihren Achselhöhlen wachsen Haare, und sie hat einen erkennbaren Busen bekommen! Von nun an werden wir gut überlegen müssen, was wir ihr zum Anziehen geben, wenn wir mit ihr in der Öffentlichkeit unterwegs sind.«

»Können wir etwas mit ihrem Essen erreichen – den Kalorienwert des Mannas reduzieren oder dergleichen?«

»Sicher – aber das wären augenscheinliche Beweise, die auf uns zurückfielen, falls jemand Einblick in die Aufzeichnungen des Hauses nähme. Es ist unwahrscheinlich, daß das geschieht, nachdem gerade erst der Arzt alles untersucht hat und wieder gegangen ist, aber wissen kann man es nie. Ich habe einen Artikel gelesen, der einen Beitrag aus der neuesten Ausgabe von *Nature* zitiert und angibt, daß man kurz vor der Entdeckung einer wirksamen Therapie steht. Wenn wir nur genügend Zeit hätten, darauf zu warten ... Sie war schon immer groß für ihr Alter, und sie dürfte höchstens noch ein oder zwei Zentimeter wachsen. Solange sie nicht anfängt, sich eigentümlich zu benehmen, müßte es uns gelingen, ihr Geheimnis zu wahren.«

»Wenn sie dahinterkommen«, warf Mutter düster ein, »wird es die Hölle.«

»Das muß nicht sein«, wiegelte Vater ab. »Es gibt Gerüchte, daß die Autoritäten privat immenses Verständnis und Mitgefühl für die Betroffenen und ihre Familien hegen, auch wenn sie in der Öffentlichkeit Strenge demonstrieren, damit niemand ihre Entschlossenheit anzweifelt.«

»Ich rede nicht von den verdammten Bürokraten«, entgegnete Mutter scharf, »sondern von *hier*. Wenn unseren Nachbarn zu Ohren kommt, daß wir einen

Krankheitsfall im Haus haben ... also, wie würdest *du* wohl reagieren, wenn bekannt würde, daß beispielsweise Johnsons Peter sich infiziert hat und sie uns nicht sofort in bezug auf Wendy gewarnt hätten?«

»Sie wissen doch noch gar nicht, auf welchem Weg es sich ausbreitet«, wehrte Vater ab. »Sie wissen nicht, welche Übertragungswege es gibt – bis sie das stichhaltig herausgefunden haben, besteht kein Grund zur Annahme, daß Wendy Peter in Gefahr bringt, nur weil sie unmittelbar nebeneinander wohnen. Sie verbringen ja auch nicht allzuviel Zeit miteinander. Und wir können sie schließlich nicht einsperren – das wäre wohl noch verdächtiger. Wir müssen die Normalität nach außen hin aufrechterhalten, zumindest bis wir sicher wissen, wie sich Wendys Zustand entwickelt. Ich würde es nicht ertragen, wenn sie uns Wendy wegnähmen – ich werde es nicht zulassen, solange ich die kleinste Chance habe, es zu verhindern! Es ist mir egal, was sie in den Nachrichten sagen – diese Sache gerät außer Kontrolle, und es ist nicht abzusehen, wie sie einmal endet. Ich lasse Wendy nirgendwohin fortbringen – es sei denn, man würde mir keine Wahl lassen. Sie mag ein wenig schwerer werden und etwas mehr Haare bekommen, aber in ihrem *Innern* ist und bleibt sie Wendy, *und ich erlaube es ihnen nicht, sie mir wegzunehmen!*«

Vaters Stimme wurde lauter, als er sich von drinnen der Tür näherte, und Wendy flüchtete, so schnell sie konnte, die Treppe hinauf. Vor Entsetzen ganz benommen, kroch sie zurück in ihr Bett. Die Worte ihres Vaters hallten wie ein Echo in ihrem Kopf nach: »Ich habe sie den ganzen Nachmittag genau beobachtet – sie gibt sich vollkommen normal. In ihrem *Innern* ist und bleibt sie Wendy ...«

Sie machten sich also ebenso wie sie etwas vor, und sie hatte es nicht einmal geahnt. Sie hatte nichts bemerkt, obwohl sie sie beobachtet hatte. Sie waren ihr ganz normal erschienen... aber tief *drinnen*, dort, wo es zählte, da...

Es dauerte lange, bis sie über ihren brütenden Gedanken einschlief, und als es schließlich geschah, träumte sie von Schattenmännern und Schattenmusik, die ihr ihre Seele stahlen, noch während sie durch den unendlichen Wald aus Grün und Gold floh.

Die Beamten des Gesundheitsministeriums kamen am frühen Morgen des nächsten Tages. Wendy hatte gerade ihr Frühstück mit Honig- und Mandel-Manna beendet. Ihr Vater wurde kalkweiß im Gesicht, als der Mann im grauen Anzug seinen Ausweis vor das Auge der Türüberwachungskamera hielt, und Wendy glaubte zu erkennen, daß die Lippen ihres Vaters zitterten, als zöge er kurz in Erwägung, dem grauen Anzugträger den Zutritt zur Wohnung zu verwehren. Offenbar sah er jedoch ein, daß dies keine Lösung gewesen wäre. Während er also aufstand, um zur Tür zu gehen, wechselte er noch einen schnellen Blick mit Wendys Mutter und preßte voller Bitterkeit hervor: »Dieser verfluchte Bastard von Haus-Doktor.«

Mutter eilte herbei, um sich hinter Wendy zu stellen, ihr beide Hände auf die Schultern zu legen und zu sagen: »Es ist alles in Ordnung, Liebes!« Was nur noch unterstrich, daß die Dinge sehr schlecht standen.

Vater und der Mann im grauen Anzug stritten bereits, als sie zur Tür herein kamen. Hinter ihnen folgte noch ein anderer Mann, der weniger formell gekleidet war. Er trug eine schwere schwarze Tasche, als wäre es ein Koffer.

»Es tut mir leid«, sagte der Mann im grauen Anzug. »Ich verstehe Ihre Gefühle, aber hier geht es um die Eindämmung einer Epidemie – es handelt sich um nationalen Notstand. Wir müssen jedem Hinweis nachgehen und unverzüglich reagieren, wenn wir überhaupt eine Chance haben wollen, das Problem in den Griff zu bekommen.«

»Wenn ich auch nur die geringste Berechtigung dafür sehen könnte«, fuhr Vater ihn hitzig an, »Sie hierher zu scheuchen, hätte ich es selbst getan!«

Der Mann im grauen Anzug beachtete ihn überhaupt nicht mehr. Ab dem Moment, da er den Raum betreten hatte, wichen seine Augen nicht mehr von Wendy. Obwohl Wendy ihn nie zuvor gesehen hatte und nichts über ihn wußte, spürte sie die Gefährlichkeit seines Lächelns.

»Hallo, Wendy«, sagte der Mann im grauen Anzug anbiedernd. »Mein Name ist Tom Cartwright. Ich gehöre dem Gesundheitsministerium an. Das hier ist Jimmy Li. Ich fürchte, wir werden ein paar Tests mit dir durchführen müssen.«

Wendy gaffte ihn so verständnislos wie möglich an. Sie war überzeugt, daß es in ihrer Situation das beste wäre, sich schwer von Begriff zu geben, zumindest für den Anfang.

»Sie können das nicht tun«, sagte Mutter und umklammerte Wendys Schultern so fest, daß es weh tat. »Sie dürfen sie nicht wegbringen!«

»Wir können gleich hier und jetzt mit der Untersuchung beginnen«, antwortete Cartwright milde. »Jimmy kann sich in Ihr Küchensystem einloggen, und ich kann meinen Teil der Arbeit hier an einem Tisch erledigen. Es wird nicht länger als eine halbe Stunde in Anspruch nehmen, und wenn die Ergebnisse negativ sind, verschwinden wir hier wieder im Nu.« Der Tonfall, in dem er es sagte, ließ vermuten, daß er nicht wirklich erwartete, im Nu wieder weg zu sein.

Mutter und Vater empörten sich noch eine Weile, aber sie wußten, wie vergeblich ihr Protest war. Während Mr. Li seine Labortasche öffnete und eine furchteinflößende Menge von Apparaten zum Vorschein brachte, kam Vater und postierte sich neben Wendy, um – wie schon Mutter – die Arme zu heben und Wendy zu berühren.

Beide versicherten, daß die spitze Sonde, die Mr. Li gerade vorbereitete, ihr keine Schmerzen zufügen würde. Als er ihr dann jedoch in den Arm stach und es scheußlich weh tat – und Wendy trotz ihrer Bemühungen, den Schmerz wegzublinzeln, die Tränen in die Augen schossen –, relativierten sie ihre Aussage dahingehend, daß die Pein spätestens in einer Minute vorbei sei.

Natürlich stimmte auch das nicht.

Als nächstes wollten sie ihr weismachen, daß sie sich keine Sorgen wegen der Fragen, die Mr. Cartwright stellen würde, zu machen bräuchte, obwohl es so offensichtlich wie die Nasen in ihren Gesichtern war, daß sie selbst schreckliche Angst vor der Möglichkeit hatten, daß Wendy die *falschen* Antworten geben könnte.

Ich darf mich nicht zu dumm stellen, dachte Wendy. *Das wäre genauso falsch, wie wenn ich mich zu schlau anstellen würde. Ich muß versuchen, meinen Kopf frei zu kriegen – die Antworten ganz spontan zu geben, ohne lange nachzudenken. So müßte es gehen. Ich war dreißig Jahre lang dreizehn, und nicht-mehr-dreizehn bin ich erst seit ein paar Monaten ... Es müßte also zu schaffen sein.*

Sie wußte, daß sie sich etwas vormachte. Sie wußte ganz genau, daß sie den Bogen überspannt und eine Grenze überschritten hatte, hinter die man nicht einfach wieder zurückkehren konnte.

»Wie alt bist du, Wendy?« fragte Cartwright, als Jimmy Li in der Küche verschwunden war, um ihr Blut zu analysieren.

»Dreizehn«, sagte sie und versuchte sein einstudiertes Lächeln ohne allzugroße augenscheinliche Furcht zu erwidern.

»Weißt du, *was* du bist, Wendy?«

»Ich bin ein Mädchen«, antwortete sie, obwohl sie längst wußte, daß ihr das keiner mehr glauben würde.

»Kennst du den Unterschied zwischen Kindern und Erwachsenen, Wendy? Von der offensichtlichen Tatsache, daß sie kleiner sind, einmal abgesehen ...«

Es gab keine Möglichkeit, sich vor der Antwort zu drücken. Das Programm einer Dreizehnjährigen umfaßte ausreichende Kenntnisse über die eigene Physiologie und Psychologie, und selbst Dreizehnjährige, die niemals in der Enzyklopädie stöberten, sammelten im Laufe von dreißig Jahren genügend Erfahrung, um zu wissen, wie es um die Welt und sie selbst bestellt war.

»Ja, ich kenne ihn«, sagte sie und war nun vollends überzeugt, daß man sie mit nichtssagenden Antworten nicht davonkommen lassen würde.

»Erkläre mir den Unterschied«, sagte er.

»Es ist gar kein so großer Unterschied«, sagte sie vorsichtig. »Kinder sind aus den gleichen Grundstoffen gemacht wie die Erwachsenen – es ist so geregelt, daß sie ab einem bestimmten Alter aufhören zu wachsen und niemals mehr älter werden. Dreizehn ist das höchste Alter – aber manche kommen nicht einmal über acht hinaus.«

»Warum werden Kinder so konstruiert, Wendy?« Unerbittlich, Schritt für Schritt, führte er sie in tiefere Gewässer, und sie hatte keine Ahnung, wie man schwamm, wußte jedoch allzu klar, daß sie – noch – nicht klug genug war, ihre Klugheit zu verbergen.

»Zur Bevölkerungskontrolle«, sagte sie.

»Kannst du mir dazu mehr Details geben, Wendy?«

»In früheren Zeiten«, sagte sie, »gab es schlimme Katastrophen. Eine hohe Zahl von Menschen starb, eben weil es so viele von ihnen gab. Sie entdeckten, wie man das Altern stoppen konnte, so daß sie Hunderte von Jahren leben konnten, wenn sie kein tödlicher Unfall umbrachte. Als Preis ihrer Langlebigkeit mußten sie den Nachwuchs eindämmen. Sie wären nicht mehr in der Lage gewesen, alle zu ernähren, wenn weiterhin Kinder wie bis dahin geboren worden wären – aber niemand wollte sich mit einer Welt ohne Kinder abfinden. Trotz der offensichtlichen Misere wollten die Leute auf Kinder nicht verzichten und gaben nicht auf, sich welche zu wünschen – und irgendwann, nach einer Reihe weiterer Katastrophen, ermöglichte man es diesen Leuten, Kinder zu haben ... nur wurde den Kindern versagt, groß zu werden und selbst Kinder zu bekommen. Das Gesetz schlug hohe Wellen, doch schließlich beruhigten sich die Gemüter wieder.«

»Es gibt noch einen Unterschied zwischen Kindern und Erwachsenen, nicht wahr?« fragte Cartwright ruhig.

»Ja.« Wendy wußte, daß diese Information in ihrer Erinnerung enthalten sein durfte und sie leierte sie herunter wie einen auswendig gelernten Vers: »Kinder sind nicht sehr klug. Sie haben eine *beschränkte* Sichtweise und sind in vielerlei Hinsicht befangen.« Sie bemühte sich, keine Emotion zu zeigen.

»Weißt du, warum Kinder auf diese Weise in ihrem Denken eingeschränkt werden?«

»Nein.« Sie war sicher, daß *nein* die richtige Antwort war, gleichwohl sie in letzter Zeit damit begonnen hatte, eigene Vermutungen anzustellen. Sie waren so konstruiert, damit sie keinen Verdacht hegten, was mit ihnen passierte, wenn sie eines Tages zurückgeschickt wurden; damit sie sich nicht in ungewollter Weise *veränderten*, während sie dazulernten und ihr Geist immer auf dem Level ihres äußeren Erscheinungsbildes blieb.

»Weißt du, was das Wort *Progeria* bedeutet, Wendy?«

»Ja«, sagte sie. Kinder verfolgten die Nachrichten. Dreizehnjährige sollten in der Lage sein, intelligente Unterhaltungen mit ihren Eltern zu führen. »Wenn

Kinder schneller als vorgesehen altern. Es ist eine Krankheit, die nur Kinder betrifft. Es passiert sehr oft.«

»Ist es dir auch passiert, Wendy? *Hast du auch Progeria?*«

Ein oder zwei Sekunden lang schwankte sie zwischen strikter Verneinung und einem *Ich weiß nicht*, dann wurde ihr bewußt, wie nachteilig ihr dieses Zögern ausgelegt werden konnte. Mit großem Ernst antwortete sie schließlich: »Ich glaube nicht.«

»Was wäre, wenn du herausfinden würdest, daß du Progeria *hast*, Wendy?« fragte Cartwright so selbstgefällig, als bereitete es ihm eine abartige Lust, so tief in ihre Intimsphäre eingedrungen zu sein, ganz gleich welche Wahrheit sich dort letztlich verbarg.

»So etwas können Sie sie doch nicht fragen!« ereiferte sich Vater. »Sie ist dreizehn! Was versprechen Sie sich davon, sie zu Tode zu ängstigen? Kinder empfinden Angst, das sollten Sie eigentlich wissen. Es sind keine *Roboter!*«

»Nein«, stimmte Cartwright zu, ohne seinen Blick von Wendy zu lösen. »Das sind sie nicht. Beantworte meine Frage, Wendy.«

»Ich wäre betrübt«, sagte Wendy mit leiser Stimme. »Ich will nicht, daß mir etwas passiert. Ich will bei Mum und Dad bleiben. Ich will nicht, daß sich daran irgend etwas ändert.«

Noch während sie sprach, kam Jimmy Li ins Zimmer zurück. Er sagte kein Wort, und sein Nicken war kaum wahrnehmbar, aber es beseitigte Tom Cartwrights letzte Zweifel.

»Ich fürchte, du hast es, Wendy«, sagte er sanft. »Es *ist* dir passiert, und ich glaube, du wußtest es früher als wir.«

»*Nein, Sie lügen!*« Mutters Zwischenruf brach wie ein Schrei aus ihr hervor. »Sie hatte keine Ahnung!«

»Es ist ein sehr leichter Fall«, versuchte Vater die

Entdeckung immer noch herunterzuspielen. »Wir haben sie mit Argusaugen beobachtet. Es ist rein körperlich. Ihr Verhalten hat sich nicht im geringsten geändert. Ihr Verstand zeigt keinerlei Symptome.«

»Sie dürfen sie uns nicht wegnehmen!« Mutter kontrollierte ihre Stimme jetzt wieder besser. »Wir werden sie in perfekter Quarantäne halten. Wir werden die Drogenberatung aufsuchen, damit man uns rät, was wir ihr geben können. Überwachen Sie uns und sie auf Schritt und Tritt, *aber nehmen Sie sie uns nicht weg!* Sie begreift nicht, was mit ihr passiert. Sie ist immer noch das kleine Mädchen! Es ist kaum merklich, und sie selbst ist völlig unschuldig, nur ihr Körper ...«

Tom Cartwright wartete, bis der erste Sturm der Erregung abgeflaut war. Er betrachtete Wendy immer noch unverwandt, und seine Augen wirkten jetzt fast freundlich, voller Sorge. Er ließ die eintretende Stille kurz wirken, bevor er sich wieder an Wendy wandte.

»Sag es ihnen, Wendy«, forderte er sie sanft auf. »Erklär ihnen, daß es keineswegs nur deinen Körper betrifft ...«

Sie blickte zu ihrer Mutter und dann zu ihrem Vater und wußte, wie sehr es ihnen weh tun würde, die Wahrheit aus ihrem Mund zu hören.

»Ich bin immer noch Wendy«, sagte sie lahm. »Ich bin immer noch euer kleines Mädchen, und ich ...«

Sie wollte sagen *Ich werde es immer bleiben* – aber sie konnte nicht. Sie war ihnen immer eine gute Tochter gewesen, und manche Lügen wogen einfach zu schwer, um sie über die Lippen zu bringen.

Ich wollte, ich bestünde tatsächlich nur aus dem, was sie uns zubilligen, wünschte sie sich mit jeder Faser ihres Seins. *Ich wollte, ich wäre ...*

Absurderweise ertappte sie sich dabei, daß sie sich fragte, ob diese Gedanken grammatikalisch korrekt formuliert waren. Dies war angesichts ihrer Situation so verrückt, daß sie anfangen mußte zu lachen – um übergangslos in ein hilfloses Weinen zu verfallen. Und es war beinahe, als könnte die Flut ihrer Tränen die Last ihrer Gedanken wegschwemmen – beinahe jedenfalls.

Ihre Mutter brachte sie zurück in ihr Zimmer, setzte sich neben sie und hielt ihre Hand. Als sie dann endlich mit ihrem aus dem tiefsten Innern hervorgebrochenen Schluchzen aufhörte – lange, nachdem sie schon keine Tränen mehr gehabt hatte –, fühlte Wendy, wie sich eine neue Art von Kummer in ihr aufstaute.

Ihre Mutter hielt unablässig die Tür im Auge, als wünschte sie sich nach draußen zu den anderen, um an deren Streitgespräch teilnehmen zu können. Vermutlich traute sie Vater nicht zu, die richtigen Argumente zu finden. Das Pflichtbewußtsein, das sie an Wendys Seite fesselte, war ihr zugleich auch Last, nagende Frustration. Es war Wendy nicht angenehm, daß sie diese Zwickmühle verursachte.

Erstaunlicherweise machte es ihr aber auch nichts aus, nicht dabei zu sein, wenn Vater und das Gesundheitsministerium über ihre Zukunft feilschten. Sie wußte zu genau, daß ihre Stimme ohne Bedeutung war, und dabei war es völlig gleichgültig, ob sie krank war oder nicht oder wie viele Schübe sie schon durchgemacht hatte, um die gesellschaftlichen Fesseln zu sprengen.

Momentan war sie immer noch ein kleines Mädchen.
Momentan war sie immer noch Wendy.

Als sie wieder sprechen konnte, sagte sie zu ihrer Mutter: »Können wir ein bißchen Musik hören?«

Mutter verbarg ihre verständliche Überraschung nicht. »Und welche Art von Musik?« entgegnete sie.

»Egal«, sagte Wendy. Die Melodie, die sie in ihrem Kopf hörte, war sanft und wurde auf Flöten gespielt. Sie klang von fern zu ihr, und irgendwie schien es die älteste Musik der Welt zu sein. Aber noch näher in ihr Zimmer wollte sie sie nicht holen. Andere Klänge sollten die Pausen füllen, in denen die streitenden Stimmen außerhalb des Raumes innehielten.

Mutter rief ein lebhaftes, dynamisches und gerade modernes Stück aus dem System ab. Wendy konnte sehen, daß Mutter den passenden Moment abwartete, um mit ihr zu sprechen und sie mit beruhigenden Phrasen zuzudecken. Gleichzeitig würde sie es nicht übers Herz bringen, ihr Versprechungen zu machen, die sie nicht halten konnte. Am Ende begnügte sie sich damit, Wendy an sich zu ziehen und so fest und so zärtlich an ihre Brust zu drücken, wie sie nur konnte.

Wenig später wurde die Tür so heftig aufgestoßen, daß sie krachend gegen die Wand flog. Vater trat als erster ein.

»Es ist alles geklärt«, sagte er so schnell, daß er sich fast verhaspelte. »Sie werden sie nicht fortbringen. Aber sie werden das Haus unter Quarantäne stellen.«

Wendy fühlte die jähe Verkrampfung in der Umarmung ihrer Mutter. Ihr Vater konnte sehr viel einfacher von zu Hause aus weiterarbeiten als ihre Mutter, trotzdem schien sie einen Protest nicht einmal in Erwägung zu ziehen. Quarantäne mochte nichts Angenehmes sein, aber es war immer noch besser als das, was sie erwartet hatte.

»Sie sollten das nicht falsch interpretieren«, sagte Tom Cartwright. »Es hat nichts mit Großzügigkeit zu tun. Die nackte Not zwingt uns dazu. Die Epidemie breitet sich zu schnell aus, und wir verfügen nicht über genügend Einrichtungen, um Zehntausende von Kindern unter staatliche Obhut zu stellen. Selbst die Quarantäne wird, wenn ich ganz offen sein soll, kaum längerfristig aufrechterhalten werden können. Wir stehen kurz vor dem totalen Zusammenbruch, vor dem Ausbruch völliger Panik. Die schlichte Wahrheit ist, daß die Krankheit nicht eingedämmt werden *kann*, ganz egal, was wir dagegen zu unternehmen versuchen!«

»Wie konnten Sie es so weit kommen lassen?« Aus Mutters tiefer Stimme war nun unverhohlen Feindseligkeit zu hören. »Wie konnten Sie die Kontrolle dermaßen verlieren? Mit unserer hypermodernen Technologie und den daraus resultierenden Möglichkeiten hätten wir doch in der Lage sein müssen, ein einfaches Virus zu stoppen!«

»Wenn es nur so einfach wäre«, sagte Cartwright schulterzuckend. »Wenn es sich wirklich nur um eine Laune der Natur gehandelt hätte – ein wenig DNA, die aus der Reihe tanzte und sich eine neue ökologische Nische schaffen wollte –, wären wir mit hoher Wahrscheinlichkeit imstande gewesen, die Kontrolle zu bewahren. Daran, daß *dort* die Ursache zu suchen ist, glauben wir inzwischen aber nicht mehr.«

»Es wurde *konstruiert*«, warf Vater erklärend ein. Auf seinem Gesicht spiegelte sich das Neuwissen eines Mannes wider, dem es nichts ausmachte, daß es erst fünf Minuten alt war und er dementsprechend eigentlich nicht so sicher hätte sein dürfen, darauf vertrauen zu können. »Jemand hat dieses verdammte Virus in einem Labor zusammengebaut und es dann *absichtlich* freigelassen. Das war geplant, diente angeblich unserer Befreiung ... diente dem totalen *Chaos*, wenn ihr mich fragt!«

Jemand hat mir das angetan! dachte Wendy zitternd. *Jemand ist schuld daran, daß die Grenzen sich auflösen, auch meine Grenzen ... Und nun werde ich mich ... ja, in was genau eigentlich ... verändern?*

Während Wendys Geist vor dieser Frage kapitulierte, rief Mutter: »Wer? *Wie?* Und warum?«

»Sie wissen doch, wie manche Leute sind«, sagte Cartwright und zuckte wiederholt fatalistisch mit den Schultern. »Die können keinen Anhänger mit Äpfeln sehen, ohne den Wunsch zu verspüren, ihn umzukippen. Sie sind der Überzeugung, daß die Chance, ein paar Tausend Jahre lang zu leben, selbst den verdorbensten Charakter läutern und ihm Reife verleihen würde – aber die Wirklichkeit, das wissen wir längst aus eigener Erfahrung, sieht weniger optimistisch aus. Vielleicht werden wir eines fernen Tages tatsächlich unsere kleinlichkeitskrämerischen Probleme hinter uns lassen, in der Zwischenzeit ab ...«

Ja, eines fernen Tages vielleicht, dachte Wendy, *werden all die Narreteien, die vom Säuglingsstadium der Welt noch übrig sind, überwunden sein. All die Verrücktheiten, all die Unstimmigkeiten, all die hartnäckigen Gewohnheiten ...*

Sie hatte nicht gewußt, daß sie zu einer solch scharfsinnigen Reflexion fähig war, aber in ihr wuchs ein fast widernatürlicher Stolz darauf, daß sie ihre diesbezüglichen Gedanken nicht länger rechtfertigen mußte, vor niemand, nicht einmal vor sich selbst – nicht, solange sie sie in der neuentdeckten Kammer ihrer ganz privaten Sphäre verschlossen hielt. Es war eine Tatsache, daß eines der Krankheitssymptome der *Welt*, eine der Ursachen für all die Auseinandersetzungen, die hartnäckigste aller Gewohnheiten war: die nämlich, Kinder in eine Welt zu setzen und darin festzuhalten – oder vielmehr die Seelen der Kinder, die in Wahrheit schon lange keine Kinder mehr waren, weil sie zu lange Kind hatten sein müssen –, in der sie nicht länger irgendeinen biologischen Nutzen, eine *Funktion,* hatten!

»Sie nennen es Befreiung«, sagte Vater, »aber in Wirklichkeit ist es Körperverletzung, ein brutales Verbrechen, mit dem Leid so vieler zu spekulieren! Es zerstört die *Unschuld.* Es ist eine Art Massenmord!« Er war offensichtlich zufrieden mit den Erklärungen, die er für sich selbst fand, und überzeugt, daß sein Zorn Berechtigung hatte. Er trat ans Bett und löste Wendy aus den Armen ihrer Mutter.

»Es ist alles in Ordnung, Schönheit«, sagte er. »Wir sitzen alle im selben Boot. Und gemeinsam werden wir auch einen Ausweg finden. Du hast absolut recht: Du bist immer noch unser kleines Mädchen. Du bist immer noch Wendy. Es kann nichts passieren, was daran etwas ändert.«

So einfach hatte sie es sich nicht vorgestellt – die gewaltige Angst in ihr hatte es verhindert. Nicht mehr länger etwas vortäuschen zu müssen, nicht mehr länger ein Geheimnis wahren zu müssen, war sehr erleichternd. Die Grenze war überschritten worden, und nun blieb niemandem mehr die Möglichkeit, umzukehren. Sie alle konnten nur noch nach vorn blicken.

Warum habe ich es ihnen nicht früher gesagt? fragte sich Wendy. *Warum habe ich es ihnen nicht einfach gesagt und darauf vertraut, daß alles gut werden würde?*

Aber sogar während sie das jetzt dachte, während sie sich an den erkennbar gewordenen Strohhalm klammerte, genau wie Mutter und Vater sich daran klammerten, merkte sie, wie sinnentleert der Gedanke war und wie bedeutungslos Vaters Beruhigungsversuche im Endeffekt waren. Auch das war nur Sentimentalität, Gewohnheit und Heuchelei. Alles könnte und würde nicht ›in Ordnung‹ kommen, würde es niemals wieder sein, es sei denn...

Sie wandte sich zurückhaltend und mit äußerster Vorsicht an Tom Cartwright und fragte: »Werde ich von nun an erwachsen sein? Werde ich tausend Jahre lang leben und mein eigenes Haus haben, meinen eigenen Job, meinen eigenen...?«

Sie verlor den Faden, als sie den Ausdruck in seinen Augen entdeckte und merkte, daß sie immer noch ein kleines Mädchen war und daß es tausend Fragen gab, die Erwachsene gar nicht hören wollten und es einem selbst überließen, die Antwort darauf zu finden.

Erst spät in der Nacht hatten Mutter und Vater selbst die geistige Verfassung erlangt, um ein der ernsten Situation angemessenes Gespräch zu führen, und als es dann endlich soweit war, wußte Wendy, daß die ungelogene Antwort auf sämtliche Fragen, die ihr auf der Seele brannten, lauten würde: »Das weiß momentan niemand genau.«

Sie stellte ihre Fragen trotzdem, und ihre Eltern variierten den immer gleichen Tenor ihrer Antworten, als hegten sie die Hoffnung, dadurch ein klein wenig weiser zu erscheinen, als sie es in Wirklichkeit waren. Letztlich änderte dieses Bemühen nichts. Es entlarvte sich selbst als aus der Verzweiflung geborene Heuchelei.

»Wir müssen es nehmen, wie es kommt«, sagte ihr Vater. »Diese Situation war nicht vorherzusehen. Die Regierung ist gezwungen, jeden Tag neu und flexibel auf die Veränderungen zu reagieren. Niemand kann sagen, wie alles kommen wird. Das Chaos ist perfekt, aber die Ordnung war schon viel früher durcheinandergeraten. Sie hat sich nie länger als ein paar Jahre in einem Zustand sonnen dürfen, den man als Ordnung bezeichnen könnte. Damit müssen wir uns so gut es geht abfinden. *Alle* müssen das tun. Mit etwas Glück wird es vielleicht nicht zu gewaltsamen Auseinandersetzungen kommen – zu einem Krieg, einem Gemetzel oder zur totalen Ökokatastrophe. Wir haben ein Anrecht auf die Hoffnung, das Schwerste jetzt hinter uns zu haben und fähig zu sein, die Aufgaben diesmal *vernünftig* anzupacken.«

»Ja«, sagte Wendy, redlich bemüht, die Ironie aus ihrer Stimme zu verbannen. »Ich verstehe. Vielleicht werden wir nicht ungefragt in die Fabriken zurückgeschickt, um recycelt zu werden. Und wenn ein Heilmittel gefunden wird, werden sie uns, bevor es angewendet wird, fragen, ob wir überhaupt geheilt werden wollen.« *Mit etwas Glück,* fügte sie still in Gedanken hinzu, *werden wir, bis es soweit ist, alle erwachsen sein.*

Sie sahen einander unbehaglich an, verunsichert, wie sie reagieren sollten. Von nun an würden sie nicht mehr verwundert die Köpfe über den absurden Variantenreichtum ihrer Programme schütteln können. Von nun an würden sie mit allen Mitteln herauszufinden versuchen, was sie *meinte* – welche unausgesprochenen Gedanken hinter dem Vordergründigen ihrer geheuchelten Äußerungen stecken könnten. Sie empfand kein wirkliches Mitleid für sie; aber in letzter Zeit hatte sie erfahren, was für eine schwierige, frustrierende und undankbare Aufgabe das sein konnte.

Dasselbe widerfuhr auch einmal ihren Vorfahren, dachte sie. *Wenn auch nicht ganz so rasant. Ihre Vorfahren hatten nicht die Vorteile, die man erlangt, wenn man dreißig Jahre lang dreizehn ist. Es muß hart gewesen sein, ein denkender Affe unter Nicht-Denkenden zu sein. Hart, und trotzdem ... haben sie es niemals wieder aufgeben wollen, nicht wahr?*

»Was auch immer passieren wird, Schönheit«, sagte Vater. »Wir lieben dich. Was auch immer geschieht, du bist unser kleines Mädchen. Selbst wenn du erwachsen bist, werden wir dich noch auf dieselbe Weise lieben, wie wir es immer taten. Davon wird uns niemand abhalten können.«

Er glaubt es wirklich, dachte Wendy. *Er glaubt tatsächlich, daß die Welt nach alldem immer noch dieselbe sein kann. Er kann einfach nicht auf die Hoffnung verzichten, daß es trotz aller Veränderungen unter der Oberfläche weiter wie früher bleiben kann. Aber so wird es nicht funktionieren. Nicht einmal dann, wenn kein Krieg um die Ressourcen ausbricht – schließlich können auch erwachsen gewordene Kinder nicht wesentlich mehr verbrauchen als nicht erwachsene –, kann die Welt niemals mehr dieselbe sein. Dies ist der Zeitpunkt, da sich sämtliche Erwachsenen der Welt an die Tatsache gewöhnen sollten, daß es künftig keine*

Familien mehr geben kann, weil von jetzt an Kinder etwas sehr Rares und Kostbares sein werden. Dies ist der Zeitpunkt, da die Alten anfangen müssen zu erkennen, daß ihre unausgegorenen Übergangslösungen für Probleme, die überhaupt nicht von Belang sind, endgültig überholt sind und ad acta gelegt werden. Dies ist der Zeitpunkt, da wir alle endlich erwachsen werden müssen. Wenn die Alten dazu nicht aus eigener Kraft in der Lage sind, wird ihnen die nachrückende Generation eben den Weg weisen müssen.

»Ich liebe euch auch«, verkündete sie ernst. Sie beließ es dabei. Es machte keinen Sinn hinzuzufügen: »Das habe ich immer getan« oder »Es ist mein Ernst« oder irgendeine andere Phrase, die die Zweifel, von denen sie jetzt gequält wurden, eher geschürt denn zerstreut hätten.

»Wir haben nichts zu fürchten«, sagte Mutter. »Solange wir aneinander festhalten und uns unsere Liebe bewahren und solange wir den Widernissen gemeinsam entgegentreten, wird es uns nie schlecht ergehen.«

Wie wundersam es sich mit ehrlicher Unbedarftheit verhält, dachte Wendy und genoß es, dies frei und ohne jedes Schamgefühl oder Vorbehalte tun zu können. *Ob ich mir wohl auch dergleichen kultivieren könnte, für den Fall, daß ich dies jemals erstrebenswert fände?*

In dieser Nacht wurde die offizielle Schlafenszeit aufgehoben. Wendy durfte so lange aufbleiben wie sie wollte. Als sie schließlich doch zu Bett ging, war sie so erschöpft, daß sie sofort tief und friedlich einschlief – aber in diesem trauten Zustand verweilte sie nicht lange. Sie begann zu träumen.

In ihrem Traum lebte Wendy in einem magischen Wald, in dem es niemals regnete. Sie ernährte sich von wohlschmeckenden Beeren unterschiedlichster Farbe. Es gab noch andere Mädchen in dem Wald, aber untereinander mieden sie sich. Sie lebten dort schon lange, ohne jemals behelligt zu werden, doch nun waren andere gekommen: gehörnte und zottelig behaarte Schattenmänner, die seltsame Melodien auf ihren Flöten spielten, Melodien, aus dem Atem verlorener Seelen gewoben.

Wendy versteckte sich vor den Schattenmännern, aber das furchtsame Flattern ihres Herzens verriet sie, und einer der Schattenmänner spürte sie auf. Er stierte mit seinen riesigen, vortretenden Augen auf sie hinab und wischte sich an seinem schaffellartigen Hinterteil den Speichel von der Flöte ab.

»Wer bist du?« fragte sie, bemüht, das Zittern aus ihrer Stimme herauszuhalten.

»Ich bin der Teufel«, sagte er.

»So etwas gibt es nicht«, belehrte sie ihn mürrisch.

Er zuckte mit seinen gewaltigen Schultern. »Dann bin ich eben der große Gott Pan«, sagte er. »Welchen Unterschied würde das machen? Aber wie kommt es, daß du plötzlich so altklug bist?«

»Ich bin nicht mehr dreizehn«, erklärte sie stolz. »Ich war dreißig Jahre lang dreizehn, aber jetzt bin ich erwachsen geworden. Die ganze Welt wird erwachsen – zum ersten und letzten Mal.«

»Ich nicht«, erwiderte der große Gott Pan. »Ich bin eine Million Jahre alt, und ich werde *niemals* erwachsen. Laß uns jetzt weitermachen, ja? Ich werde bis neunundneunzig zählen, und du flüchtest vor mir, soweit du kommst.«

Traum-Wendy kam auf die Beine und hetzte davon. Sie rannte und rannte und rannte, ohne die geringste Hoffnung, daß es ein Entrinnen geben könnte.

Hinter ihr schwollen die Melodien der Schilfflöten langsam an, und sie begriff mit hellsichtiger Schärfe, daß, was auch immer sonst noch geschehen mochte, *diese* Welt gleich für immer verstummen würde ...

Als Wendy aufwachte, wurde ihr klar, daß der Alptraum keineswegs vorüber, sondern immer noch im Gange war. Auch wenn sie sich nicht länger vormachen konnte, daß alles nur ein vergänglicher Traum war, erwies sich die Realität als nicht völlig hoffnungslos.

Sie begriff endgültig, daß sie dem Leben Tag für Tag neu die Stirn bieten und sich um ihre Eltern kümmern mußte, so gut sie eben konnte. Sie begriff, daß sie versuchen mußte, die Trauer über Verstorbene, an denen sie ein bißchen zu stark und ein bißchen zu lange gehangen hatte, mit etwas mehr Distanz zu meistern. Ihr wurde klar, daß sie stets hoffen und darauf vertrauen mußte, daß eine ausgeklügelte Kombination aus Verstand und Liebe ausreichte, um sie und den Rest der Welt zu begleiten – zumindest bis zur nächsten Katastrophe.

Sie war sich nicht absolut sicher, daß sie dazu fähig sein würde, aber fest entschlossen, sich ehrlich und mit aller Entschlossenheit darum zu bemühen.

Und was auch immer am Ende sein mag, dachte sie, *so zu leben wird ein schrecklich aufregendes Abenteuer sein...*

Originaltitel: ›The Pipes of Pan‹ • Copyright © 1997 by Mercury Press, Inc. • Aus: ›The Magazine of Fantasy & Science Fiction‹, Juni 1997 • Aus dem Englischen übersetzt von Manfred Weinland

---

Michael Coney

WERWOLF IM SCHAFSPELZ

Im Jahre 593 A.D. statteten die Choth dem Planeten Erde einen kurzen Besuch ab und hinterließen nichts als Erinnerungen.

Über zweitausend Jahre später traf ein zweites Mal eine Anzahl Choth auf Menschen; sie klopften (sozusagen) an die Tür der SolStation 2 und erbaten Asyl.

»Tritt sie in den Hintern und laß sie im Weltall vergammeln«, rief Mrs. Rachel Masterson.

»Ich kann sie nicht einfach abblitzen lassen«, wandte ihr Vater ein, der Stationskommandant, »weil das rassistisch wäre. Wir müssen sie wie unseresgleichen willkommen heißen. Außerdem sind sie mehr oder weniger humanoid.«

Scharfen Blicks musterte Mrs. Masterson ihren Vater. Falls sie vor irgendwem im Universum Respekt hatte, dann vor diesem hünenhaften Alten. Tatsächlich war er der *einzige* Mensch im Universum, dem sie Respekt entgegenbrachte. Aber ... Hatten die Jahre jetzt schließlich doch ihren Tribut gefordert? Immerhin war er ja dreiundneunzig. Hatte sein sonst so großartiges Urteilsvermögen gelitten? War das da ein Speicheltröpfchen am Winkel seiner Patrizierlippen?

»Die Choth erfordern Aufsicht, Vater.« Mehr sagte sie nicht.

Die Choth waren ein über alle Maßen gebeuteltes

Volk. Auf ihrer Heimatwelt sausten riesige, diskusförmige Raubwesen vom Himmel herab und dezimierten sie. Diese Raubwesen benötigten Sonnenwärme, darum unterhielten sie auf der Sonnenseite des Planeten eine Orbitalstation, die sich pro Standardmonat einmal um ihre Achse drehte. Der Anblick der Raubwesen löste – sobald sie einmal im Monat angeschwirrt kamen – bei den Choth eine allmonatliche Raserei aus und ermöglichte ihnen so die Selbstverteidigung. Die kampftüchtigsten Choth überlebten, doch war ihr Leben schwer, und nachdem sie eine eigene Raumfahrt entwickelt hatten, machten sie sich auf die Suche nach behaglicheren Welten.

»Wir haben uns heute zusammengefunden«, verkündete Admiral Masterson eine Standardwoche später der versammelten Stationseinwohnerschaft, »um eine wichtige Frage zu entscheiden, nämlich ob wir unseren Freunden, den Choth, als anerkannte Flüchtlinge die Erde anzufliegen gestatten oder die barbarische Handlung begehen, sie abzuweisen und dem Tod in der Weltraumkälte auszuliefern. Wir sind hier, um zu beweisen, ob wir als Menschen dieser Handvoll Unglücklicher Mitmenschlichkeit zu schenken verstehen. Ich bitte Sie, eine der Tasten zu drücken, die Sie vor sich sehen. Die grüne Taste bedeutet, daß die Choth Teil der großen Familie der Erdbewohner werden dürfen, die rote Taste verheißt ihnen den sicheren Tod.«

Tausend Finger wurden gestreckt und drückten tausend Tasten.

Hinter dem Admiral verfärbte sich der Großmonitor lückenlos rot.

Die siebenundvierzig Choth, die im Laufe der letzten Stunden Anzeichen der Unruhe gezeigt hatten, einschließlich gelegentlicher Anwandlungen des Knurrens und Schnappens, sprangen unter einmütigem Aufheulen der Wut von ihren Plätzen auf und fielen über ihre menschlichen Gastgeber her. Admiral Masterson zog sich zurück, um die Sicherheitstruppe zu alarmieren. Sobald die gewalttätige Auseinandersetzung ausbrach, folgten ihm Rachel Masterson und ihr Gatte Walli. Alle drei suchten das durch Britaniumwände geschützte Büro des Sicherheitschefs Brant Holstein auf, während in den Korridoren der SolStation 2 ein erbittertes Ringen tobte.

»Schließen Sie sämtliche luftdichten Schotten, Holstein«, blaffte der Admiral. »Dadurch wird die Station in übersichtliche Abschnitte aufgeteilt. Dann postieren Sie Ihre Leute rund um die Aula.« Er zückte seine Laserpistole, als er an der Tür eine Bewegung wahrzunehmen glaubte. »Ha!« schrie er. »Nimm das, Schurke!«

Das waren seine letzten Worte. Er schoß auf sein an der Britaniumwand sichtbares Spiegelbild, der reflektierte Laserstrahl durchbohrte ihm das Herz, und er stürzte, indem ihm Rauch entquoll, tot aufs Deck.

»Ich übernehme das Kommando«, schrie Mrs. Masterson in einer Meisterleistung von Geistesgegenwärtigkeit. »Holstein, führen Sie die Befehle unseres gefallenen Heldenadmirals aus!«

»Wenn ich die luftdichten Schotten schließe«, entgegnete Brant Holstein, der Ochsenerbgut hatte und jetzt breit und klotzig in seiner schwarzen Uniform vor ihr stand, »sitzt meine Truppe überall in der Station grüppchenweise fest. Dann kann sie die Aula gar nicht abriegeln. Hätte der Admiral meiner Truppe die Teilnahme an der Versammlung erlaubt, wäre diese prekäre Situation nicht entstanden. Aber nein, wir sind ausgeschlossen worden. Nur weil wir tierisches Erbgut haben, dachte er, wir seien irgendwie Untermenschen und hätten kein Stimmrecht. Und so was nennen Sie Demokratie.«

Mrs. Masterson, die ohnehin nie viel von Demokratie gehalten hatte, zog ihre Pistole. »Ich glaube, für Meuterei lautet die Strafe auf standrechtliche Exekution.«

Zum erstenmal machte ihr Gatte den Mund auf. »Um Gottes willen, Rachel ...!«

»Halt die Klappe, Walli, und misch dich nicht ein. Also, Holstein, gehorchen Sie meinen Anweisungen, oder nicht?«

»Das Kommando steht Ihnen nicht zu, Mrs. Masterson. Der nächste in der Befehlshierarchie ist Vizeadmiral Parker.«

»Parker ist ein Depp. Parker ist ...«

Doch ihre weiteren Ansichten über den Vizeadmiral blieben unausgesprochen. Eine Gruppe besorgter Sicherheitstruppler stürmte ins Büro, um sich Befehle geben zu lassen, und mußte nun mit ansehen, wie der Chef mit einer Waffe bedroht wurde.

Im Handumdrehen war Mrs. Masterson entwaffnet und spielte im weiteren Verlauf des Kampfs um Sol-Station 2 keine Rolle mehr.

Fünf Jahre später an einem lieblichen Frühlingsmorgen in Foss Creek, Terra.

Golden schien die Sonne in Mrs. Mastersons kleines Wohnzimmer, glänzte wundervoll auf dem verglasten Bücherschrank, dem kupfernen Kaminbesteck, dem silbernen Kaffeeservice und den Stahlteilen des zerlegten Halbautomaten der Firma Heckler & Koch.

Nervös schielte Megan Jenkins das schwere Gewehr an. »Ist das ein Exemplar aus deiner Sammlung?« fragte sie.

Mrs. Mastersons gewöhnlich so abweisende Miene bekam einen zärtlichen Ausdruck, während sie das Verschlußstück ölte. »Eine prachtvolle Waffe. Kaliber neun Millimeter, Fünfzehnschußmagazin, Rollenverschluß, verzögerter Rückstoß. Ein wahres Kunstwerk.«

Rasch setzte sie das Gewehr zusammen. »Hier, nimm mal, damit du ein Gefühl dafür kriegst.«

»Äh, lieber nicht, Rachel, laß nur. Sag mal, hast du noch viele solche Sachen im Haus?«

Mrs. Masterson strahlte wie ein Honigkuchenpferd, ein seltener Anblick. »Dreiunddreißig als Antiquitäten einzustufende Schußwaffen mit Munition, dazu ein, zwei Kisten Handgranaten und ein paar Tränengasgranaten, so ungefähr. Ein paar moderne Waffen habe ich auch, Lasergewehre. Aber rate mal, was mir am liebsten ist. Du wirst schallend lachen, Megan. Eine gute, alte Kaliber-zwölf-Flinte.«

»Echt?«

»Eine Webley & Scott Modell siebenhundert. Sie hat 'nen Rückstoß, als ob dich 'n Muli tritt. Eigentlich eine Knarre für gestandene Mannsbilder.«

»Aber wozu denn Tränengas?«

»Es eignet sich hervorragend, um Aufruhr zu unterdrücken.«

»Ich bezweifle, daß es in Foss Creek je Aufruhr geben wird, Rachel. Wie viele Einwohner haben wir, dreiundachtzig?«

»Eines hat das Leben mich gelehrt«, erklärte die alte Dame düster, »nämlich, daß man das Gewaltpotential des Pöbels nie unterschätzen darf. Dreiundachtzig? Als ich auf SolStation zwo war, haben weniger als fünfzig Choth genügt, um eine Rebellion zu entfachen. Denk bloß ans Fußballspiel heute nachmittag. Dynamo Foss Creek tritt gegen Lupus Wolfsburg an. Da werden in Massen Städter zum Zugucken anströmen, und du weißt doch, auf was sie's abgesehen haben: etwas Frischluft, ein wenig Lokalkolorit und die Sau rauslassen. Aber glaube mir, Megan, ich bin darauf vorbereitet. Als Vorsitzende des Vereins bin ich während des Spiels für die Aufrechterhaltung von Recht und Ordnung zuständig. Und vielleicht kommt die Zeit, da wir heilfroh sind, ein bis zwei Tränengasgranaten zur Hand zu haben.«

Megan Jenkins trank ihren Kaffee aus und verabschiedete sich mit unheilvollen Vorahnungen.

Die Städter der Yamton-Kuppel freuten sich jedesmal auf ihren Samstagnachmittag auf dem Land. Er bot ihnen die Gelegenheit, an die frische Luft zu gehen sowie die primitiven Landstraßen und Dörfer zu besichtigen, die sich, wie sie sich einredeten, seit tausend Jahren nicht verändert hatten. Und in gewisser Hinsicht hatten sie durchaus recht, denn strenge örtliche Vorschriften verboten es, Häuser umzubauen, Bäume zu fällen oder irgendwelche sonstigen Maßnahmen zu ergreifen, durch die der Mythos hätte angekratzt werden können. In Wirklichkeit bestand das Land aus einer einzigen, riesigen Touristenfalle, und die Bewohner Foss Creeks waren in bezug auf ihre Einkünfte fast völlig vom Tourismus abhängig; davon und von Betriebsrenten.

Der Nachmittag war so schön wie der Vormittag. An einem solchen Tag gab es kaum zugkräftigere Touristenattraktionen als der altüberkommene, edle Sport des Dorffußballs, bei dem muskelbepackte Landburschen auf einem Rasen, der nach Schafmist roch, einen Ball und sich gegenseitig traten, ein krasser Kontrast zum sauberen, nüchternen, gewaltfreien Dasein in einer Kuppelstadt.

Das heutige Spiel hatte besondere Bedeutung. Der Spielverein Dynamo Foss Creek war bis ins Vorfinale zum Ausscheidungsspiel der Südwest-Liga aufgestiegen (das Finale sollte in fünf Wochen stattfinden). Das gleiche galt für Lupus Wolfsburg. Deshalb konnte dieser sportliche Wettstreit, der normalerweise lediglich eine Liga-Begegnung gewesen wäre, als Generalprobe fürs Endspiel betrachtet werden.

Um die Mittagsstunde hatte sich das Management des Spielvereins Dynamo Foss Creek im Vereinszimmer des Vereinslokals *Zum Alten Blockhaus* zusammengefunden, um unter Mrs. Mastersons Leitung die Strategie zu diskutieren.

Die alte Dame musterte das Komitee ungnädigen Blicks. Gervaise Todd-Mortimer, der örtliche Tierarzt, trank Gin mit O-Saft, das Getränk einer Memme. Sein Sohn Bill, Mannschaftskapitän und Torwart – groß sein Schwanz, doch klein das Hirn –, schlappte Bier, das Schlimmste, was man vor einem Spiel tun konnte. Und Anna Tyler, die Soziologin, die Fußball oft als Metapher für das Leben an sich gebraucht hatte, bewies jetzt, daß es ihr doch an Niveau fehlte, sie schlürfte nämlich irgendeinen Kräuterlikör. Allesamt Luschen – ausgenommen vielleicht der junge Bill, für den Mrs. Masterson eine Schwäche hatte –, eine vom vorherigen Vorsitzenden, der kürzlich von ihr durch einen blitzartigen Coup gestürzt und abgelöst worden war, hinterlassene Altlast.

Nun wollte sie sich – als neue Steuerfrau am Vereinsruder – die Zeit nehmen und die Qualitäten des Vorstands prüfen, ehe sie diese Figuren hochkant hinauswarf und durch fügsamere Vorstandsmitglieder ersetzte. So hatte sie es von ihrem Vater gelernt, dem gewieften alten Knaben.

»Lupus Wolfsburg ist im Mannschaftsspiel stark«, äußerte Gervaise Todd-Mortimer. »Deswegen sind diese Ärsche ins Vorfinale gelangt. Bei ihnen gibt's keine überragenden Einzelspieler. Sie halten sich auf gutes, allseitiges Zusammenspiel. Schöner Fußball.«

»Ich rede vorm Anpfiff 'n Wörtchen mit Jim Bullock«, versprach Bill Todd-Mortimer. »Er kann 'n paar von denen wegholzen.«

»Solche Reden möchte ich von meinem leiblichen Sohn nicht hören«, entgegnete sein Vater vorwurfsvoll.

»Wir müssen Foss Creeks guten Ruf beachten. Wir spielen hart, aber fair.«

»Lupus Wolfsburg ist wie 'n wahres Wolfsrudel«, meinte Bill aufsässig. »Ständig greifen die Jungs an, dauernd haben sie den Ball, und es sieht fast so aus, als wüßten sie durch so was wie Instinkt immer, wo die eigenen Spieler sind. Es ist richtig unheimlich. Heute wird's kein Zuckerschlecken, soviel weiß ich jetzt schon. Wir stehen am Rand zum Abstieg, Vatter. Jim könnte unsere einzige Chance sein.«

Schnoddrig ergriff Anna Tyler das Wort. »Vielleicht sollte ich der Mannschaft vorm Anpfiff 'ne Ansprache halten. Sie daran erinnern, daß die Gegenmannschaft auch bloß aus Menschen besteht, es Foss Creeks Ehre zu verteidigen gilt, so was eben.«

Mrs. Masterson spürte, daß ihr Kopf vor Wut hochrot anlief. Hatte die Frau Nerven! »Darf ich als Vereinsvorsitzende darauf hinweisen, daß die Anfeuerungsrede vorm Spiel in meine Zuständigkeit fällt?«

»Entschuldigung. Ich wollte bloß behilflich sein. Ein glatter Sieg heute nachmittag ergäbe einen gewaltigen psychologischen Auftrieb für das bevorstehende Endspiel.«

Herrje, was für eine Soziologin war diese Frau eigentlich? Höchste Zeit, diesen Flaschen wenigstens die Grundlagen des strategischen Denkens einzurichten. »Gestattet mir«, erwiderte Mrs. Masterson, »folgende Frage: Was ist wichtiger, die neunzig Minuten läppischen Dorffußballs heute oder das kommende Endspiel? Habt ihr noch gar nicht daran gedacht, daß eine deutliche Niederlage heute nachmittag zu unserem Vorteil wäre, weil Lupus Wolfsburg dadurch in falsche Sicherheit gewiegt und eingelullt würde? Wenn ich mich nicht sehr irre, ist es also besser für uns, das Spiel zu verlieren.«

Ihren Darlegungen schloß sich ein Schweigen der

Verblüffung an. Allerdings raffte der weibische Todd-Mortimer – aufgrund seiner Begriffsstutzigkeit ja zu erwarten – den Fall nur langsam. Natürlich ein Ergebnis der Inzucht.

»Ihr Vorschlag lautet...« Die Brauen waren ihm unter den Pony hochgeschwuppt, so daß er wie vom Donner gerührt aussah. »Sie sind der Ansicht, wir sollten auf Niederlage spielen?«

»Nein, ich habe gesagt, es ist für uns besser, das Spiel zu verlieren.«

»Wir können das Spiel *unmöglich* schmeißen! Das ist einfach...« Todd-Mortimer suchte nach angemessenen Ausdrücken für sein Entsetzen. »Es ist doch kein Kricket.«

»Wenn Ihr Sohn mit seiner Beurteilung unserer Siegesaussichten recht hat, ist es an sich auch gar nicht nötig. Ob wir heute gewinnen oder verlieren, bleibt im Gesamtbild der Liga unerheblich. Das heutige Spiel dient mir lediglich als Erprobungsfeld für unsere Endspielstrategie.« Mrs. Masterson stand auf. »Die Sitzung ist geschlossen. Fahren wir zum Sportplatz.«

Der Sportplatz des Spielvereins Dynamo Foss Creek bestand aus einer großen Weide auf einer Anhöhe oberhalb der Ortschaft, bot bescheidene Umgestaltungsmöglichkeiten und hatte ein paar Sitzbänke fürs Publikum. Als der Vereinsvorstand in Mrs. Mastersons verbeultem Buggy eintraf, errichtete die Mannschaft gerade die Tore. Unterdessen graste auf dem Spielfeld Carl Steffens Herde erlesener Merinoschafe, schafften freiwillige Helfer Erfrischungen heran und postierten sich die primitiven Drehkreuze der Zugänge. Häufchenweise trudelten Zuschauer ein.

»Schafft die Schafe vom Platz!« schrie Mrs. Masterson.

»Das erledigen *wir* ganz fix.« Dexter Brood, Vereinschef von Lupus Wolfsburg, kletterte aus dem Hubschrauber. Einmal war Mrs. Masterson ihm schon begegnet und hatte – kaum eine Überraschung – spontanen Widerwillen gegen den Mann entwickelt. Brood hatte etwas Ungehobeltes an sich, etwas keinesfalls Vertrauenswürdiges, zeichnete sich durch einen nicht näher beschreibbaren Mangel an Format aus, den sie als Tochter eines Raumadmirals allerdings sehr wohl zu beurteilen verstand. Ihre Abneigung stand in keinem Zusammenhang mit dem Haarwirbel über der Stirn, den breiten Nasenlöchern und der permanenten Unrasiertheit.

Gerade wollte sie antworten, er solle sich um seinen eigenen Kram scheren, da sprang hinter ihm die Lupus-Wolfsburg-Mannschaft mit Gegröle aus dem Hubschrauber und rannte auf den Sportplatz. Die Schafe wimmelten auf das Tor in der Hecke längs der anderen Seite zu.

»Sie möchten mich sprechen, Mrs. Masterson?« Jim Bullock trat näher, trug die neuen Farben von Dynamo Foss Creek, ein in Schwarz und Gelb gestreiftes Trikot. Diese Farbgebung war Anna Tylers Idee gewesen. Sie hatte die Ansicht geäußert, die Trikots würden die gegnerische Mannschaft unbewußt an einen wilden Wespenschwarm erinnern und sie dazu verleiten, in entscheidenden Spielsituationen zurückzuschrecken.

»Ja. An dich habe ich ein besonderes Anliegen, Jim.« Sie zog ihn in die Richtung der Umkleideräume.

»Gütiger Himmel, was ist denn hier los?« Mrs. Masterson hörte Carl Steffens wütende Stimme und drehte sich um. »Das sind trächtige Zippen. Verdammt noch mal, warum jagt ihr sie dermaßen durch die Gegend? Kommt sofort zurück, ihr dämlichen Lackel!«

Das Vorhaben der Lupus-Wolfsburg-Mannschaft, den Sportplatz von den Schafen zu räumen, war auf sonderbare Weise ausgeartet. Man hätte meinen können, die Männer wären ausgerastet, sie scheuchten die

Tiere nach allen Seiten und machten unerbittlich auf sie Hatz. Mehrere Spieler hatten ihre wollige Beute eingeholt und zu Boden geworfen. Mindestens ein Halbdutzend heftiger Ringkämpfe zwischen Fußballern und Zippen fanden statt.

»Schluß damit, Männer!« brüllte Brood. »Manchmal lassen sie sich 'n bißchen zum Übertreiben hinreißen«, wandte er sich an Steffen, »aber im Herzen sind sie alle anständige Jungs.«

»Aber was, zum Teufel, denken sie sich denn eigentlich dabei?«

»Es sind Landbuben, müssen Sie wissen, ganz schlichte Burschen. Sie lassen sich keine Gelegenheit zum Schafewerfen entgehen.«

»Zwergewerfen ist üblich«, schnauzte Steffen, »kein Schafewerfen. Das ist ja wohl allgemein bekannt. Und nun holen Sie augenblicklich Ihre Leute vom Platz!«

Brood legte den Kopf in den Nacken und stieß einen merkwürdig auf- und abschwellenden Ruf aus. Die zum Teil ziemlich weit entfernten Gestalten fuhren herum, einen Moment lang standen sie still, dann trabten sie zu Brood zurück. Die Schafe drängten durchs offene Tor und stoben zum Zaun ihres hinter der Hecke gelegenen Pferchs, brachten soviel Abstand zwischen sich und Lupus Wolfsburg, wie es geographisch ging. Die Fußballspieler scharten sich um Brood, hechelten offenen Munds, warteten auf Befehle.

»Umziehen!« ordnete Brood knapp an.

Bill Todd-Mortimer gesellte sich zu Mrs. Masterson und Jim Bullock.

»Diese Kerle sind wirklich irgendwie reichlich seltsam«, murmelte er.

Lupus Wolfsburg verursachte Bill echte Bauchschmerzen. In der vergangenen Woche war er auf Erkundungstour gewesen und hatte mitangesehen, wie sie Rote

Erde Merton Town sechs zu null schlugen. Ihre Leistung hatte ihn tief beeindruckt. Merton Town war durch beispiellose Teamarbeit und konsequent offensives Spiel nachgerade vom Platz gefegt worden, so eindeutig unterlegen, daß Bill sich gefragt hatte, ob an der Lupus-Wolfsburg-Mannschaft eventuell genetische Optimalisierungen vorgenommen worden sein mochten.

Selbstverständlich waren genetische Optimalisierungen im Bundesligafußball streng verboten, und vor wichtigen Spielen führte man DNA-Stichprobenuntersuchungen durch, um sicherzustellen, daß beispielsweise ein ungewöhnlich agiler Torwart keine Schimpansengene hatte. Inzwischen war Bill jedoch weitgehend davon überzeugt, daß es bei Lupus Wolfsburg kein Affenerbgut gab. Keinem der Spieler ragten die Arme auffällig weit aus den Ärmeln.

Nach einer defätistischen Diskussion im Umkleideraum, der eine Aufmunterungsansprache Mrs. Mastersons folgte, lief er unter dem Jubel der heimatlichen Fans mit der übrigen Dynamo-Foss-Creek-Mannschaft aufs Spielfeld. Einige Minuten lang schoß die Elf den Ball ziellos hin und her, weil auf Lupus Wolfsburg gewartet werden mußte, deren Spieler sich noch im Umkleideraum aufhielten und ein gemeinsames Kampfgeheul johlten. Endlich kamen auch sie zum Vorschein, und das Spiel wurde angepfiffen.

So wie es ablief, sollte Bill noch lange daran denken. Bei einem Zusammenprall mit Jim Bullock erlitt der Lupus-Wolfsburg-Torwart einen Beinbruch und wurde von Dexter Brood persönlich abgelöst, aber der Schiedsrichter stellte Jim vom Platz, so daß Dynamo Foss Creek mit einem Mann weniger weiterspielen mußte. Von da an beherrschte Lupus Wolfsburg den Spielverlauf. Er glich praktisch einer Wiederholung ihres Siegs über Rote Erde Merton Town: unglaubliche

Kombinationsgabe der Spieler, akkurate Pässe und eine beinahe hellsichtige Ballführung.

Nach der Halbzeitpause, die die Lupus-Wolfsburg-Spieler im Umkleideraum verbrachten, wo sie wieder ihr Kampfgeheul anstimmten, ähnelte die zweite völlig der ersten Halbzeit. Drei Tore im Rückstand und auf zehn Mann reduziert, stellte Dynamo Foss Creek nichts mehr auf die Beine, und Lupus Wolfsburg erzielte mit nahezu langweiliger Regelmäßigkeit weitere Tore. Ausschließlich die schonungslose Aufopferung Bill Todd-Mortimers verhinderte ein Punkteverhältnis wie beim Basketball. Immer wieder warf er sich gegnerischen Stürmern vor die Füße, bis ihm stets stärker die schaurige Ahnung schwante, daß sein Glück ihn jeden Moment im Stich lassen und sein Einsatz ihn das Leben kosten konnte. Aber er war bei Gott Mannschaftskapitän, außerdem schaute sein Vater zu, gar nicht zu reden von Janet Remmers, ganz Arsch und Titten. Jetzt war nicht der richtige Zeitpunkt zum Schlappmachen.

Fünf Minuten vor dem Abpfiff rollte der Ball auf die Seitenlinie zu. Der Lupus-Wolfsburg-Stürmer hatte den Paß vorhergesehen und fing den Ball sauber mit der rechten Fußaußenseite ab, stieß ihn anschließend vorwärts. Er täuschte nach rechts an, schoß den Ball jedoch übers ausgestreckte Bein eines Verteidigers hinweg.

Bills Ahnung verfestigte sich zur Gewißheit. Nun war es gleich soweit.

Der Stürmer hielt aufs Tor zu, hob den Blick in Bills Richtung. Zwei, drei weitere Träger kastanienbrauner Lupus-Wolfsburg-Hemden schlossen sich an, um mit Bill kurzen Prozeß zu machen. Bills Verteidiger waren nirgends zu sehen. Offensichtlich überlegte der Lupus-Stürmer, ob er den Ball seinen Mannschaftskollegen zuspielen sollte, die eindeutig nur darauf warteten; aber dann entschied er sich doch für den Alleingang. Geduckt, die Arme seitlich ausgestreckt, schaukelte Bill ihm in höchster Verzweiflung entgegen, um den Schußwinkel zu begrenzen. Die Tourismusbranche war etwas für Trottel. Er nahm sich vor, morgen nach Yamton umzuziehen, sich eine Stellung in den sauberen Verhältnissen unterm Kuppeldach zu verschaffen. Ein Schreibtischpöstchen. Irgend etwas, das nichts mit Fußballschuhen und Herumgetrete zu tun hatte.

Der rechte Fuß des Stürmers traf den Ball mit einem nachgerade fleischigen Wumsen, der Schuß sollte ihn mit voller Wucht ins Tor befördern. Nach rückwärts sprang Bill in die Höhe und erhaschte den Ball noch mit den Fingerspitzen der Linken – nur leicht, aber die Berührung genügte, um den Ball abzulenken, so daß er harmlos über die Oberlatte flog.

Der Applaus verebbte, und Stille senkte sich über den Sportplatz. Der Ball war fort, aber noch näherten sich die kastanienbraunen Hemden dem Tor. Bill rappelte sich auf, Furcht umkrallte sein Herz. Vier Lupus-Wolfsburg-Spieler umzingelten ihn, die Beine gespannt wie sprungbereit niedergeduckte Tiere. Ihnen stand der Mund offen, sie japsten, und Bill hatte den Eindruck, daß ihre Zungen über unnatürlich spitze Zähne leckten. Sie grinsten geradezu blutgierig.

Jetzt war der Moment zum Ausreißen da. Mit einem Aufschrei des Grausens durchbrach er die Umzingelung der Lupus-Wolfsburg-Spieler und suchte das Weite.

Anna Tyler stieß die Tür zum Umkleideraum des Spielvereins Dynamo Foss Creek auf. Nach einer Niederlage hatte sie die Pflicht, den Jungs bei der Bewältigung der Trauerarbeit zu helfen.

Überall standen in sichtlicher Deprimiertheit nackte Männergestalten. »Mann«, stöhnte jemand, »wie haben sie uns heute plattgemacht.«

»Verdammte Scheiße noch mal, was für 'ne Katastrophe. Elf zu null! Ich schäme mich regelrecht, wißt ihr das?«

»Sprecht ruhig aus, was euch wurmt, Jungs«, ermutigte Anna Tyler sie.

»Mensch, welche Aussichten sollen wir denn da beim Endspiel haben?« fragte ein anderes Mannschaftsmitglied. Gemeint war die Frage rein rhetorisch, aber sie entlockte den Umstehenden mehrere, ausnahmslos negative Antworten.

»Da schmieren wir ab.«

»Die machen uns fertig.«

»Jawohl, kotzt euch aus«, rief Anna Tyler. »Ihr braucht keine Hand vor den Mund zu nehmen.«

»Gegen die sind wir 'ne Herde Schafe«, jammerte jemand weinerlich.

»Es ist alles Jims Schuld«, beklagte sich ein anderer Spieler vorwurfsvoll. »Sich vom Platz schicken zu lassen, so ein Pißgesicht!«

»Klar, mit zehn Mann hatten wir doch gar keine Chance mehr.«

Anna Tyler freute sich. »Gut so, ihr verhaltet euch ganz normal und gesund. Genau das brauchen wir, einen Sündenbock.«

Verärgert ließ Jim Bullock die Muskeln seines nackten Riesenkörpers spielen. »Eins will ich mal klarstellen, ich habe nur gemacht, was ich tun sollte. Ich sollte ihren Torwart außer Gefecht setzen, und genau das ist mir auch gelungen. Was kann ich dafür, daß der blöde Schiedsrichter es gesehen hat?« Die klobigen Fäuste geballt, stierte er rundum. »Wer hat mich Pißgesicht genannt? Zeig dich, du fiese Ratte, ich hau dir die Fresse ein!«

»Nicht jetzt, Jim«, sagte Anna Tyler rasch. »Ich genehmige dir eine spätere, individuelle Beratung.«

»Ach nee, so?« meinte Jim patzig. »Ich glaube, Sie haben jetzt genug gequatscht, Madame. Für wen halten Sie sich eigentlich, daß Sie hier zu uns nackten Männern reingelatscht kommen?«

»Ich versichere euch, daß Nacktheit für mich überhaupt keinerlei besonderen Stellenwert einnimmt.«

»Na, dann ziehen *Sie* sich doch *auch* aus!«

»Jawohl!« brüllte die Mannschaft. »Au ja!«

Anna Tyler wich zur Tür zurück. »Sehr gute Reaktion. Mir gefällt die Art und Weise, wie ihr eure Trauerarbeit leistet. Lassen wir alle Schranken fallen. Das heißt, ich meine nicht etwa, daß wir alle Hemmungen ablegen, ich möchte nicht, daß ihr mich mißversteht ...«

»In Gottes Namen, was ist denn hier los?«

»Oh, Mrs. Masterson«, rief Anna Tyler erleichtert, »wir befassen uns gerade mit der nach Niederlagen unentbehrlichen Trauerarbeit. Es dauert nicht lange. Brauchen Sie mich« – sie stellte die Frage regelrecht hoffnungsvoll – »für irgend etwas?«

Mrs. Mastersons stämmige, vierschrötige Erscheinung unterzog die Ansammlung splitternackter Fußballspieler im Umkleideraum einer aufmerksamen Musterung. »Ist Bill Todd-Mortimer da?«

»Hier«, rief eine ausgelaugte Fußballergestalt aus dem Hintergrund der Räumlichkeit.

»Bist du wohlauf, Bill? Sie haben dich doch nicht ... irgendwie verletzt, oder?«

»Ich habe bloß die üblichen Platzwunden und Quetschungen, die beim Fußball entstehen, Mrs. Masterson.«

»Keine ... äh ... Bisse oder so was?«

»Bisse?«

»Ja, Bisse. Von Zähnen.« Grimmig schweifte Mrs. Mastersons Blick über die Mannschaft. »Carl Steffen hat mir eben erzählt, daß mehrere seiner Schafe ernste Bißwunden abgekriegt haben, während sie von den Lupus-Wolfsburg-Spielern vom Acker gehetzt wurden. Ich glaube, ihr seid genau wie ich der Auffassung, daß das eine recht sonderbare Sache ist. Also rate ich euch allen, kein Risiko einzugehen, tanzt beim Arzt an und laßt euch impfen.«

»Ich wußte doch«, hörte man Bill Todd-Mortimer in das Schweigen des Staunens murmeln, das den Worten Mrs. Mastersons folgte, »daß mit den Scheißtypen was nicht stimmt.«

Sonntagmorgen; vom Visifon-Bildschirm blickte ein älteres, faltiges Männergesicht in Mrs. Mastersons Zimmer, bemühte sich um einen Ausdruck der Offenheit und Ehrlichkeit. Die Offenheit wirkte echt, weil der Anrufer verzweifelt eine Bitte vortrug. Dagegen fehlte es der Ehrlichkeit an Überzeugungskraft, weil der Anruf aus der Yamtoner Strafvollzugsanstalt kam. Das Gesicht war Walli Mastersons Visage.

»Stasis?« keifte Mrs. Masterson. »Was soll das heißen, Stasis? Du sollst eine Haftstrafe absitzen, verdammt noch mal.«

»Neuerdings kann man als Alternative für Stasis optieren. Ich habe mich darum beworben. Alles, was ich noch brauche, ist deine Befürwortung. Eine Bescheinigung über einwandfreies Verhalten vor Straffälligwerden, so etwas.«

Walli war ein gerissener kleiner Lump – nur deshalb hatte er so lange ungestraft Unterschlagungen betreiben können –, aber nicht schlau genug, um Mrs. Masterson an der Nase herumzuführen. »Du möchtest, daß ich dich für die Hibernation empfehle, ist es das, was du willst?«

Er fuhr sich mit der Zunge über die Lippen. »So könnte man's ausdrücken.«

»Für die volle Strafe? Alle zehn Jahre?«

»Neun. Eins hab ich schon hinter mir.« Flehentlich verzog Walli das Pferdegesicht. »Es ist die Hölle, Rachel. In meinem Alter sehe ich sonst die Sonne nie wieder.«

»Und zu Recht. Du hast der Gesellschaft eine Schuld abzutragen, Walter Masterson, und du sollst sie weiß Gott verbüßen. Heutzutage werden Kriminelle viel zu sehr verhätschelt. Eigene Duschen, 3D-TV in allen Zellen, täglich frisches Bettzeug, Reit- und Segelunterricht, alles auf Kosten des Steuerzahlers. Das dreht mir den Magen um.«

»Du schreibst mir also eine Stasisempfehlung für den Gouverneur? Sicherlich wünschst du doch nicht, daß ich neun Jahre mit Segelunterricht verbringe, oder?«

Mrs. Masterson schnaubte. Wie konnte der kleine Waschlappen es wagen, ihr gegenüber sarkastisch zu werden! Walli brauchte Zeit, um überhaupt erst einmal über sein Fehlverhalten Klarheit zu erlangen. Neun Jahre mochten knapp reichen. »Eher geht die Welt unter, bevor ich dir 'ne Stasis befürworte, Walli«, raunzte sie ihn an. »Aber da du gerade am Apparat bist, kannst du mal etwas deinen Grips für mich anstrengen. Du entsinnst dich doch wohl an den Choth-Krawall auf SolStation zwo?«

Seine Miene bezeugte Aufmüpfigkeit. »Du meinst die Schote damals, als dein Vater durchdrehte und mit der Laserpistole aufs eigene Spiegelbild schoß? Und du den Sicherheitschef umlegen wolltest und dafür deportiert wurdest?«

»Deine Darstellung der Ereignisse weicht von meiner Erinnerung ab, Walli. Mein Vater hat nicht durchgedreht, er war einfach dreiundneunzig Jahre alt und hatte schlechte Augen. Und nach seinem Tod war ein bedenklicher Mangel an richtungsweisender Führung vorhanden, und ich hatte lediglich die Absicht, diese Schwäche zu beheben. Hanswurste von der Sicherheit haben mein lobenswertes Vorhaben verdorben. Aber darum dreht es sich jetzt gar nicht. Sag mir, was war der letztendliche Ausgang des Choth-Aufruhrs? Was ist aus den Choth geworden, nachdem ich die Station verlassen hatte?«

»Tja, das würdest du wohl gerne wissen, was?«

Wie impertinent sich diese Zecke benahm! »Walli, ich warne dich. In Foss Creek werden unheilvolle Geschehnisse beobachtet, die eine auffällige Ähnlichkeit mit den Vorgängen vor der Choth-Erhebung haben. Nun beantworte meine Frage. Wenn du dich weiter so bockig benimmst, kann ich mir die Informationen aus anderen Quellen besorgen.«

»Nein, kannst du nicht. Es ist alles vertuscht worden. Man hat die Aufzeichnungen vernichtet und das Gedächtnis der Beteiligten manipuliert. Nur ich bin durchs Netz geschlüpft. Weißt du, mit den Choth hatte es was auf sich, das den Leuten wirklich 'ne Gänsehaut verursachte. Es hatte den Anschein, als wäre eine der gruseligsten Überlieferungen der Menschheitsgeschichte Wahrheit geworden. Am besten vergißt man die ganze Sache.« Er feixte boshaft.

»Raus mit der Sprache, du Idiot!«

»Eher geht die Welt unter«, gab Walli Masterson mit allem Nachdruck zur Antwort. »Und vielleicht nicht mal dann.«

»Bist du nicht ein bißchen hart zu ihm gewesen, Rachel?« fragte Megan Jenkins, als Mrs. Masterson sich nach der Unterbrechung durch das Visifonat wieder dem Morgenkaffee widmete.

»Hart?« wiederholte die alte Dame. »Guter Gott, er kann von Glück reden, auf der Erde verknackt worden zu sein. Hätte man ihn auf SolStation zwo vor Gericht gestellt, wäre ihm das Gehirn zurechtgerückt worden. Auf SolStation zwo kennt man Gott sei Dank keine Nachsicht mit Betrügern.«

»Aber Rachel ...« Megan war entsetzt. »Wie kannst du nur so reden? Er ist doch dein Ehemann.«

»Das beweist nur, daß ich einen vorurteilsfreien Standpunkt einnehme. Walli ist ein schäbiger kleiner Sausack, der seine Strafe verdient hat. Es ist auch 'n Glück für ihn, daß mein Vater nicht mehr lebt, er hätte den Schuft wegen der Weise, wie er den Namen unserer Familie entehrt hat, mit der Karbatsche durchgeprügelt. Ist dir eigentlich klar, was mit dem heutigen Strafvollzugssystem nicht stimmt?«

»Daß Gauner zu milde davonkommen?« meinte Megan.

Mrs. Masterson warf ihr einen argwöhnischen Blick zu. Wenn sie etwas nicht ausstehen konnte, dann Unaufrichtigkeit. Aber sie hielt Megan die beiderseitige Freundschaft zugute. »Genau«, bestätigte sie. »Und Wallis Gesuch ist dafür ein eklatantes Beispiel. Welchen Zweck hat denn ein Gefängnis, hm? Die Bestrafung eines Übeltäters, und zwar in Form endloser Langeweile, mit gelegentlicher Erniedrigung als einziger Abwechslung, oder nicht? Und was fällt Walli dazu ein? Stasis will er, um Himmels willen, Stasis!«

»Ich denke mir, so ist die Strafe billiger. Ich meine, es werden ja Verpflegung und Unterbringung gestrichen. Soviel ich weiß, verwahrt man die Häftlinge tiefgefroren in großen Schrankfächern.«

»Aber begreifst du denn nicht, was die Folge ist, Dummerchen? Stasis bedeutet, er würde aufwachen, ohne überhaupt gemerkt zu haben, daß neun Jahre vergangen sind. Wo bleibt denn da die Strafe, hm? Er könnte die ganze Zeit seelenruhig verpennen, und ich würde älter. Bei seiner Entlassung wäre er rüstiger und geistig wacher als ich, und dann könnte er mich übers Ohr hauen, das schmierige, kleine Ferkel.«

»Ich bezweifle, daß es je dazu kommen könnte, Rachel.«

Wieder hatte es den Anschein, als wären Megans Tonfall verdächtige Anklänge anzuhören, und Mrs. Masterson wollte schon ungnädig werden, da summte das Visifon ein zweites Mal. Die alte Dame stieß ein Schimpfwort aus und aktivierte den Apparat. Fiel den Leuten sonntagmorgens nichts Besseres ein, als herumzutelefonieren? Wieso waren sie nicht alle in der Kirche?

Der Anrufer war Carl Steffen. »Sie sind doch die Verantwortliche für diese verfluchte Fußballmannschaft, hä?« erkundigte er sich barsch.

»Ich bin Vorsitzende und Managerin des Spielvereins Dynamo Foss Creek, wenn Sie das meinen sollten. Allerdings verstehe ich nicht, was Sie dazu bewegt, mich am Sonntagmorgen anzurufen und mir eine solche Frage zu stellen.«

»Das heißt ja, oder? Gut, Madame, dann begeben Sie sich mal schleunigst herüber zu meinem Gehöft, und bringen Sie Todd-Mortimer mit!«

»Also wirklich! Einen derartigen Ton wünsche ich nicht von Ihnen zu ...«

»Außer Sie möchten meine Weide auch in Zukunft als Fußballplatz benutzen.«

»Ach so ist das.« Mit hochrotem Kopf schaltete Mrs. Masterson den Apparat ab. Erst Walli, jetzt Steffen. Offenbar stand es heute morgen übel um die gute, alte, ländliche Gemütlich- und Höflichkeit. »Was hängst du hier noch herum, meine Liebe?« grummelte sie Megan an. »Siehst du nicht, daß ich mich um dringende Angelegenheiten kümmern muß?«

»Nein, das kann ich nicht erlauben«, sagte Gervaise Todd-Mortimer entschieden, während er und Mrs.

Masterson zu Carl Steffens Gehöft fuhren. »Wissen Sie, so was geht einfach nicht.«

Mrs. Masterson nutzte die kurze Fahrt als Gelegenheit, um Strategie und Taktik des Foss Creeker Fußballvereins zu diskutieren. »Unsinn! Spieler wechseln ständig den Verein. Ich schlage doch nichts anderes vor, als daß Ihr Sohn für ein paar Wochen 'nen Vertrag als Torwart bei Lupus Wolfsburg unterschreibt und mir darüber Bericht erstattet, was es mit dem Verein auf sich hat. Und kurz vorm Pokalspiel kommt er zu uns zurück. Nichts könnte leichter sein.«

»Spioniererei? So was ist sittenwidrig. Und außerdem hat Lupus Wolfsburg Bill einen Heidenschrecken eingejagt. Ich würd's gar nicht schaffen, ihn zu so was Eigentümlichem zu überreden.«

Mrs. Masterson prustete. »Eigentümlich, ja, das ist genau das richtige Wort. Deshalb will ich der Sache ja auf den Grund gehen. Ich habe Jim Bullock eigens angewiesen, den Torhüter von Lupus Wolfsburg aus dem Verkehr zu ziehen, damit Ihr Sohn an seine Stelle treten kann.«

»Was?!« Aus Empörung sträubten sich Gervaise Todd-Mortimer die Haare. »Wollen Sie sagen, Jim hat den Mann vorsätzlich verletzt?« Er atmete tief durch. »Bitte nehmen Sie meinen Rücktritt aus dem Vorstand des Spielvereins Dynamo Foss Creek zur Kenntnis, Mrs. Masterson.«

»Gerne. So, und was Bill betrifft ...« Mrs. Masterson verstummte. Sie waren auf die Zufahrt zu Steffens Gehöft abgebogen, und das Gebäude befand sich jetzt in Sicht.

Schafe umdrängten es an allen Seiten.

»Sieht aus, als wären sie hungrig, was?« äußerte der Tierarzt.

»Es ist so, wie ich's mir dachte«, brummelte Mrs.

Masterson. »Steffens Haus wird belagert.« Sie trat auf die Bremse, weil ein Schaf vor den Buggy lief.

»Belagert? Machen Sie sich nicht lächerlich...« Er verstummte und starrte hinaus. »Du lieber Gott! Schauen Sie nur, was für einen Gesichtsausdruck das Schaf hat!«

»Durch und durch bösartig, da müssen Sie mir wohl zustimmen. Es trägt ein Kainsmal auf der Stirn.«

Eilends besann sich Todd-Mortimer. Wie er schon bei anderen Anlässen und zu seinem Nachteil gemerkt hatte, färbte die obskure Traumwelt, in der Mrs. Masterson lebte, schnell auf andere Menschen ab. »Wahrscheinlich nur ein flüchtiger, irriger Eindruck. Schafe gucken immer so merkwürdig, fragen Sie Steffen. Manchmal machen ihre Blicke ihn richtig unruhig. Nein, die Tiere warten bloß aufs Futter.«

»Ich glaube, Sie werden noch einsehen müssen«, antwortete Mrs. Masterson in düsterem Tonfall, »daß wir uns hier mit einem weitaus verhängnisvolleren Phänomen auseinanderzusetzen haben.«

Indem sie sich dem Haus näherten, hatte es den Anschein, als sollte sie recht behalten. Rings um den Buggy tummelten sich Schafe und knurrten. An einem Fenster zeigte sich Steffens von Grauen verhärmte Miene. Er riß das Fenster auf. »Fahren Sie dicht an der Tür vor! Lassen Sie die Viecher ja nicht in Ihre Nähe!«

Mrs. Masterson stoppte unmittelbar vor der Haustür und schaltete den Motor aus. Während der Buggy auf den Boden sank, scharrten Hufe über die Fahrzeugscheiben, eine ganze Anzahl wolliger Schafsgesichter glotzte herein, die Augen gerötet, die aufgesperrten Mäuler seiberten. Direkt neben dem Wagen öffnete Steffen einen Spaltbreit die Haustür. Mrs. Masterson schwang den Fahrzeugschlag auf und betrat rasch das Haus, gefolgt vom Tierarzt. Ein Schaf zwängte sich zwischen den Buggy und die Hausmauer, klemmte sich ein, schnappte um sich und geiferte. Steffen knallte die Haustür von innen zu.

»Gütiger Himmel«, ächzte er, »der Tag hat wirklich gut angefangen...!« Er holte tief Luft und baute sich vor Mrs. Masterson auf. »Also, was haben Sie zu alldem zu sagen, Frau?«

»Ich verstehe nicht, wovon Sie eigentlich reden.«

Steffens Finger zitterten, während er an ihnen mehrere Punkte aufzählte. »Ich erlaube Ihrer miesen Fußballmannschaft, auf meiner Schafweide zu spielen. Gestern hetzen die Spieler meine Zippen über die Weide und fallen über sie her. Schafe werden gebissen, und heute morgen greifen sie mich an. Daß ein Zusammenhang besteht, ist ja wohl offensichtlich. Guter Gott, Frau, nur mit Mühe und Not habe ich mein Leben retten können.«

»Sicherlich erinnern Sie sich daran, daß es Lupus-Wolfsburg-Spieler waren, die sich an Ihren Schafen vergriffen haben. Wie Sie genau wissen, bin ich für sie nicht verantwortlich.«

»Lupus Wolfsburg, Dynamo Foss Creek, wo ist da der Unterschied? Infolge von Verletzungen, die ihnen zugefügt wurden, während Fußballspieler sie von der Weide entfernt haben, sind meine Zippen von einer geheimnisvollen Krankheit befallen worden.«

»Mit Ihnen kann man sich ja überhaupt nicht vernünftig unterhalten, Sie Pausenclown.« Mrs. Masterson wandte sich an Todd-Mortimer. »Sie haben die Schafe gesehen. Wie lautet Ihre Diagnose?«

»Nun mal schön langsam. Ich habe sie doch noch gar nicht untersucht. Carl, wann haben Sie die Symptome zum erstenmal bemerkt?«

»Heute früh, als sie die Haustür einrennen wollten, um mich anzufallen.« Steffen tupfte sich Schweiß von der Stirn. »Von Schafen habe ich die Nase voll, das sage ich Ihnen, ich scheiße auf das Lokalkolorit. Soviel ich gehört habe, sollen Lamas sehr friedlich sein.«

Todd-Mortimer hatte ein Fenster geöffnet und besah sich die direkt unter ihm zwischen Haus und Auto eingeklemmte Zippe. »Haben Sie bei ihnen Scheu vor Wasser beobachtet?«

»Sie meinen, 's könnte Tollwut sein?« Steffen stieß ein schroffes Auflachen hervor. »Tollwut ist seit fünfzig Jahren ausgemerzt.«

Der Tierarzt straffte sich. »Die richtige Information zur falschen Sache kann gefährlich in die Irre führen, Carl. In diesem Fall glaube ich allerdings ...« Er lehnte sich ein zweites Mal aus dem Fenster. »Hier dürfte es eine recht einfache Erklärung geben. Eine äußerst schmerzhafte Augenentzündung hat sich in der Herde ausgebreitet. Sehen Sie die Rötung der Augen, die Entzündung, wie es medizinisch korrekt heißt? Die Tiere sind verrückt vor Schmerz. Man behandle die Augen, und das Problem ist behoben.«

»Na schön, dann behandeln Sie sie«, forderte Carl Steffen ihn hämisch auf. »Viel Glück.«

»Zur Probe werde ich das Tier da unterm Fenster behandeln. Ich glaube, ich komme von hier aus dran.« Er entnahm seiner Arzttasche ein Fläschchen, tränkte mit dem Inhalt ein Tuch und beugte sich nochmals zum Fenster hinaus. »Einmal auswischen mit Argyrol genügt, schätze ich ... So, schon erledigt. Haben Sie was gesagt, Mrs. Masterson?«

Tatsächlich hatte Mrs. Masterson, während sie das Etikett des Fläschchens las, ein Brummen der Skepsis von sich gegeben. »Ich glaube kaum, daß diese Tinktur etwas nützt.«

»Argyrol ist bei Augeninfektionen ein anerkanntes und bewährtes Mittel.« Er guckte aus dem Fenster. »Das Tier beruhigt sich schon.«

Carl Steffen und Mrs. Masterson traten ebenfalls ans

Fenster. Es war unglaublich, aber wahr: Todd-Mortimer hatte recht. Die Zippe hatte ihre Knurrerei eingestellt, stand still da und äugte gutmütig herauf.

»Das ist die Ironie beim Arztberuf«, meinte Todd-Mortimer. »Egal wie wirksam die Medizin ist, man benötigt den guten, alten Onkel Doktor, um an eine Diagnose zu gelangen und das Medikament zu verschreiben. Argyrol ist heute beinahe vergessen, es ist ein Mittel aus dem zwanzigsten Jahrhundert. Aber das Entscheidende ist, ich habe mich daran erinnert. Jetzt wissen wir, wie wir Ihre Herde heilen können, Carl.«

Ein seltsamer Ausdruck in Steffens Gesicht befremdete Mrs. Masterson. War es etwa Enttäuschung? In diesem Augenblick bemerkte sie etwas. »Schauen Sie mal dort, Todd-Mortimer«, verlangte sie unwirsch. »Sämtliche übrigen Tiere beruhigen sich auch, sehen Sie's? Die Erkrankung ist von selbst verflogen. Jetzt steht fest, was wir von Ihrem Wundermittel zu halten haben. Reiner Zufall, sonst nichts. Das Schreckgespenst jeder wissenschaftlichen Forschung.«

Lammfromm entfernten sich die Schafe vom Haus, zogen gemächlich durch einen teils niedergebrochenen Zaun auf eine Wiese, blökten und senkten die Köpfe, knabberten kurzes Frühjahrsgras. »Na so was, verdammt noch mal«, brummelte Steffen. »Bei Schafen weiß man ja wahrhaftig nie, woran man ist. Ich hab's schon immer gesagt.«

»Vielleicht sollte ich nun den Rest der Herde behandeln«, schlug Todd-Mortimer vor. »Als vorbeugende Maßnahme.«

»Ach was, laß die Finger davon, Gervaise. Dieser Vorfall kommt mich schon teuer genug. Und außerdem...« Sein Gesicht bekam wieder den befremdlichen Ausdruck. »Na egal...«

»Was für eine Tölpelhaftigkeit«, maulte Mrs. Masterson. »Sie bilden sich ein, die Angelegenheit wäre ausgestanden? Diese Art von Gleichgültigkeit hat uns fast SolStation zwo gekostet. Dort fing's damals genauso an wie hier. Mit roten Augen, Knurren und Seibern.«

»Man hält auf SolStation zwo Schafe?« fragte Steffen verblüfft.

»Schafe? Nein, Schafe gibt's dort natürlich nicht, sie Esel. Ich rede über Menschen wie Sie und ich, rechtschaffene Bürger, die durch Bisse eben derselben Choth infiziert wurden, die man gegen meinen sachkundigen Rat an Bord genommen hatte und die sich dann gegen uns erhoben. Hätten die Leute auf mich gehört, wäre mein Vater heute noch am Leben.«

»Außer er wäre durch eine andere Todesursache gestorben.«

»Ja, sicher. Innerhalb weniger Stunden steigerte sich der Choth-Aufstand zu einem wahren Bürgerkrieg. Menschen kämpften gegen Menschen mit roten Augen, die knurrten und sabberten.«

»Alle?« Offenbar erregte die Schilderung Todd-Mortimers berufliches Interesse. »Alle haben sie gesabbert?«

Aus Ungeduld schnalzte Mrs. Masterson mit der Zunge. »Muß ich eigentlich jede Kleinigkeit dreimal erzählen? Nichtsabbernde Menschen mußten sich gegen sabbernde Menschen wehren.«

»Und die Choth? Haben sie gesabbert oder nicht?«

»Die Choth sabbern immer. Und falls Sie noch immer nicht gerafft haben, wieso auf der SolStation auch Menschen sabberten, so lag es daran, daß die Choth-Bisse sie infiziert hatten. Im Bemühen um die Bewahrung des Friedens fand mein Vater den Tod.« Mrs. Masterson maß die beiden Männer ernsten Blicks. »Sein Ableben war für die Raumtruppe ein schwerer Verlust.«

»Tscha, das ist ja 'ne traurige Geschichte«, sagte Steffen. »Allerdings kapiere ich nicht, was sie mit meinen

Schafen zu tun hat. Hier gibt es doch keine Choth, oder? Wie sehen sie denn überhaupt aus?«

»Humanoid. Groß. Haarig, vor allem an den Händen. Lange, schnauzenähnliche Kiefer, spitze Zähne. Vor ein paar Jahrhunderten hatten sie die Erde schon einmal besucht und dabei die Grundsteine für gewisse Mythen gelegt.«

»Mythen?« wiederholte Steffen. »Ja verdammt, einen Moment mal... Sie wollen doch wohl nicht behaupten...«

»O doch, Mr. Steffen. Momentan erwecken Ihre Tiere einen friedfertigen Eindruck, aber das ist nur ein hinterlistiger Trick. Sie dürfen mir glauben, Mr. Steffen, Sie sind jetzt Eigentümer einer Herde Werschafe.«

»Und darüber haben sie bloß gelacht, meines Erachtens ein Beweis dafür, wie sehr die allgemeine Fähigkeit zum Durchblick in den letzten Jahren abgesunken ist. Da präsentiere ich ihnen eine vollkommen überzeugende Erklärung für das abwegige Benehmen nicht nur der Schafe, sondern auch der Lupus-Wolfsburg-Spieler, und sie lachen nur. Heute Lupus Wolfsburg, sagte ich ihnen, morgen die ganze Welt. Aber diese naheliegende Schlußfolgerung konnten sie nicht nachvollziehen. Manchmal frage ich mich, ob das schlichte Landleben eventuell nachteilige Auswirkungen auf den menschlichen Geist hat.«

Sonntagnachmittag in Mrs. Mastersons Haus. Ihre Zuhörerschaft umfaßte Anna Tyler, die sie zu sich gebeten hatte, um die psychologischen Konsequenzen des gestrigen Fußballspiels zu diskutieren, und Megan Jenkins, die wie gewohnt eine nützliche Idiotin abgab.

»Aber wieso haben sich denn *alle* Schafe auf einmal beruhigt?« fragte Megan Jenkins.

»Bestimmt nicht dank irgendwelchen Zeugs, das der Trottel Todd-Mortimer ihnen in die Augen geschmiert hat, denn es ist ja nur ein einziges Tier von ihm behandelt worden. Ich vermute, daß die Rückbildung sich über mehrere Stunden erstreckt hat, wahrscheinlich nach Untergang des Vollmonds. Merkt euch meine Worte, in diesen Schafen lauern noch Bestien. Genau wie in den Lupus-Wolfsburg-Spielern, ihre diabolischen Eigenschaften schlummern nur bis zum nächsten Vollmond.«

»Die Lupus-Wolfsburg-Spieler sollen Werwölfe sein? Wirklich, Rachel, ist das nicht ein bißchen weit hergeholt?« Dennoch linste Megan Jenkins nervös aus dem Fenster, als rechnete sie halb damit, Dexter Brood mit spitzen Zähnen und Sabbermaul in den Sträuchern lauern zu sehen.

»Die Hinweise waren offen erkennbar, aber wir haben sie übersehen. Ihr Geheul vorm Spiel. Die Art und Weise, wie sie beim Stürmen instinktiv zusammengewirkt haben, geradeso wie ein Wolfsrudel auf der Hatz. Ihre nur mühsam beherrschte Aggressivität gegen den armen Jungen Bill Todd-Mortimer. Zu seinem Glück hat er sie durchschaut und ist fortgerannt. Mich schaudert's, wenn ich daran denke, was andernfalls passiert wäre.«

Anna Tyler hegte Zweifel. »Na, was *wäre* denn passiert?«

»Wie gesagt, mir graust's, wenn ich daran denke.«

»Ja, aber du mußt erst an etwas denken, bevor's dir graust. Einfach so schaudern kann's dich nicht. Es muß dich doch vor etwas schaudern.«

»Muß ich es erst noch aussprechen, meine Liebe? Hätte Bill nicht die Beine in die Hand genommen, wäre er von ihnen zerrissen worden.«

»Das halte ich kaum für glaubhaft. Ich nehme an, sie hätten ihn auf die Schulter geklopft, wie es unter Fußballspielern üblich ist, und das Spiel fortgesetzt. Ein Klaps auf die Schulter ist für meine Begriffe viel wahrscheinlicher als ein völlig unbegründbares Verstümmeln. Ich gehe wohl zu Recht davon aus, daß die meisten Menschen sich meiner Ansicht anschließen würden.«

»Ich auf keinen Fall. Ich kenne die Choth.«

»Die Choth? Was haben denn die Choth damit zu tun?«

»Wegen der Choth hat Mrs. Mastersons Vater, Admiral Masterson, den Tod gefunden«, rief Megan Jenkins, an Anna Tyler gewandt, in Erinnerung.

»Streng genommen kennt man auf SolStation zwo keinen Vollmond als solchen«, erläuterte die alte Dame, »weil kaum äußere Bullaugen vorhanden sind. Wäre es anders, hätten sich die intelligenteren Stationsbewohner bald meiner Meinung angeschlossen. Auf jeden Fall, die Choth verhielten sich trotzdem nach Maßgabe ihrer inneren Uhr und erhoben sich gegen uns wie ein Mann, oder vielmehr, wie ein Alien. Nachdem mein armer Vater gefallen war, habe ich mich nachdrücklich darum bemüht, der Station eine verläßliche Führung zu geben, aber die Dummköpfe des Sicherheitsdiensts haben mich mit Waffengewalt daran gehindert.«

»Was für ein aufregendes, abenteuerliches Schlüsselerlebnis, Mrs. Masterson«, kommentierte Anna Tyler. »Fast wünsche ich mir, ich wäre dabei gewesen. Nur gegen die Verwendung des Worts ›Werwolf‹ habe ich Einwände. Man kann den Choth ihre Mondbezogenheit nicht schuldhaft anlasten.«

Mit resoluter Gebärde nahm die Gastgeberin ein Buch vom Kaffeetisch. »Sie sind sich ganz offensichtlich nicht über den Ernst der Lage im klaren. Ich empfehle Ihnen, sich sachdienlich zu informieren.« Sie las einen Satz aus dem Buch vor, anscheinend ein altes Zitat. »›Alleweil kömmt die Kundtschafft dasz solcherley Personae welchen die merckwürdige Macht gegeben ihres sterblichen Corpus Gestalt zu wandeln hierbey ohnfehlbar geneiget seynd zur Natura der Kalamität.‹ Na, und nun denken Sie mal ans gestrige Spiel und sagen mir, was Ihnen bei dieser Feststellung einfällt.« Durchdringend musterte sie Anna Tyler, und als die Soziologin beklommen zu Boden sah, heftete sie den Blick auf Megan Jenkins. »Das ist doch sehr aufschlußreich, nicht wahr?«

»Willst du damit andeuten«, fragte Mrs. Mastersons Nachbarin mit Zitterstimme, »die Lupus-Spieler hätten wie Calamares gerochen? *Etwas* komisch *waren* sie ja, aber ihnen nachzusagen, sie röchen wie Calamares...? Irgendwie geht mir deine Abneigung gegen Lupus Wolfsburg doch zu weit.«

Anna Tyler schlug einen strengen Tonfall an. »Wirklich, Mrs. Masterson, ich erachte Ihre Einlassungen als hochgradig peinlich und fühle mich davon tief betroffen. Nur weil diese Leidenden – Leidende nach *unseren* Maßstäben, wohlgemerkt – ein Verhalten an den Tag legen, an dem Sie persönlich Anstoß nehmen, besteht noch lange kein Grund, sie der Kalamität zu bezichtigen. Und natürlich spreche ich ausschließlich von den Choth auf SolStation zwo. Sie haben bisher keine überzeugende Verbindung zwischen den Choth auf SolStation zwo und Lupus Wolfsburg hier auf der Erde nachgewiesen. Kalamität? Davon kann ja wohl keinerlei Rede sein.«

»Sie schwafeln wie üblich in Rätseln, meine Liebe. »Bestialität« habe ich gesagt.«

»Nein, Kalamität.«

»Wenn Sie meinen...« Mrs. Masterson reichte ihr das Buch. »Lesen Sie's selber.«

Anna Tyler warf einen Blick auf die Seite. »Ja, hier steht ›Natura der Bestialität‹, also haben Sie das Wort falsch gelesen. Mein Gott!« Plötzlich echauffierte sich die Soziologin. »Haben Sie gesehen, was für eine

Schwarte das ist, Megan?« Sie hielt das Buch hoch und zeigte den Umschlag vor, dessen kesses Titelbild eine schweinsrosa nackte Frau in den Klauen eines Unholds mit schwarzem Mantel und spitzen Hauern darstellte. »*Mythen und Monster des Mittelalters.*« Sie knallte das Buch zu. »So etwas kann man wohl kaum als verläßliche wissenschaftliche Fachliteratur bezeichnen, oder? Was regen Sie denn an, Mrs. Masterson, um die Südwest-Liga vor der Unterwanderung durch Werwolfe zu schützen? Sie mit Silberkugeln zu erschießen?«

»Das ist wahrhaftig die schrillste Idee, die ich seit dem Morgen gehört habe, und ich bin heute schon einige Zeit mit Gervaise Todd-Mortimer zusammen gewesen. Jeder weiß, daß die Sache mit den silbernen Kugeln bloß 'n Mythos ist. Zu Anfang des Krawalls auf SolStation zwo habe ich zwei Choth mit selbstgegossenen Silberkugeln erschossen, aber quasi nur als Experiment. Es hat sich bald geklärt, daß sie wegen meiner Zielgenauigkeit gestorben sind, nicht durch irgendwelche mystischen Eigenschaften des Silbers. Ich hatte sie ins Herz getroffen.«

»Wie müßten wir also Ihres Erachtens das Problem anpacken, Mrs. Masterson? Falls es ein Problem gibt. Vielleicht sollten wir uns lieber mit der unerfreulichen Wahrheit abfinden, daß Lupus Wolfsburg einfach eine bessere Fußballmannschaft als Dynamo Foss Creek ist.«

»Es geht dabei, wie erwähnt, um mehr als Fußball«, antwortete die alte Dame ominös. »Ich hatte gehofft, unsere Unterredung könnte uns zu einer zweckmäßigen Lösung verhelfen, aber ich hätt's besser wissen müssen. Nein. Voraussichtlich rufe ich als einzige Maßnahme meinen Mann in der Strafvollzugsanstalt Yamton an und mache ihm im Austausch für Informationen gewisse Zugeständnisse. Nicht daß ich drauf brenne. Walli hat 'n frugalen Charakter und wird in jedem Fall verbissen feilschen.«

»Sind Sie sicher«, fragte Anna Tyler ganz unschuldig, »daß Sie keinen ›brutalen Charakter‹ meinen?«

Die darauffolgende Woche verstrich ohne Zwischenfälle, bis am Freitagabend Mrs. Masterson, nachdem jemand heftig angeklopft hatte, die Haustür öffnete und Bill Todd-Mortimer davor stand. Unruhig sah er sich über die Schulter um, während er hastig eintrat, warf sich in einen Sessel und blinzelte ins Licht.

»Ich kann's nicht, Mrs. Masterson. Es ist ausgeschlossen. Mir ist's gleich, was Sie Vatter über mich und Janet Remmers erzählen. Ich habe die Nase voll.«

Enttäuscht maß Mrs. Masterson ihn erbitterten Blicks von oben bis unten. Was für ein herausragendes Beispiel für die abgeschlaffte Jugend von heute! Er hatte ein bleiches, eingefallenes Gesicht, zu lange Haare, trug ungepflegte Kleidung. Ein paar Jahre Dienst bei der Raumtruppe hätten ihm gutgetan, dort machte man vielleicht, falls es nicht längst zu spät war, einen Mann aus ihm. »Janet Remmers ist nicht die Sorte Mädchen«, sagte Mrs. Masterson bedeutungsschwer, »von der sich dein Vater wünscht, daß du mit ihr Umgang hast.«

»Ich weiß. Aber es ist mir jetzt egal. Petzen Sie's ihm! Los, rufen Sie ihn an und stecken Sie ihm alles! Ihr Bluff läßt mich kalt.«

Offenkundig mußte sie anders mit ihm reden. Eigentlich war Bill ja ein guter Junge, lediglich ein Opfer lascher Erziehung. »Bluffs habe ich nicht nötig. Wir wollen die Angelegenheit ruhig und vernünftig erörtern, Bill. Ich sehe, daß irgend etwas dich vor Furcht aus dem Häuschen gebracht hat, und habe dafür volles Verständnis. Du kannst völlig offen zu mir sein.«

Er senkte den Blick. »Es ist Dexter Brood«, bekannte er leise.

»Dacht' ich's mir doch. Erzähl mir mit deinen eigenen Worten, was du erlebt hast.«

»Hä? Wessen Worte könnte ich denn sonst noch verwenden?«

»Deine halt, genau wie ich's gesagt hab. Laß nichts aus.«

Anscheinend flößte der Klang ihrer Stimme ihm in gleichem Maße Ruhe ein, wie der Monduntergang die Foss Creeker Schafe beruhigte. Er entspannte sich merklich, atmete gründlich durch und kam der Aufforderung nach.

»Ich habe Mr. Brood angerufen, wie Sie's wollten, und gesagt, ich wäre daran interessiert, in seinem Verein zu spielen, ob ich probeweise mal am Training teilnehmen könnte. So läuft das, wissen Sie, man stellt sich beim Training vor. Vatter und den anderen Jungs hab ich nichts erzählt, sie würden so was nicht verstehen. Jedenfalls, Mr. Brood hatte auch Interesse an mir, sein Torwart liegt nämlich noch im Krankenhaus, komplizierter Bruch, er muß noch monatelang auf Krücken gehen. Eins muß man Jim Bullock lassen, was er angeht, macht er richtig.«

»Ja, ja, ein tüchtiger junger Mann. Weiter, bitte.«

»Sie haben gesagt, ich soll nichts auslassen. Jedenfalls, heute morgen war ich dort, ich stand im Tor und mußte Bälle fangen, und der Eindruck war wohl gut, Mr. Brood meinte, ich dürfte ihn Dexter nennen. Und er hat mir gleich 'nen fertigen Vertrag vorgelegt. Aber es gibt eine Bedingung, sagte er. Alle unsere Spieler kriegen 'ne bestimmte Injektion. Er hatte die gefüllte Spritze schon zur Hand.«

»Ach, eine Spritze, so? Kein Biß? Also mit der Methode macht er's.«

»Eine Affendrüseninjektion, hieß es. Er sagte, es wäre schon seit Jahrhunderten bei Fußballmannschaften so üblich. Kein Aufputschmittel oder irgendwas, das als verbotenes Doping gilt. Und nur natürliche Bestandteile, wie etwa Strontium. Aber da bekam ich Schiß. Er hatte sowieso 'nen ganz abartigen Ausdruck in den Augen. Irgendwie ... *Schadenfreude*, verstehen Sie, was ich meine?«

»Du bist mit knapper Not davongekommen, Bill.« Mrs. Masterson sah ein, daß sie ihn nie schutzlos zu Lupus Wolfsburg hätte schicken dürfen. Ihr gesunder Menschenverstand war zeitweilig durch ihre Begeisterung für die Mannschaft verdrängt worden.

»Vor Spritzen hab ich einfach Bammel, ich war zu oft dabei, wenn Vatter Tieren Spritzen verpaßt hat. Manchmal fallen die Schafe mir nichts, dir nichts tot um. Embolie, sagt Vatter, reines Pech, sagt er. So was Gefährliches laß ich bei mir nicht zu.«

»Auf alle Fälle ist dir die Flucht gelungen.«

»Ich hab denen weisgemacht, ich müßte was aus'm Buggy holen. Dann bin ich natürlich nichts wie weg.« Bills aufgerissene Augen widerspiegelten das Nervenzerfetzende des Erlebten. »Und da kam die ganze Mannschaft mit Geheul hinterher. Später ist der Vereinshubschrauber über mir in der Luft rumgeorgelt. Ich hab unter Bäumen gewartet, bis er fort war. Aber sie haben bestimmt gemerkt, in welche Richtung ich abgesaust bin.«

»Sie haben die Verfolgung längst aufgegeben, Bill. Brood war bloß enttäuscht, sonst nichts. Ihm ist nicht klar, wie wichtig deine Neuigkeiten für mich sind.«

»Aber ich habe doch gar nichts erfahren.«

»Du hast genug herausgefunden.« Mrs. Masterson stand auf. »Mein Verdacht ist durch dich bestätigt worden, vielen Dank. Die Sache mit Janet Remmers und der Abtreibung bleibt unter uns, keine Bange. Und nun ...« Sie stöhnte. »Mir bleibt keine andere Wahl, als meinen nichtsnutzigen Ehemann anzurufen.«

Für eine stolze Frau wie Mrs. Masterson bedeutete das keinen leichten Schritt, und sie schob ihn in der Hoffnung auf, daß sich das Erfordernis von selbst erledigte, beispielsweise dank einer Gesetzesänderung hinsichtlich der Strafvollzugsstasis oder durch einen tragischen, für die gesamte Mannschaft fatalen Unfall des Lupus-Wolfsburg-Vereinshubschraubers. Aber ohne jeden Zwischenfall wurde es Samstagnachmittag. Der Spielverein Dynamo Foss Creek schlug Lokomotive Galton Town mit 4:1. Es geschah erst während Anna Tylers anschließender Triumphgefühl-Beratung (denn auch mit Triumphgefühlen richtig umzugehen mußte erst gelernt sein), daß die Bombe platzte, und zwar dank Gervaise Todd-Mortimer.

»Das ist ein gutes Omen«, erklärte er, während er der in Frohlocken ausgebrochenen Mannschaft zulächelte, »für den zweiundzwanzigsten.«

Mrs. Masterson berichtigte ihn. »Den neunundzwanzigsten. Das Pokalspiel ist am neunundzwanzigsten, mein Teurer. Wir stünden ganz schön dämlich da, würden wir am zweiundzwanzigsten zum Endspiel antanzen.«

»Der Termin ist vorverlegt worden«, sagte Anna Tyler. »Wissen Sie das nicht?«

»Nein, ich habe keinen Schimmer. Vorverlegt? Weshalb werde ich als Vorsitzende und Managerin des Vereins über so etwas nicht informiert? Wer hat diese Entscheidung denn überhaupt getroffen?«

Der Tierarzt wirkte unangenehm berührt. »Anscheinend hat's irgendwie eine Panne beim Informationsaustausch gegeben. Dexter Brood hatte die Verlegung bei der Südwest-Liga beantragt, wegen Lupus Wolfsburgs übervollem Terminkalender, glaube ich. Natürlich haben Anna Tyler und ich eingewilligt. Das ist doch sicher nur eine Nebensächlichkeit, oder?«

»Eine Nebensächlichkeit?« Erkannten diese Schwachsinnigen überhaupt nicht die Bedeutung des Datums? »*Nebensächlichkeit?* Und Sie haben zugestimmt, ohne sich vorher mit mir abzusprechen? Was für eine Idiotie! Begreifen Sie nicht, *warum* sie den Termin geändert haben wollten? Wissen Sie nicht, was am zweiundzwanzigsten *ist?*«

Verdutzt starrten die beiden sie an. Nackt und offenen Mundes sammelte sich die Mannschaft um das Trio. Zoff im Vereinsvorstand, das war spaßiger als jedes Fußballspiel.

»Dann ist seit dem letzten Spiel genau ein Monat vergangen«, rief die alte Dame. »Werfen Sie mal einen Blick auf den Kalender da an der Wand ... Nebenbei, ich verstehe nicht, wieso man erlaubt, daß dermaßen abscheuliche Bilder gedruckt werden. Am Wochenende des zweiundzwanzigsten ist Vollmond.«

»O nein«, murrte Todd-Mortimer. »Nicht schon wieder die Werwolf-Leier.«

»Werwolf?« wiederholte ein Spieler mißtrauisch.

»Es gibt keine Werwölfe«, sagte Anna Tyler rasch, weil sie spürte, daß sich bei der Mannschaft erneut Beunruhigung und Mutlosigkeit ausbreiteten. »Es hat nie Werwölfe gegeben. Das ist nur ein Mythos.«

»Ach nee«, entgegnete Bill Todd-Mortimer, »dann lassen Sie mich bloß mal erzählen, was ich bei Lupus Wolfsburg erlebt habe.«

»Werwölfe?« Getuschel griff um sich. Die Spieler entsannen sich an absonderliche Vorgänge während des Spiels am vergangenen Wochenende. Plötzlich paßte alles zusammen. Der fruchtbare Boden phantasievoller junger Gemüter brachte ein grauenvolles Schreckensbild hervor. Bestürzung machte sich breit.

»Ich habe immer schon gemerkt«, betonte Bill Todd-Mortimer, »daß diese Burschen irgendwie gespenstisch sind.«

Unverzüglich schaltete Anna Tyler – fähig, wie sie

nun mal war, von Triumphgefühl-Beratung auf Depressionsmanagement um, während Mrs. Masterson nach Hause an ihr Visifon eilte.

»Walli, du mußt jetzt damit rausrücken, was sich nach meinem Abgang auf SolStation zwo ereignet hat. Die Zukunft der Menschheit steht auf der Kippe, und obwohl mich die Menschheit an sich wenig schert, möchte ich doch nicht auf die Vorzüge der modernen Gesellschaft verzichten. Also Schluß mit dem langen Gefackel!«

»Du meinst, du empfiehlst mich für die Stasis?« Die Freude in der Miene des kleinen Arschlochs bot einen bemitleidenswerten Anblick.

»Ich gebe dir mein Wort, als ob ich Offizier und Gentleman wäre, vorausgesetzt natürlich, deine Informationen erweisen sich als zufriedenstellend.«

»Moment mal, Rachel. Einen Moment, verdammt noch mal. Ich kenne dich schließlich schon lange. Wie definierst du ›zufriedenstellend‹?«

»Das Resultat muß ein Sieg von Dynamo Foss Creek über Lupus Wolfsburg beim bevorstehenden Pokalspiel der Südwest-Liga sein.«

»Was hat denn Fußball damit zu tun?« fragte Walli verwundert. Mrs. Masterson gab ihm eine drastisch-lebhafte Schilderung der vorgefallenen Ereignisse, und nach einer Weile nickte er klugscheißerisch. »Ja, ja«, sagte er zu guter Letzt, »jetzt blicke ich durch. Einverstanden, die Abmachung gilt. Nun hör gut zu. Folgendes ist passiert. Kurze Zeit, nachdem man dich von der Station deportiert hatte, ist ganz scharf eingeschritten worden. Die SolStation wurde unter Quarantäne gestellt, die Freizügigkeit auf 'n Minimum reduziert. Du weißt, wie schnell sich in einer Station Panik ausbreitet.«

»Ja, ich weiß es«, erklärte Mrs. Masterson mit gefühlvollem Nachdruck.

»Der Kontakt zur Außenwelt wurde vorübergehend unterbrochen. Den Grund kannst du dir denken. Man wünschte nicht, daß sich das Auftauchen der Werwölfe herumspricht, es ist ja bekannt, wie negativ die Leute Werwölfen gegenüberstehen. *Falls* es wirklich welche waren. Ob ja oder nein, die Choth mußten an Bord ihres Raumschiffs gehen und abfliegen. Alle Infizierten hat man Behandlungen unterzogen und geheilt.«

»Und wie?«

»Daran entsinne ich mich nicht.«

»Du *mußt* dich erinnern! Gib dir gefälligst etwas Mühe, du Hornochse! Ich warne dich, Walli.«

Er verfiel in klägliches Gegreine. »Ich tu mein Bestes, Rachel. Man hat im Gedächtnis der Betroffenen und sonstwie Beteiligten selektive Löschungen vorgenommen. Zum Donnerwetter, manche von uns kannten anschließend nicht mal noch den eigenen Namen. Aber du weißt, wie Gedächtniskorrekturen funktionieren, sie wirken punktuell und darum 'n bißchen nach dem Gießkannenprinzip. Ich erinnere mich an mehr als die meisten. Ich kann mich noch daran entsinnen, daß man dich zur Erde befördert hat und ein blinder Passagier an Bord war, darüber weiß ich noch Bescheid.«

Mrs. Masterson merkte auf. »Ein blinder Passagier? In meiner Raumfähre? Davon habe ich ja nie etwas gehört.«

»Mensch, das war 'n Ding damals.« Walli gluckste vor sich hin. »Nachdem man sein Verschwinden entdeckte, gab's 'nen Riesenskandal. Rankin Sanders hieß er, wahrscheinlich hast du ihn gar nicht gekannt. Man ging davon aus, daß er der erste Stationsbewohner war, der durch einen Chothbiß infiziert wurde, und mittlerweile hatte er sich wirklich weitgehend in der Gewalt. Ich hatte Glück, ich habe keinen Choth je in meine Nähe gelassen. Aber Sanders ist doch nach der

Landung der Raumfähre auf der Erde bestimmt sofort festgenommen worden, oder?«

»Es hat gar keine Fahndung stattgefunden. Möglicherweise ist die Nachricht, daß er abgehauen ist, zu spät angelangt. Ist er ein großer, haariger Mann mit Wirbeln über der Stirn?«

»Ja, genau.«

»Dann verbirgt er sich inzwischen hinter dem Namen Dexter Brood«, sagte Mrs. Masterson mit vollkommener Gewißheit. »Tja, jetzt wissen wir zwar, mit wem wir's zu tun haben, aber ich kann eigentlich nichts unternehmen, höchstens meine Flinte greifen und das Schwein wegpusten, aber ich habe keine Lust, in meinem Alter noch wegen Mordes angeklagt zu werden. Nein, Walli, ich bedaure, aber ohne Einzelheiten über die Behandlung der Infektion kann ich dir keine Stasis-Empfehlung schreiben.«

Sie konnte ihm geradezu ansehen, daß sich in seinem tückischen kleinen Hirn die Gedanken überschlugen. Man mußte es wohl als Ironie bewerten, daß das Los der Menschheit nun von einer solchen Witzfigur abhing. »Du hast vorhin deinen Bekannten erwähnt, den Tierarzt«, äußerte er nach einem Weilchen, »und dieses Schaf. Hat sich das behandelte Tier früher als der Rest normalisiert, oder geschah es bei allen gleichzeitig?«

Das war eine interessante Frage. Konnte es sein, daß Walli diesmal tatsächlich einen klugen Gedanken hatte? »Nach meiner Erinnerung hat das Schaf sich etwa fünf Minuten früher als die restliche Herde beruhigt«, antwortete Mrs. Masterson bedächtig. »Ich weiß es recht genau, weil Todd-Mortimer, die Pappnase, dazwischen genügend Zeit für kindische Prahlerei hatte.«

»Dann wäre das also geklärt.« Walli blickte sich über die Schulter um, eine Angewohnheit, die sich immer bei ihm beobachten ließ, bevor er Informationen ausplauderte. »Wir wollen die Ereignisse noch einmal der Reihe nach durchsprechen, vielleicht fällt mir dabei dies oder jenes ein ...«

Im Laufe der nächsten beiden Wochen waren die Bewohner Foss Creeks durch Mrs. Mastersons Mangel an Aktivitäten angenehm überrascht. Natürlich besuchte sie ein Auswärtsspiel von Dynamo Foss Creek, doch wie man sich nachher im Ort erzählte, zettelte sie keine Zusammenstöße an, sondern beließ es dabei, daß sie, wie es üblich war, der gegnerischen Mannschaft Schmähungen zuschrie. Dynamo Foss Creek hatte locker gewonnen, eine gute Vorbereitung aufs Endspiel. Das Finale sollte in Foss Creek ausgetragen werden; zum Ausgleich dafür, daß Dynamo Foss Creek mit der Terminänderung einverstanden gewesen war, verzichtete Lupus Wolfsburg auf die Option neutralen Bodens. Erstaunlicherweise sah Mrs. Masterson von jeder Anstrengung ab, die Terminverlegung rückgängig zu machen.

Folglich schwebte am Samstag, dem zweiundzwanzigsten April, um 13 Uhr aus strahlendblauem Himmel der Lupus-Wolfsburg-Vereinshubschrauber auf Foss Creek herab. Buggys aus Yamton und Umgebung verstopften die schmalen Zufahrtsstraßen, und Foss Creeks Bürger zimmerten eilends zusätzliche Kassenhäuschen zusammen. Unter touristischen Aspekten war das Südwest-Liga-Pokalspiel das wichtigste Ereignis des Jahres. Überall wimmelte es von TV-Kameras, die das Spiel live ins ganze Land übertragen sollten.

Gervaise Todd-Mortimer, der das Wirksamwerden seines Rücktritts bis nach dem Endspiel aufgeschoben hatte, begegnete vorm Umkleideraum der Dynamo-Foss-Creek-Mannschaft Anna Tyler.

»Da kommt Lupus Wolfsburg.« Er beobachtete die Gegenmannschaft, die mit geröteten Augen und unrasiert aus dem Hubschrauber stieg. »Die Burschen sehen heute ein wenig nach reduziertem Allgemeinzustand aus. Kann für Dynamo nur günstig sein. Wo ist übrigens Mrs. Masterson?« Er bewegte den Kopf in Richtung Umkleideraum. »Höchste Zeit für ihre Anfeuerungsrede, aber ich höre ihre Stimme nicht. Ist sie vielleicht« – was für ein hoffnungsfroher Gedanke – »auch etwas am Kränkeln?«

»Es müßte schon eine sehr schwere Erkrankung vorliegen, um sie vom Endspiel fernzuhalten«, meinte Anna Tyler. »Ist Ihnen nicht klar, daß das Engagement für die Fußballmannschaft ihrer Einsamkeit entspringt? Solang ihr Ehemann im Gefängnis sitzt, hat sie nur die elf Jungs. Aber keine Sorge, da drüben parkt ihr Buggy.«

Tatsächlich hatte Mrs. Masterson den Schauplatz des Endspiels früher als alle anderen Leute aufgesucht und befand sich keine zehn Meter von Todd-Mortimer und Anna Tyler entfernt. Gemeinsam mit Megan Jenkins betätigte sie sich im hinter den Umkleideräumen befindlichen Lager. Dort verwahrte man außer einer Ansammlung landwirtschaftlicher Gerätschaften sowie alten Säcken voller Unkrautvernichtungsmittel und Dünger auch die Einzelteile der Tore, Reservebälle, die Eck- und Mittelfähnchen sowie veraltete Motorrasenmäher. Außerdem waren dort der Heißwasserbereiter und die Lüftungsanlage installiert.

»O mein Gott«, flüsterte Megan Jenkins andauernd, »o mein Gott, wie bin ich hier nur hineingeraten. Es wäre mir lieber, du sagst mir, was du eigentlich vor hast, Rachel. Aber vielleicht doch lieber nicht. Nein, sag's mir. Dann kann ich ja eventuell noch jede Beteiligung ablehnen.«

»Hör mit dem Gewinsel auf, meine Liebe, und sperr die Augen auf! Je weniger davon wissen, um so besser, ich habe nämlich nicht den geringsten Zweifel, daß du bei einem Verhör zusammenklappen und alles ausschwatzen würdest. Für Feigheit ist jetzt der falsche Moment. In unseren Händen liegt das Schicksal der gesamten Menschheit.«

Megan Jenkins öffnete die Tür ein Stück weit und lugte hinaus. »Sie sind da. O mein Gott, Lupus Wolfsburg ist eingetroffen. Ich bin für so etwas nicht geschaffen. Was soll ich tun, wenn sie hier herein wollen?«

»Verbiete ihnen den Zutritt. Laß niemand rein.« An der Rückwand des Lagers verwirklichte Mrs. Masterson emsig ihr Vorhaben. »Siehst du den Schwachkopf Todd-Mortimer? Ich hatte ihn gebeten, für den Fall, daß nochmals Schwierigkeiten mit den Schafen auftreten, seine Arzttasche mitzubringen.«

»Mr. Todd-Mortimer hat die Tasche dabei. Die Schafe sind alle hinten im Pferch. Sie drängen sich am Zaun. Irgendwie verhalten sie sich nicht normal.«

»Natürlich nicht, du Dummerchen. Es ist Vollmondzeit, und zudem spüren sie die Anwesenheit verwandter Seelen.«

»Aber sie sind doch gefährlich. Warum ist noch nichts gegen sie unternommen worden? Wenn du recht hast, brauchen sie nur jemanden zu beißen, und der oder die Gebissene wird ... zum Werwolf.«

»Genau so ist es. Aber mach das mal Carl Steffen klar. So wie sie jetzt sind, gefallen sie ihm sogar. Er sagt, die Wolle wächst mit phänomenaler Schnelligkeit. Und unter uns, Megan, die Wölfischkeit seiner Schafe spricht in dem Mann etwas an. Schau ihm tief in die Augen, wenn du ihn das nächste Mal siehst, und erzähle mir, was du darin erkennst.«

»Offen gestanden, Rachel, so was möchte ich mir wirklich lieber ersparen.«

Mrs. Masterson hatte ihre erste Aufgabe ausgeführt und stieß einen Brummlaut der Zufriedenheit aus. »Na endlich, das wäre erledigt. Ich glaube, wir sind soweit. Ja, nebenan sind sie zu hören.« Geheul drang durch die Trennwand zwischen den Umkleideräumen. »So viel kaum bezähmte Wildheit ... Wären sie nicht der Feind, könnte man sich glattweg inspiriert fühlen. So, du hältst nun hier die Stellung, Megan. Es dauert nur 'nen Moment.«

Während ihre Nachbarin aus Grauen vor sich hinstöhnte, umquerte Mrs. Masterson forschen Schritts das Gebäude.

»Ach, da sind Sie ja, Mrs. Masterson.« Gervaise Todd-Mortimer war sichtbar erleichtert. »Die Jungs warten auf Ihre Anfeuerungsrede.«

»Alles zur rechten Zeit.« Lässig lehnte sie sich an die Eingangstür zum Umkleideraum der Lupus-Wolfsburg-Spieler, schob hinter dem Rücken einen Schlüssel ins Schloß und drehte ihn um. »Vorher muß ich noch ein paar andere Kleinigkeiten abwickeln.« Zügig kehrte sie zurück zum Lager.

»Sie dürfen hier nicht rein! Sie dürfen hier nicht rein!«

»Ich bin's, du Äffin. Geh zur Seite, wir haben keine Zeit zu verlieren.« Sie eilte zur rückwärtigen Wand. »So, das wird ihren Übermut dämpfen.«

Das Heulen verklang. Durch die Wand ertönten Rufe des Mißbehagens. »Was hast du getan, Rachel?« wimmerte Megan Jenkins. »Um Gottes willen, was hast du da angestellt?«

Das Gerufe steigerte sich zu Geschrei. An der Vorderseite des Gebäudes hämmerten Fäuste gegen die Tür. »Du kannst jetzt gehen, Megan. Wegen der Aufregung da vorn guckt hier hinten keiner rein. Deine Mitwirkung an unserer List ist beendet.«

»Meine Mitwirkung an *was*? Und warum trägst du diese scheußliche *Maske*?« Doch mit wachsendem Abstand zu den Umkleideräumen schrumpfte Megan Jenkins' Interesse an der Beantwortung ihrer Fragen.

Voller Genugtuung lauschte Mrs. Masterson dem Lärm aus dem Umkleideraum der Lupus-Wolfsburg-Mannschaft. Dieser Trick nahm den Schurken bestimmt den Wind aus den Segeln. Als sie der Ansicht war, daß es genügte, entfernte sie die Tränengasgranate aus der Belüftungsanlage, steckte sie in einen etwas größeren, rohrförmigen Behälter, schraubte den Deckel fest zu und setzte die Gasmaske ab. Unauffällig schlenderte sie zu ihrem Buggy, schloß das Behältnis in den Kofferraum und ging zu dem Menschenauflauf vor der Tür des Umkleideraums, die inzwischen unter wuchtigen Hieben von beiden Seiten erbebte.

»Grundgütiges Herrgöttchen«, erkundigte sie sich, »was ist denn hier los?«

»Da drin sterben Lupus-Wolfsburg-Jungs«, zeterte Todd-Mortimer. »Das ist ja ein entsetzliches Debakel! Wir laden sie ein, sie verlassen sich auf unsere Gastfreundschaft, und jetzt kommt's zu so was. Ich fühle mich für diese Tragödie persönlich verantwortlich.«

»Hätten Sie Ihre Rücktrittserklärung nicht zurückgenommen, müßten Sie sich nicht verantwortlich fühlen, Sie alberner Pinsel. Ach egal, es hört sich keineswegs an, als ob sie krepieren, es könnte höchstens sein, daß sie ärztlichen Beistand brauchen, wenn sie herauskommen. Herrje, warum lassen Sie sie denn nicht raus?«

»Weil der Schlüssel unauffindbar ist.«

»Der Schlüssel? Ach so. Es ist möglich, daß ich 'n Zweitschlüssel habe.« Sie kramte in den Taschen ihres Tweedjacketts. »Na, da ist er ja. Einen Moment, gleich ist die Sache behoben.«

Die Tür flog auf, und die Lupus-Wolfsburg-Mannschaft, allen voran Dexter Brood, stürzte ins Freie, begleitet von einem greulichen Gestank nach Schweiß und Tränengas. Halbnackt taumelten sie umher, husteten und rieben sich die tränennassen Augen. Brood konnte schließlich Todd-Mortimer erkennen und torkelte zu ihm.

»Sie Halunke! Das ist Sabotage, das ist es. Ich reiche der Südwest-Liga 'ne offizielle Beschwerde ein. Dafür werden Sie büßen, Todd-Mortimer.«

Mrs. Masterson griff ein. »Dieser Vorfall ist ein äußerst beklagenswertes Mißgeschick. Die Belüftungsanlage muß aus dem Lager ein Unkrautvertilgungsmittel angesaugt haben. Das Zeug ist schädlich, wenn man's in die Augen kriegt. Zum Glück hat Mr. Todd-Mortimer in seiner Tasche eine bestens erprobte Arznei.«

»Heiliger Strohsack, Mrs. Masterson, ich bin doch kein Humanmediziner.«

»Wollen Sie etwa mit so einem schäbigen Vorwand diesen armen Kerlen Erste Hilfe verweigern? Man kann mit Argyrol menschliche Augen behandeln, oder nicht? Antworten Sie, Mann!«

»Ja, aber ...«

»Dann wenden Sie es an, Todd-Mortimer!«

Die Lupus-Wolfsburg-Spieler umdrängten den Tierarzt, husteten und weinten Rotz und Wasser, bettelten um die Arznei. »Verdammte Scheiße«, krakeelte einer von ihnen, »ich werde blind ...!«

»Erfüllen Sie Ihre Pflicht, Todd-Mortimer! Denken Sie an den hippokratischen Eid!«

Der öffentliche Druck war schlichtweg zu stark, so daß der Tierarzt sich ihm beugte; er klappte die Arzttasche auf und goß ein gutes Maß Argyrol auf ein Tuch. Damit behandelte er die Lupus-Wolfsburg-Spieler einen nach dem anderen, als letzten Dexter Brood. »Diese Sache stinkt gewaltig zum Himmel«, quetschte Brood zwischen Hustenanfällen hervor. »Ich sehe mir das Lager an, darauf können Sie sich verlassen.«

»Ich kann wieder sehen«, rief ein Lupus-Spieler hocherfreut. »Gott sei Dank ...!«

»Joggt 'n bißchen um den Platz«, empfahl Mrs. Masterson den Spielern. »Pumpt euch frische Luft in die Lungen, dann geht's euch gleich wieder besser. Inzwischen lüfte ich den Umkleideraum.«

Innerhalb von fünf Minuten konnte Lupus Wolfsburg in den Umkleideraum zurückkehren. Über die Schulter warf Brood einen Blick tiefsten Argwohns in Todd-Mortimers Richtung, ehe er die Tür schloß. »Also los, Jungs«, hörte man ihn rufen. »Heraus mit unserem bewährten Wolfsgeheul!«

Aber das Ergebnis fiel dürftig aus. Nach wiederholten Aufmunterungsversuchen des Managers erklang ein mit ungeduldiger Stimme vorgetragener Widerspruch. »Scheiß auf das Wolfsgeheul, das ist doch sowieso kindischer Blödsinn. Wir sind hier, um Fußball zu spielen.«

»Was seid ihr?« schrie Brood ungläubig.

Mrs. Masterson schenkte Todd-Mortimer – ein seltenes Vorkommnis – ein huldvolles Lächeln. »Sie wissen ja, Gervaise, Argyrol enthält Silber.«

Es dauerte ein Momentchen, bis er den Sinn ihrer Bemerkung verstand. »O nein, Sie hacken doch nicht noch immer auf der Werwolfsage herum, oder?«

Er schüttelte den Kopf, während die zwei Mannschaften aus den Umkleideräumen zum Vorschein kamen und sich für die vor dem Spiel angesagten Interviews durch die Medienvertreter aufstellten.

Nach all der Erregung hinterließ das Spiel selbst dann einen eher mäßigen Eindruck. Die neunzig Minuten verstrichen ohne Spannung und Höhepunkte, deutlich überlegen schlug Dynamo Foss Creek den Gegner mit 6:1. Besonders augenfällig waren das fehlende Zusammenspiel und die mangelhafte Koordination auf seiten Lupus Wolfsburgs. Nach dem Schlußpfiff schüttelten die Spieler sich die Hand. Die Dynamo-Foss-Creek-Spieler reihten sich auf, um den

Pokal und die Glückwünsche der örtlichen Würdenträger entgegenzunehmen, während die Lupus-Wolfsburg-Mannschaft zu Dexter Brood schlich.

Mrs. Masterson, die von den Gratulationen beansprucht wurde, bekam nur am Rande mit, daß vor dem Lupus-Wolfsburg-Umkleideraum Handgreiflichkeiten ausbrachen. Als sie gewahrte, daß es Unruhe gab, hatte Dexter Brood schon die Flucht zum nahen Wald angetreten und wurde von einem Großteil der Lupus-Wolfsburg-Mannschaft verfolgt.

Und in ebendiesem Moment kam der Polizeihubschrauber in Sicht.

»Dexter Brood war von UniPol wegen des Choth-Erbguts, das er von SolStation auf die Erde eingeschleppt hat, auf die Fahndungsliste gesetzt worden«, erläuterte Mrs. Masterson ihrer Nachbarin Megan Jenkins, während die beiden Frauen am Abend Kaffee tranken. »Sobald ein Mensch gebissen worden ist, breiten sich die Gene im Blutkreislauf aus, vermehren sich und heften sich an die Chromosomen. Man wird ein anderes Wesen und ist dem Choth-Mondzyklus unterworfen. Ein Werwolf.«

»Puh ...« Es schauderte Megan Jenkins. »Aber ich verstehe noch immer nicht, wie Lupus Wolfsburg nun eigentlich von der ... äh ... der Werwolfhaftigkeit geheilt worden ist.«

»Natürlich durch das Silber. Jedes Tränentier weiß doch, daß Werwölfe kein Silber vertragen.«

»Aber du hast doch selber behauptet, die Sache mit den Silberkugeln wäre bloß 'n Mythos.«

Mrs. Masterson straffte die Schultern. »Mein seliger Vater, der Admiral, hat mich gelehrt, wie wichtig es ist, sich unter veränderlichen Umständen als flexibel zu erweisen. Die Möglichkeit, daß altüberlieferte Heilmittel eine Wirkung ausüben, habe ich nie geleugnet. Ich war darauf aufmerksam geworden, daß Argyrol, mit dem Todd-Mortimer das erste Schaf kuriert hatte, Silber enthält. Durch die Augen dringt es ins Blut ein und bindet sich ans Werwolf-Erbgut. Infolgedessen werden die Gene von den menschlichen Chromosomen abgespalten. Ja, 's ist erstaunlich, wie häufig altüberkommenes Wissen der Menschheit im Notfall eine Hilfe ist.«

»Du rufst also deinen Mann an und unterstützt seine Bewerbung um Stasis?«

Angesichts des unvermeidlichen Einlenkens wirkte die alte Dame trotzdem überraschend gutgelaunt. »Ich stehe zu meinem Wort, und ich werd's sofort tun. Vielleicht könntest du solange 'nen Spaziergang ums Haus machen.«

Binnen weniger Sekunden erschien Wallis eifrige Miene auf dem Monitor. »Hat's geklappt?«

»Wir haben hundertprozentigen Erfolg erzielt. Ich muß zugeben, Walli, du hast ein Talent für krumme Touren.«

»Und du befürwortest nun meine Stasis?«

»Sicherlich, Walli. Und ich habe noch eine gute Neuigkeit für dich. Damit wir unser Leben ohne Unterbrechung fortsetzen können, beantrage ich auch die Stasis.«

Gegensätzliche Gefühlsregungen wühlten Wallis Inneres auf. »Wahrhaftig? Für neun Jahre, meinst du?«

»Für neun Jahre, Walli. Schwuppdiwupp, und wir sind wieder zusammen. Aufs neue vereint.«

Mrs. Masterson trennte die Verbindung. Langsam verschwand Wallis Gesicht, mit offenem Mund erstarrt, von der Mattscheibe.

»Wenn der kleine Schnarchsack denkt, er könnte Rachel Masterson über den Tisch ziehen«, sagte die alte Dame etwas später zu Megan Jenkins, »wird er sich noch wundern. Mein Wirken in Foss Creek ist beendet.

Nach seiner Haftentlassung nehme ich Walli in meinen Gewahrsam und sorge dafür, daß er nicht noch mehr Schande auf unseren Namen häuft.«

»Bist du sicher, daß du nicht noch andere Gründe hast, Rachel?« fragte Megan Jenkins hinterfotzig. »Ich meine, ist es nicht möglich, daß du ihn doch ein bißchen vermißt, wie?«

»Nie im Leben.«

»Neun Jahre ... das ist immerhin 'ne lange Zeit«, sinnierte Megan Jenkins. Allmählich verzog sich ihr Gesicht zu einem verständnisvollen Lächeln, das jedoch plötzlich einer Miene der Verstörung wich. »Was war das? Hast du auch was von draußen gehört?«

Von der Tür erschollen ein Rumsen und ein fürchterliches Knurren, ernsthaft besorgniserregende Geräusche. Megan Jenkins sprang auf und lief ans Fenster. In der hiesigen Gegend standen die alten Landhäuser inmitten hoher, knorriger, mit Ranken überwucherter Bäume, die auf dem Gelände zwischen dem breiten Dorfbach und der Grundstücksgrenze von Carl Steffens Hobby-Gehöft wuchsen.

Eine Schafherde tummelte sich aufgebracht unter den Bäumen, die Tiere glotzten wüsten Blicks umher und seiberten. Auf einmal verließ eine zerlumpte Männergestalt die Deckung der Bäume und rannte über die Landstraße aufs Dorf zu. Die Schafe erspähten ihn und nahmen sofort die Verfolgung auf, blökten bedrohlich. Aus vor Furcht irren Augen schaute der Gehetzte sich über die Schulter um. Der Mann war Dexter Brood.

»Ach ja, ich dachte mir, daß die Schafe ihn aus dem Wald treiben.« Mrs. Masterson trat zu Megan Jenkins ans Fenster. »Deshalb habe ich sie freigelassen. Auch Werschafe können recht nützlich sein. Beinahe schade, daß die öffentliche Meinung, wenn sie erst mal aufschreit, auf Notschlachtung der Tierchen bestehen wird.«

Während Brood und die Schafe hinter einer Biegung der Dorfstraße verschwanden, erschienen in der Höhe die Medien- und Polizeihubschrauber, folgten der wilden Jagd nach Norden. Der Krach wurde leiser. Verwaschener Sonnenschein leuchtete durchs kahle Geäst herab, und von neuem senkte sich Friede über diesen stillen Winkel der Erde.

Mrs. Masterson seufzte; mittlerweile langweilte sie sich schon und sah erwartungsvoll der Stasis entgegen. Ihr würde es gut bekommen, Walli wieder um sich zu haben, und wenn auch nur wegen seiner Aufsässigkeit.

Originaltitel: ›Werewolves in Sheep's Clothing‹ • Copyright © 1996 by Mercury Press, Inc. • Aus: ›The Magazine of Fantasy & Science Fiction‹, September 1996 • Aus dem Amerikanischen übersetzt von Horst Pukallus

---

Jack Cady

KILROY WAR HIER

Er träumte, seine Füße seien so kalt, daß er zur Versorgungsstation des Bataillons rannte. Dort waren Mutter und Schwester und machten warmes Essen auf einem Holzfeuer. Sie schürten das Feuer, damit er die kalten Füße an ihm wärme. Doch bevor er essen oder seine Füße erwärmen konnte, wachte er auf – und seine Füße waren noch immer kalt.

Ernie Pyle:
Brave Men

I

Das Veteranen-Hospital erhebt sich groß und erhaben über dieser allzu belebten Stadt im Nordwesten, wo der Verkehr rattert und es die meiste Zeit in Strömen gießt. Dunkelheit liegt zwischen diesem Ort und der Stadt, eine Dunkelheit, die wir jedoch erst vor kurzem wahrgenommen haben. Seit einer Stunde wanke ich die glühendheiße halbe Meile hinunter, vorbei an erleuchteten Gebäuden, und Burnside holt mich wieder ein, wie immer. Burnside fährt im Rollstuhl, sein Motto lautet: »Laß keine Schwester ohne Klaps auf den Arsch vorbei«, denn, sagt er, »Verschwendung ist eine Sünde, und ich versuche, ein wahrer Prediger zu sein.«

Und das Veteranen-Hospital ist kein ungeeigneter Ort für die Ausübung des geistlichen Amtes im Stile

Burnsides. Das Hospital ruht wie ein Tempel, und in seinen Hallen, geheimen Gängen und Operationssälen leiden und hoffen seit eh und je armselige menschliche Gestalten – rätselhafte, fürchterliche Gestalten. Dem einen schlägt hier die letzte Stunde, dem anderen ist eine längere Frist gesetzt. Die Menschen schreiten, gehen auf Zehenspitzen oder tänzeln die Korridore hinunter, je nachdem, von welcher Freude oder Sorge sie getragen werden und was diese Sorge nährt. Wir sprechen über die geriatrische Abteilung, und Burnside sagt: »Es ist bestimmt kein edler Beruf, aber es ist wie drei Treffer und eine Niete. Bei Gott, wir haben unser Auskommen.«

»Es ist ein Sterben«, sage ich. »Ein Ort des Absprungs, und die Welt gibt den letzten Schuß ab – glaub mir, Burnside, dieser Schuß trifft immer.« Wenn man mit Burnside redet, muß man Aussagen des gesunden Menschenverstandes mit ein paar Fakten mischen, damit er einen versteht. Burnside hat sechsundsiebzig Jahre seiner achtundsiebzig Jahre vertan – er war zu langsam gewesen, wie ein Baby.

Er fährt den Rollstuhl wie ein Hell's Angel der geriatrischen Abteilung, einen Rollstuhl mit rasanten Streifen, Fuchsschwanz, Tatütata-Hupe und dem letzten Fetzen einer japanischen Schlachtflagge, flatternd an einem Stab, wie man sie an Motorrädern sieht. Burnsides Arme und Schultern sind die eines verkümmerten Riesen, seine Beine sind so dünn, daß die viel zu kleinen Füße wie winzige, an Zahnstochern befestigte Puderquasten aussehen. »Ein solcher Körper ist wirklich abenteuerlich«, klärt er mich auf. »Man lernt, auf viele neue Arten zu scheißen.« Burnside sind an jeder Schläfe etwa drei Haare geblieben, seine Birne ist kahl, der Schnurrbart grau, und die Haarbüschel, die ihm aus den Ohren sprießen, fast kastanienbraun.

Es wäre am besten, ihn vorbeizulassen, ohne ein

Wort zu sagen, oder am gescheitesten, selbst an ihm vorbeizugehen. Doch die Tage werden lang, wenn der Kopf klar, der Körper aber zerstört ist, und vielleicht haben wir schon viel zu lange geschwiegen. Meine Hände konnten die Feder nicht mehr halten, doch ich verdanke dem geheimnisvollen Osten ein funktionierendes Tonbandgerät. Meine Hüften funktionieren fast nicht mehr – sie sind brüchig wie Glas.

Während ich über das rede, was jetzt passiert oder passiert ist, und über Burnside nachdenke, schnurrt mein Tonbandgerät wie eine Siamkatze. Es ging Burnside gut, bis er vor einigen Jahren mit einer Honda Goldwing gegen einen Telefonmast prallte und im Petunienbeet einer Dame landete. Sie stand nur da und jammerte über ihre zerstampften Petunien. Heute beklagt er sein kaputtes Motorrad und sein kaputtes Becken, weil sie ihn hinderten, die Situation auszunutzen und die Frau rumzukriegen.

Manche Leute hier sind zufrieden, möglicherweise. Sie welken dahin wie eine Pflanze. Sie haben sich von der Welt abgewandt, sich in die Vergangenheit hineingeträumt und sind Gespenster geworden. Sie sitzen vor dem Fernseher im Tagesraum, verfolgen das Geschnatter, das Geplapper, Tratsch und Gestammel der Zeichentrickfiguren. Der Fernseh-Spuk ist gespenstischer als die wirklichen Gespenster, die dieses Hospital heimsuchen. Dieser Ort ist eine Gespensterfabrik.

Es waren die wirklichen Gespenster, die angefangen haben. Wir Lebenden waren friedliebend genug, Lügen über unsere Schlachten und über unser Leben beim und nach dem Militär zu erzählen. Es machte uns glücklich, täglich die Todesanzeigen zu sichten und über das Hinscheiden von Generälen und Präsidenten zu glucksen. »Der Hauptunterschied zwischen tot oder lebendig ist der, daß ein Toter nicht mehr in der Soldliste berücksichtigt wird«, behauptet Burnside.

Dann kamen die Gespenster. Für gewöhnlich trieben sie sich auf dem Friedhof im Hinterland zwischen hell erleuchteten Gedenktafeln herum, tummelten sich in Besenkammern oder unter Betten. Sie wehen durch die Hallen, ziehen lautlos vorbei, wie auf sanften Pfoten zu Staub zerfallener Kätzchen. Die Pfleger sehen sie nicht. Die Krankenschwestern sehen sie nicht. Selbst wir können sie fast nicht wahrnehmen.

»Es ist eine abgekartete Sache«, beklagt sich Burnside. »Jede Menge Menschen, Cafeteria, Fernsehen, Betten, und der Friedhof gleich nebenan.« Dann gibt er eine Geschichte in Burnside-Manier zum besten. Damals, nachdem er sich von der Infanterie abgesetzt hatte, arbeitete er als Platzwart auf einem Urnenfeld mit dem Namen *Ewige Ruhe*. »Sie hatten ihren Angestellten unglaublich viel abgezogen«, erzählt er aller Welt. »Ich verlor Geld an jedem Tag, den ich am Leben geblieben war.«

Aber die Geschichten über Burnsides Vergangenheit verblaßten nicht und überließen ihren Platz nicht der Gegenwart – die Gespenster in der geriatrischen Station manifestierten sich. Wir wußten später nicht mehr, was als erstes geschah, wir merkten nur, daß sich unsere Reihen lichteten ... Bei uns lichten sich die Reihen immerzu. Nach kaum mehr als einem Monat begann in zwei Betten das Desaster: Sergeant Smith und Sergeant Sanders waren hinübergegangen. Ihre leergewordenen Stühle im Tagesraum nahm schnell ein pensioniertes Marineinfanteristen-Pärchen ein, das dumm genug war, dies zeitweilig als seine Aufgabe anzusehen. Und noch ein Bett war leer geworden. Die Tür zu Corporal Harveys Zimmer blieb verschlossen. Schwestern kamen und gingen daran vorbei, sie kamen und gingen vorbei, Ärzte mieden den Ort. Alle Zeichen deuteten auf: »Lebewohl, Dan Harvey.«

Dunkelheit begann die Korridore hinabzufließen,

und Dunkelheit rankte sich um die geriatrische Station. Der Tagesraum bewölkte sich, schimmerte blau, wie eine Bar von 1940, voll von Jazz und Tabaksqualm. Eine Klarinette wehklagte, als das TV-Geplapper aufgehört hatte und der Bildschirm ohne Flimmern dunkel geworden war. Finsternis fiel in die Einzelzimmer und erstickte die allgemeinen menschlichen Geräusche, Würgen, Keuchen und Ringen nach Atemluft, oder Wimmern, weil die Schmerztabletten ausgegangen waren.

Nicht einer Mutter Sohn, nicht einer Mutter Tochter fehlte etwas in diesem Tagesraum, trotzdem hasteten Krankenschwestern dauernd hin und her, hin und her, ungesehen.

Die Gespenster erschienen herausgeputzt in ihren besten Sachen und so körperlich, daß man sie sehen konnte. Die Männer trugen die Uniform der 40er Jahre, die Frauen sahen aus wie Greta Garbo, nur komischer, amerikanisch, englisch oder anders, meist orientalisch. Viele Mädels trugen Uniform, die meisten jedoch Kleider. Die Klarinette klagte wie die von Liebe gepeinigte einsame Stimme an einem Kai, von dem gerade ein Schiff abgelegt hat, es war die Stimme, die nach dem letzten Winken, den letzten Abschiedsgrüßen erklingt. Die Klarinette erzählte von Lili Marleen, und im Hintergrund schluchzte eine Posaune. Es war, als ob die Gespenster uns etwas sagen wollten. Ein Seemannsgespenst hißte eine Signalfahne, mit bunten Fähnchen wurden Buchstaben des Alphabets gemorst, doch der einzige Mensch auf der Station, der sie hätte entziffern können, war ein blinder Quartiermeister – es war alles umsonst.

Die Korridore wurden blauer, verrauchter, wie die kraftlosen Leidenschaften im Gehirn eines dahindämmernden Greises. Kalte Luft strömte durch die Säle, und die Tür zu Corporal Harveys Zimmer wurde geöffnet. Eine Schwester trat über die Türschwelle, ihre Schultern sackten in sich zusammen, ihr Haar geriet in Unordnung, und sie trug die erschöpfte Miene einer Schwester zur Schau, die einen Kampf verloren hat.

»Janet«, sprach Burnside in einer abstrakten und belanglosen Art, die im Augenblick keine Anzüglichkeiten enthielt. »Susan. Yukiko. Die Mädchen, die wir zurückgelassen haben.« Er beobachtete eine andere niedergeschlagene Schwester, die Corporal Harveys Zimmer verließ. »Der arme Hund ist so tot«, murmelte er vor sich hin, »daß er sich wirklich krank melden sollte.«

Wir konnten uns nur wundern. Keiner von uns hatte je anders an Gespenster gedacht als an Phantome oder Erinnerungen – greisenhafter Phantasie entsprungen. Es kommt so einiges zusammen, wenn der Mensch alt wird, und wiedererinnerte Stimmen ertönen von überall her. Doch jetzt kam es uns vor, als ob mehr dahintersteckte. Ich suchte nach Gründen dafür, daß wir an einem Ort waren, an dem es spukte. Ich dachte über die Geschichte nach, womit Dinge ihren Anfang nehmen.

Den Bau des Hospitals verdanken wir der Tuberkulose. Anfang des Jahrhunderts bemächtigte sich die Tuberkulose in atemberaubendem Tempo des Lebens, verwandelte Lungen in zerfetztes Gewebe, und Wunden und Wucherungen entrangen den mit verkrustetem Blut befleckten Lippen das letzte Keuchen. Tuberkulose ist nicht die auffallendste aller Krankheiten. Dieser Ruf gebührt der Cholera, aber im Gegensatz zur Cholera schafft sie gleiche soziale Verhältnisse. Sie tötete Schullehrer, Bankiers und Industriekapitäne.

Unsere Regierung war einsichtig und kasernierte die kranken Menschen, statt sie zu verbannen. Sie errichtete Hospitäler an entlegenen Orten. Diese Hospitaltürme auf langgestrecktem Hügel überblicken die Städte, damals mehr ein Zusammenschluß von Örtchen, denn lichtüberflutete Citys. Ein Hospital zeigt folglich die Windrichtung vorherrschender Wetterlagen an. Das Hospital ist hoch und dient als Orientierungspunkt für Flugzeuge, sogar für die im Puget Sound fahrenden Schiffe. Sein Äußeres stellt protzig gelbe Backsteine zur Schau, sein Inneres glänzt im Grün der Nervenheilanstalten.

Um 1940 fanden Ärzte Möglichkeiten, die Tuberkulose zu bekämpfen. Manche Hospitäler wurden aus Mangel an Patienten geschlossen. Dann kam es zum glücklichsten Ereignis, wie Burnside gern sagt: der Zweite Weltkrieg brach aus, zum Segen der Ärzte. »Er gab ihnen etwas zu tun«, erklärte Burnside. »Er nahm sie von der Straße und holte sie aus den Gefängnissen. Ich habe noch nie von einem Arzt gehört, der zum Landstreicher wurde.«

Ein riesiges Durcheinander von Gespenstern setzte ein, als das Hospital wieder zum Leben erweckt wurde, zunächst unter der Leitung des Militärs, dann unter der Behörde der Vietnamveteranen. Geister wirbelten herum wie in einem Mixer. An der Westküste kamen die meisten Verwundeten aus dem Südpazifik, es kamen aber auch viele Fälle mit Erfrierungen und Verbrennungen von jenem heillosen Durcheinander auf den Aleuten. Die Männer starben auf mannigfaltige Weise, oder man verhalf ihnen zu neuen Abenteuern, indem man sie lehrte, ohne Beine zu laufen, ohne Hände zu arbeiten oder ohne Augen zu sehen – zu dem Abenteuer, Bier mit Hilfe eines Strohhalms zu trinken, wenn sie zu traurig und zu betrunken waren, das Glas mit der Prothese zu heben, die ihnen die Armee verpaßt hatte. Wie Pommes frites brutzelten mit Stromstößen malträtierte Schädel, als damals die besten Köpfe der Ärzteschaft die Schocktherapie als liebstes Hobby für sich entdeckt hatten. Eine großartige Nation tat in Liebe zu ihren treuen Söhnen ihr verdammt Bestes, um den kümmerlichen Rest der Männer unter den zottigen Plüschteppich der Geschichte zu kehren.

Das Land entwickelte ein Gewissen, und das, betont Burnside, gereichte dem Hospital zum Vorteil. »Der Krieg rettet die Menschen vor sich selbst«, sagt Burnside, »und wir fanden heraus, wie wir die Schlitzaugen retten konnten. Wir können auf jede asiatische Weise schießen.«

Das Hospital hatte den Zweiten Weltkrieg noch nicht vollständig unter den Teppich gekehrt, als die Korea-Veteranen begannen, sich vor Schmerzen zu krümmen, und Korea hatte auch nach Vietnam noch nicht zu Ende gekehrt. Hier fegen die Ärzte noch immer, und die Schwestern sacken unter der Last der Mühsal und des Scheiterns jedesmal zusammen, wenn eine Seele über den Jordan geht.

Angesichts der Soldaten, Matrosen und verwirrten Marineinfanteristen überrascht es nicht, daß das Krankenhaus mit Gespenstern überladen ist. Ich sage ›überladen‹, nicht, daß ›es spukt‹, weil bis zu dem Tag, an dem Corporal Harvey abkratzte, die Gespenster uns auf die gleiche Art wahrgenommen hatten wie wir sie: auf unkörperliche Art. Die Gespenster kümmerten sich nicht um uns, genausowenig wie sie sich um eine fette Ratte gekümmert hätten. Und auch wir fanden sie nicht allzu liebenswert.

Ich war noch immer verdutzt und dachte über die Geschichte nach, über Geister, das blaue Licht und die Bars in den 1940ern, über Taumel und Tränen. Unsere Gespenster hatten einen wilden Tanz aufgeführt und waren verschwunden. Das Gespenst, das mit den Flaggen gewinkt hatte, verschwand zuletzt.

»Sarge«, wandte ich mich an Burnside. »Was, in aller Welt, war das?« Ich glitt vorsichtig in den Sessel zwischen all den TV-Leichen und sah mich um. Zwanzig alte Soldaten hockten hier samt zwei Armeehelferinnen. Eine von ihnen hatte im Zweiten Weltkrieg in einem Operationszentrum im guten alten Liverpool gearbeitet, die andere hatte in einem Lagerraum in Norfolk ihre Zeit vertan. Es gibt nicht viele Frauen in der Geriatrie des Veteranenhospitals. Wir haben nur diese zwei.

Jetzt stießen die Helferinnen die Jungs an, die neben ihnen saßen, und kicherten heiser, was in etwa bedeuten sollte: »Fang mich, wenn du kannst.« Tallulah Bankhead hatte nichts im Sinn mit solchen Küken, wer hätte es je bezweifelt?

»Ross, alter Kumpel, das ist toll!« Burnside beobachtete die Frauen und die verblüfften Männer, deren Interesse plötzlich erwacht war. »Wenn das das Äußerste ist, was sie zustande bringen, dann soll es mir recht sein. Ich könnte mir da ganz andere Dinge vorstellen.«

»Blödsinn!« sagte ich. »Was war *das?*« Ich schaute mich im Tagesraum um. Keine Klarinette, kein blaues Licht, keiner, der eine Signalfahne schwenkte oder zum Abschied winkte. Die Tür zu Corporal Harveys Zimmer blieb verschlossen. Nachtpfleger würden anrücken und Leichenräuber spielen, und schon im zarten Licht der Morgendämmerung wird Corporal Harvey nur eine schwache Erinnerung sein. In diesem Krankenhaus werden die Leichen nicht bei Tageslicht abgeholt. Es würde die Truppen deprimieren.

»Ich kann es mir nicht erklären. Wenn der Corporal auf der anderen Seite ist, warum winkt dann die andere Seite zum Abschied? Es macht mich richtig verrückt.« Burnside riß den Rollstuhl herum, der wackelte wie ein startbereites Pony und fiel beinahe um, als er sich im Kreis drehte. Ein Höllenfeuer wäre ihm sicher gewesen, hätte eine Schwester ihn dabei erwischt. Das Personal mag dieses Drehen nicht. Es hinterläßt Spuren auf dem Boden, Kratzspuren, die diese Heinis nie mehr ausradieren können, sie sehen darin Anzeichen der Rebellion der Patienten...

Außerdem würde jeder wissen, daß es Burnsides Drehung gewesen war. Er ist der einzige im Rollstuhl-Team, der stark genug ist, eine ordentliche Drehung hinzulegen. Er vollbrachte drei Drehungen, die sich überschnitten, wie in der Reklame für Ballantines. »Einmal schnauben vor dem Essen, und ein Nickerchen danach.« Er wandte sich mit dem Stuhl seinem Zimmer zu.

»Es sind die einsamen Trinker, die im Gefängnis enden«, sagte ich. »Du trinkst lieber nicht allein.« Ich folgte ihm, und ich folgte ihm langsam. An guten Tagen kann ich es auf diesen Korridoren tun, wenn ich mich auf einen Stock stütze. Meist nehme ich mit einer Gehhilfe die Verfolgung auf. Hier ist eben hier, und wenn wir keine Scheiße anstellen, sind wir tot. Lassen Sie es mich erklären.

Hier gehört Schmerz zum Alltag – Körper heilen nicht, Übungen härten nicht ab. Die Ärzte übertünchen starken Schmerz mit Tabletten, die Menschen flüchten vor dem Schmerz in den durch Sedativa und andere Drogen erzwungenen Schlaf. Hier ist das Leid unabänderlich, so wie Sonnenaufgang und Sonnenuntergang. Es gehört zu den Bedingungen, zu der Abmachung, die lautet: Wenn du lange genug lebst, wirst du verletzt werden.

An diesem Ort ist die Kotze ekelhaft, bitter, voller Galle – Erbrochenes, das viel zu oft aus Eingeweiden, die nicht mehr alles verkraften können, wunde Kehlen hinaufwandert. Die Kotze ist beladen mit Blut. An diesem Ort sind die Hüftknochen so zerbrechlich, daß man sich fürchtet zu stolpern, und Menschen, die aus dem Bett fallen, überleben es nicht. Wenn jemand sehr, sehr alt ist, wird seine Haut dünn wie Seidenpapier, die Knorpel in der Nase bilden sich zurück, die Nase fällt in sich zusammen. Das Gesicht gleicht einem mit Haut überzogenen Totenschädel.

Es ist das Los des Menschen. Das ist das Menschliche, über das wir nicht nachdenken mögen, nicht einmal dann, wenn es soweit ist. Doch früher oder später passiert es den meisten von uns. Die einzigen ewig Jungen sind die, die früher dran sind, in eine Schußlinie zu geraten, oder unter einen Lastwagen, oder in eine tödliche Krankheit. Hier lautet die Botschaft: Wenn du nicht clever genug bist, früh zu sterben, weißt du, was dich erwartet.

Manche Leute wissen es nicht. Sie werden zu Fernsehleichen, und der Fernseher saugt sie ein in seine Düsternis. Andere wissen es zwar, überspielen das Wissen aber mit Bockmist. Bockmist ist die erste Front gegen den Schmerz, oder, wie Burnside über Corporal Harvey sagt: »Das einzige, was der arme Bastard gehabt hat, war Krebs. Ich habe Krebs *und* den Kampforden des Infanteristen bekommen.«

»Du hast nur Prostatakrebs«, widersprach ich. »Und bei Harvey saß er im Magen. Prostatakrebs kriegt man, wenn man mit den Frauen von Predigern herumfickt. Das kann jeder kriegen.«

»Die erste Front gegen den Schmerz ... ein anderes Geheimnis des Schmerzes ist, daß du ihn einfacher erträgst, wenn du nicht selbst in Selbstmitleid verfällst.« Burnside und ich und die meisten dieser Greise hatten schon in der Grundschule gelernt, uns nicht selbst zu bemitleiden. Das liegt natürlich schon viele Jahre zurück. Die Gründe dafür, es gelernt zu haben, stehen jetzt in den Geschichtsbüchern. Wie Casey Stengle zu sagen pflegte: Es konnte nur noch besser werden.

Ich folgte also Burnside, der auf unser Zimmer zusteuerte. Wir hausen hier zu zweit in einem Raum, bis unsere Zeit zum Sterben kommt. Dann werden sie uns in Einzelzimmer verlegen. Als ich ihm folgte, freute ich mich schon auf einen Schuß Bourbon – auf seinen oder auf meinen. Burnside war imstande, mitten in der Sahara Whiskey aufzutreiben, und ich sorgte für das Bier zum Nachspülen.

Unser Versteck ist ein Ding, das man ursprünglich als Speisenaufzug benutzte. Das Krankenhaus wurde so häufig umgebaut, daß selbst die Architekten nicht mehr wissen, wie die Räume ausgestattet sind. Irgendwann sind die Aufzüge mal zugekleistert worden, und wir haben einen wieder geöffnet, den Verputz Stück für Stück in die Latrine hinuntergespült, und ich habe die Bataillonsflagge der 120. Pioniere über die Öffnung gehängt. Die 120 ist sowieso nicht meine Einheit, zum Teufel mit der 120.

»Das war eine prima Party. Harvey muß einigen Leuten etwas bedeutet haben.« Burnside entkorkte eine Flasche Jim Beam. Es stand uns eine harte Zeit bevor wegen Harvey. Dan Harvey war ein guter Freund gewesen.

»Ich habe immer geglaubt, daß die Gespenster nur unserer Phantasie entspringen«, bemerkte Burnside. »Ross, du wirst alt.«

Er griff nach einem Gurt, wischte sich über den Mund und nahm einen kleinen Schluck. Er warf mir die Flasche zu, und ich fing sie gerade rechtzeitig auf, bevor sie zu Boden fallen konnte. Burnside sah auf und deutete mit der Hand in meine Richtung – er mußte etwas hinter meinem Rücken entdeckt haben. Sein Gesicht wurde leichenblaß, sein Mund zuckte, und er umklammerte die Räder seines Rollstuhls, als ob er vor Angst in die Hose machen würde. »Was tust du hier?« flüsterte er, und das zweite Mal an diesem Tag war es nicht seine typische Stimme. Er sah mich an. »Schleck lieber mal an dieser Flasche, bevor du dich umdrehst.«

Als ich mich umdrehte, stand ein japanischer Soldat hinter mir. Er machte einen höflichen Eindruck. Er sah fast körperlich aus, fast real. Der Junge war kaum mehr als 25 Jahre alt, obwohl das bei den Japsen schwer zu sagen ist. Er trug eine zierliche Uniform mit einer Schärpe und verbeugte sich. Auch ich verbeugte mich unverzüglich, wenigstens so gut ein steifer Rücken und steife Hüften das zulassen. Ein Schauer überlief mich. Diese Höflichkeit war in Burnsides Gegenwart geradezu zivilisiert. Die Verbeugung schien dem Jungen zu gefallen. Er lächelte und verschwand. Puff. Eine kleine blaue Wolke – nichts.

Ich wandte mich an Burnside, und der war so bleich, daß ich schon befürchtete, er sei gestorben. Der kahle Kopf glänzte, schimmerndes Licht lag darauf, als hätte man ihn poliert. Die schweren Schultern waren zusammengesackt, und der Mund formte zu meinem Entsetzen ein nicht enden wollendes ›Oh‹. Plötzlich bewegte er die Hände. »Schlimm«, sagte er. »Noch ein Elender, der erschossen wurde – gib mir jetzt nicht die Flasche, ich lasse sie bestimmt fallen.«

Ich saß auf dem Bett, und meine Hand, die schon von Natur aus zitterte, zitterte noch mehr. Der Whiskey, eins der guten Dinge im Leben eines Menschen, die ihm zum Schluß noch bleiben, brannte in meinen Eingeweiden, aber er war es wert. »Erzähl«, ermutigte ich Burnside.

»Es passierte am Kanal«, begann er. »Wir stießen zufällig aufeinander, während des beiderseitigen Rückzugs. Ich schoß ihm in die Eingeweide, mein MG ballerte mit einem Affenzahn. Leer. Er stand an einen Baum gelehnt, glitt ab auf seinen Hosenboden und zielte mit einer Pistole auf mich. Er überblickte die Lage und begriff, daß wir alle geleimt worden waren.

Ich sah es an seinen Augen. Sie sagten im wahrsten Sinne des Wortes ›Ach, reingelegt‹, was auf japanisch ›shiranu ga hotoke‹ heißt. Dann warf er die Pistole von sich, tippte sich an die Schläfe und erklärte der ganzen Welt den Frieden.«

Gummisohlen quietschten auf dem Gang, und ich versteckte die Flasche hinter einem Kissen. Burnsides Ohren sind nicht so hellhörig wie meine, aber er reagierte auf mein Zeichen und hatte seine Miene mehr schlecht als recht wieder unter Kontrolle, als Schwester Johnson das Zimmer betrat. »Das ist aber noch nicht alles«, flüsterte er.

»Das ist nicht der richtige Zeitpunkt für ein Saufgelage«, sagte sie beim Eintreten. Schwester Johnson hat Frühschicht, und das verschönert unsere Tage. »Ihr Gammler werdet niemanden foppen.«

Johnson ist von allen Schwestern die schwermütigste, wenn sie einen Patienten verliert, und sie hatte gerade Harvey verloren. Manchmal lungert sie bei uns herum, und sie tut das – da bin ich ganz sicher –, weil wir noch ein bißchen Leben in uns haben. Es muntert sie auf, und wir geben uns die größte Mühe, nicht ungebührlich zu sein.

In der geriatrischen Abteilung sind die Ärzte wichtiger als Jesus, der, wie die Jungs von der Navy sagen würden, nur ein Holzkumpel war. Ärzte aber thronen zur Rechten Gottes und stehen in einer Rangordnung vom Cherub aufwärts bis hinauf zu den Heiligen.

Und wie, könnte hier jemand fragen, ist es dazu gekommen? Und wo, könnte hier jemand fragen, rangiert Schwester Johnson in diesem himmlischen Chor? Und wie lange schon, könnte jemand weiter fragen, versucht Burnside bei ihr zu landen?

Eine Frage nach der anderen – aber Burnside wird ohnehin keinen Treffer landen, und so gibt es auch keinen Grund zur Eile.

Manch einer hier ist eine düstere Festung des Leides, und manch anderer ist ein kleiner, dichter, zusammengepreßter Erdwall des Leides. Burnside, obwohl er mit seinem Arsch auf einem Rollstuhl reitet, ist eine düstere Festung des Leides mit brennenden Fackeln an den Türmen. Du kannst hier nicht zu einem zusammengepreßten Erdwall werden, wenn du nicht den Blick verlierst für all das, was außerhalb deines Körpers geschieht. Wenn der Kopf nur noch über den Körper nachdenkt, werden die Ärzte zum Mittelpunkt des Universums. Wenn Burnside nicht auf die Präsidenten fluchen, nicht den Frauen nachjagen und Unmengen von Schweinigeleien produzieren würde, wäre er ein Erdwall geworden. Ich selbst wäre es geworden, obwohl mir nichts weh tat und ich mit einem Laufstuhl schneller laufen konnte.

Und was gibt mir das Recht, über andere zu richten? In diesem Alter hat jeder sein eigenes Leid und seine eigenen Gespenster, oder seine eigenen Erinnerungen; und vielleicht sind die Gespenster und Erinnerungen ein und dasselbe. Die Menschen umhüllen sich mit der Vergangenheit, spinnen einen Kokon um ihr Leid. Die Erinnerungen schützen sie gegen das Eis des Todes, der ihnen die Beine hinaufkriecht, gegen die ewige Kälte, die ihnen in die Adern dringt. Menschen träumen von der Kindheit, von klirrenden Wintern und der Wärme aus Holzöfen ... auch von Eisblumen, gezeichnet auf den Fensterscheiben der Seele, und sie träumen von blühenden Kirschbäumen und vielleicht vom einladenden Lächeln eines Mädchens, das sie, obwohl sie es nur einmal getroffen haben, dennoch immerdar erträumen.

Also was gibt mir das Recht, zu richten? Auch ich

bin nur einer von denen mit dem Hundeblick, der auf Staatskosten herumgefahren ist, der Geschichtslehrer an der High School wurde, der in den Ruhestand versetzt und dazu verurteilt wurde, nie mehr allein leben zu können – vielleicht zu Recht. Andererseits war ich in Europa und Asien und weiß, wie man Maschinengewehre und Raketenwerfer bedient, wie man bei hoffnungsvollen, hübschen und pickligen Teenagern Prüfungen in amerikanischer Geschichte abhält.

Und wer ist Schwester Johnson?

Sie ist eine von jenen Träumern, für die keine Zeit bleibt in der Welt. Sagen wir Ende Dreißig, wohlwollend ausgedrückt, und schön, was wirklich zutrifft. Sie steckt die langen Haare unter eine alberne kleine Haube und schreitet langbeinig durch die Säle, auf eine Art, daß man sich für die Existenz der Frauen dankbar fühlt. Ihre Nase ist ein kleines bißchen zu spitz für die Titelseite der Modeillustrierten, und ihre Miene zu gütig, um je ins Fernsehen zu kommen. Sie hat nußbraune Augen, volle Lippen und ist verführerisch schlank. Sie gibt sich mädchenhaft, wenn sie glücklich ist, und versprüht Überdruß, wenn sie es nicht ist. Schwester Johnson kümmert sich zuviel um ihre Arbeit und läuft Gefahr, sich völlig zu verausgaben. Ich hoffe, daß sie durchhält, bis Burnside geht. Burnside behauptet, immer ausschweifend gelebt zu haben, und Schwester Johnson, seine größte Herausforderung, sollte die Letzte sein, die er sieht, wenn er dieses Jammertal verläßt.

Und so gehört Schwester Johnson im himmlischen Heer zum erlauchten Kreis der Offiziere, deren goldene Tressen sie gerade noch ermächtigen, den Alt im göttlichen Chor zu singen.

»Es liegt an diesen schnellen Maschinen«, sagte Burnside zu mir und klopfte anerkennend auf seinen

Rollstuhl. »Sie holen die Mädchen immer ein!« Zu Schwester Johnson sagte er: »Sergeant Ross wollte gerade gehen.«

Johnson stand neben dem Bett, auf dem ich saß, lächelte ein kleines trauriges Lächeln und gab vor, Burnside nicht zu beachten. »Im Tagesraum herrscht Aufruhr. Ihr habt etwas angestellt, was alle verstimmt hat. Was war's?« Ihr Haar hat die Farbe von Spülwasserblond, doch es glänzt. Es vereitelt und mildert die Wirkung der kleinen spitzen Nase.

»Nichts weiter«, log ich. »Burnside hat Seemannsgeschichten erzählt. Corporal Harvey hat das Tanzbein geschwungen. Burnside hat etwas über Minnie the Moocher gesungen. Burnside ist schuld.« Es brachte sicher nichts Gutes, wenn man Krankenschwestern von Spuk und Gespenstern erzählte.

Ich hasse es, so viel Kummer in einem Gesicht zu sehen, und der Kummer, den Johnson ausstrahlte, war unerträglich. Sie kann einfach nicht verstehen, daß der Tod nicht so wichtig ist. Als es mit Harvey zu Ende ging, überwältigte der Schmerz die Wirkung der Drogen. Er war bettlägerig. Er konnte sich nicht damit abfinden, sein Leben im Bett zu verbringen. Auch ich hätte es nicht gekonnt, genausowenig wie Burnside ... wenigstens nicht allein.

»Er hat euch eine Nachricht hinterlassen«, sagte sie. »Ich mochte Corporal Harvey, auch wenn er sich mit Kerlen wie euch herumtrieb.« Johnson hätte besser auf der Entbindungsstation gearbeitet, und nicht mit Greisen. »Minnie the Moocher«, wiederholte sie mir zugewandt: »Ihr sagt wohl nie die Wahrheit.«

»Nur sonntags!«

»Oder wenn es keinen roten Heller wert ist«, versetzte Burnside. »Sergeant Ross ist billig, aber ich weiß, was den Frauen gefällt.« Er sah sich um, während er es sagte, als suche er den Urwald nach Schlangen ab. Sein japanisches Gespenst würde sicher nicht auf der Bildfläche erscheinen, wenn eine Schwester zugegen war, doch bei Gespenstern weiß man nie...

»Ihr werdet es beide hassen, wenigstens glaube ich das.« Schwester Johnsons Mund zeigte nur noch eine Spur traurigen Lächelns. Ihre noch feuchten Augenlider glänzten ein wenig. Vielleicht waren wir doch mehr für sie als nur Plus und Minus im Krankenblatt einer Schwester. Andererseits war es sinnlos, zu emotional zu werden.

»Corporal Harvey weiß, warum Buddha lächelt«, sagte sie zu mir. »Er bat mich, euch das zu sagen. Er hat auch gesagt, man habe ihn angewiesen, es euch nicht zu erklären.« Sie wandte sich an Burnside und biß sich auf die Unterlippe.

Ich beugte mich vor und wäre fast von der Bettkante gefallen. Schwester Johnson hatte den Spieß umgedreht. Menschen, die an Krebs sterben, hinterlassen keine letzten Botschaften. Menschen, die an Krebs sterben, leben in riesigen Höhlen des Schmerzes, erleuchtet vom sündigen Feuer einer Hölle, die wirklicher ist als die Hölle Dantes. Menschen, die an Krebs sterben, winden sich innerlich, die Gewalt und das Chaos des Tumors überlagert den letzten Rest ihrer Intelligenz. Es ist der reine Schmerz, vermutlich, und vielleicht hat eine solche Reinheit etwas mit Buddha zu tun, aber eins ist sicher: der Mensch redet nicht darüber.

»Und für Sergeant Burnside, ich zitiere wörtlich, sagte Harvey: ›Heb deinen faulen Drückebergerarsch und such dir einen anständigen Job.‹«

»Er hat eben das letzte Wort, oder? Harvey konnte immer sehr dick auftragen.« Burnsides Stimme war voller Bewunderung, obwohl er sich noch immer im Zimmer umsah. Er war eigentlich nicht zerstreut, aber er verfolgte aufmerksam die Schatten in den Ecken oder an anderen Stellen, in denen sich Visionen oder Quälgeister aus der Vergangenheit hätten verstecken können.

Ich blinzelte Schwester Johnson unauffällig zu, und sie blinzelte unauffällig zurück. Burnside saß zwischen uns und war blöd genug, jede Unze des Gesagten zu glauben. Ich begriff, daß dieser Tag einen Wendepunkt in Schwester Johnsons beruflichem Werdegang markierte. Es war eine Nummer größer als Paul Bunyon, mindestens, denn sie hatte gerade den bekanntesten Bockmist-Lieferanten verscheißert, der je in der Geschichte des amerikanischen Westens vorgekommen war.

Die geriatrische Abteilung fiel, abgesehen von gelegentlichen Einsätzen bei Fernsehleichen, für drei Tage in monotone Alltagsroutine zurück. Die Jungs machten sich gelegentlich mit den zwei Mädels zu den hinteren Fenstern des Flügels auf die Socken, wo Memorial Gardens liegt, der Militärfriedhof, oder, wie Burnside sagen würde, ›das Heim des alten Soldaten‹.

Burnside und ich gingen auch hin, begnügten uns aber nicht damit, nur aus Fenstern zu schauen. Wir schoben uns zentimeterweise durch den Ausgang, der zu einer bestimmten Terrasse führte, und überblickten das Gelände. Es war wirklich keine Stellung, die ich gerne verteidigt hätte, auch keine Stellung, die ich hätte einnehmen wollen. Taktisch gesehen war es der Alptraum jedes Infanteristen.

Ein schmaler Rasenstreifen umgibt die Terrasse, dann folgt den Hügel hinauf ein kleiner Friedhof mit schimmernden, in Kreuzform aufgereihten Gedenktafeln – als hätte ein Neunmalkluger ein dekoriertes Band in die Schöpfung geklebt. Die unterste Ecke des Friedhofs ist zu einem Drittel mit einer Baumschule bepflanzt, die Bäume wachsen am Hang auf unwirtlichem Boden – es ist das letzte unerschlossene Gelände. Hinter dem Wald überbrückt ein wackliger Steg eine Schlucht, und hinter dieser Brücke, auf der Spitze des Hügels, liegen die Überreste eines viktorianischen Parks. Einst sind an diesem Ort edle Damen und Herren flaniert, Kinder haben hier gespielt. Als aber vor langer Zeit das Militär das Hospital übernahm, hatte sich etwas verändert. Der Park hatte seine Grenzen überwuchert. Oder es hatte sich die Dunkelheit, deren Existenz wir erst später bemerkten, in diese Verwahrlosung eingenistet. Der Pavillon ist eine Ruine, sein Dach zerbrochen, die Stufen verwittert. Der dekorative eiserne Zaun ist verrostet, die Bäume sind nicht beschnitten, die Hecken wuchern. Aus der Entfernung aber ist es ein Ort geistiger Gesundheit inmitten von all dieser Trostlosigkeit.

Keiner geht mehr dorthin, nicht mal um Feuerholz zu schlagen. Auch die Gespenster des Veteranen-Hospitals gehen nicht dorthin. Es ist ein Wald, in dem es spukt, ein Park, in dem es spukt, ein Ort der Vergangenheit, in dem es spukt, und hier spukt etwas weit Abscheulicheres als ein Gespenst, und viel Bedrohlicheres als Gewehre. Das Hospital hat seinen ungefährlichen Teil mit Straßen und Wiese. Und es hat seinen dunklen, fast schwarzen, leblosen Teil. Nicht ein Vogel zwitschert hier. Um diese Stellung zu halten, braucht man leichte Artillerie; um sie anzugreifen, genügen drei Feuerstöße aus Mörsern.

Burnside und ich blickten zusammen mit den auferstandenen Fernsehleichen auf die Reihen mit schimmernden weißen Grabsteinen unter dem fliegenden Banner einer großen Nation. Wir blickten zum Wald, zur Schlucht, dann zu der Stadt, die einst Lebensmittel und Fabrikwaren in die Welt exportiert hatte. Heute exportiert sie nur noch Stimmen und Unterhaltung – alles andere wird importiert. Keine der Fernsehleichen hatte angesichts des prächtigen Banners und der ständig gebeutelten Stadt den Mumm, sich am Sack zu kratzen.

»Es hat bestimmt noch mehr auf sich mit diesem Jungen«, sagte ich später zu Burnside und erinnerte ihn damit an sein japanisches Gespenst.

»Er war jung, ich habe ihn getötet. Wie du dich vielleicht erinnerst, waren wir mitten in einem Krieg. Ich war nur ein junger Soldat. Ich durchsuchte seine Taschen, suchte nach Informationen über den Feind.« Burnside deutete auf die Überreste der japanischen Kriegsflagge. »Jeder von ihnen trug eine eigene Kriegsflagge. Er kann sie zurückhaben; ich benutze sie nur, um Mädchen aufzureißen. Keine Frau kann ihr widerstehen.« Burnsides Stimme klang ein bißchen angestrengt, als ob er sie nur mit Mühe zum Klingen bringen konnte, darin aber war er immer der Beste gewesen.

Veränderung lag in der Luft. Elektrisierend. Jeder, außer den im Endstadium der Senilität Befindlichen – vielleicht aber auch die –, spürte, daß die andere Seite ihre eigene Routine entwickelt hatte.

Schatten zogen vorbei an den Wänden, obwohl nichts zu sehen war, was dicht genug gewesen wäre, Schatten zu werfen. Gemurmel tönte hinter jedermanns Ohr, Geflüster aus der Vergangenheit. Nach dem ersten Tag zog die Wochenschau an unserem inneren Auge vorbei, die Wochenschau über eine vorbeiziehende Parade, eine Parade der Geschichte und des Krieges. Ich hörte Stimmen von Menschen, die tot und gegangen waren, von Geliebten und Verachteten. Ich hörte Kanonendonner hinter dem zerrissenen Horizont rollen. Ich hörte entsetztes Kindergeschrei, hörte die Stimme des Feindes in knarrender Kraut-Sprache und hörte das Schluchzen der Frauen, weil, ja, weil auch Deutsche schluchzen können.

Wieder hörte ich Laute – von der Invasion in Europa

und von den Geschützstellungen in Korea. Burnside hörte die Dinge ein bißchen anders. Er wollte, ehrgeizig wie er ist, zunächst reinen Tisch mit dem ganzen Pazifiktheater machen und dann pflichtbewußt Japan besetzen.

»Ich habe immer befürchtet, daß du leicht schwachsinnig bist«, vertraute er mir an, »hätte aber nie gedacht, daß du dich mit Leuten abgibst, die Stimmen hören. Du bist wirklich beknackt, Ross.«

Währenddessen nahm die Routine ihren gewohnten Lauf. Schwester Johnson war wie immer sehr beschäftigt, zerstreut, überspielte stets die Mühsal ihrer Arbeit und versuchte so wenig wie möglich im Leben um sie herum aufzugehen. Schwester Johnson hörte keine Gespenster, noch sah sie welche, vielleicht war sie dazu viel zu beschäftigt. Die Routine hielt sie aufrecht und stützte uns, und so ist es immer mit der Routine, sogar auf einer geriatrischen Abteilung, die vom Jenseits überwältigt worden ist, so wie das – wir setzen es hier einfach mal voraus – mit den meisten dieser Abteilungen geschieht.

Der Tag beginnt um vier Uhr morgens, wenn die Schmerzmittel ihre Wirkung eingebüßt haben. Sehr alte Leute schlafen nicht besonders gut. Wir wachen und ringen mit allem, was uns begegnet, mit eiternden Wunden, mit zerfallenden Knochen. Die meisten liegen von vier bis sechs darnieder, betäubt von ihren halbwachen Träumen. Stimmen aus der Vergangenheit stellen sich ein, streiten und beklagen sich über unsere Lage. Sie machen sich über uns lustig, präsentieren uns eindringlich Situationen, die eigentlich nie stattgefunden haben, aber stattgefunden hätten, wenn man damals nur gescheit genug gewesen wäre. Der Fluch des Vaters und die Vergebung der Mutter. Manchmal erscheint die Lieblingstante ... und manchmal gebären die Stunden zwischen vier und sechs Monster. Dann sehen die Menschen Gesichter: von Menschen, die sie ermordet, von Frauen, die sie betrogen haben.

Um sechs Uhr morgens beginnt die Zeit der Pillen. Der Vorhang hebt sich für die Komödie des Tages – oder die Tragödie, je nach dem Willen des Herrgotts. Um sechs Uhr morgens husten alle sehr viel, und wenn es einem bestimmt ist, den Erstickungstod zu sterben, stehen die Wetten für sechs Uhr morgens am besten. Pillen jagen die Arzneimittellisten rauf und runter. Medikamente entwickeln Persönlichkeit. Manche sind plebejisch, dumm, andere einfach wunderbar. Manche Medikamente sorgen für Knatsch, spielen eine Coda, eine Trompetenmelodie, so wie Ziggy Elman ›And the Angels Sing‹ spielt.

Burnside, der dafür bekannt ist, daß er die Dinge nach Gutdünken ablehnt und unabhängig ist wie ein Ferkel auf dem Eis, wartet nicht erst auf Schwester oder Pfleger – über seinem Bett ist ein Flaschenzug aus rostfreiem Stahl montiert. Es kommt mir vor, als ob ich neben einem Zirkus wohne. Dennoch wird einem ganz übel, wenn man ihn hin- und herpendeln sieht. Der Mann hätte einen gelungenen Elf, einen Maschinenteufel oder Gnom abgegeben, sogar einen ausgewachsenen Kobold, statt dessen war er gezwungen, wie ein Affe hin und her zu schwenken. Er läßt sich in seinen Sitz sinken und steuert auf die Latrine zu, die zerlumpte Flagge schwebt wie eine zerbrochene Sonne über dem fahrenden Rollstuhl.

Frühstück ist um sieben. Du kannst es in deinem Zimmer zu dir nehmen oder dich in der Cafeteria in die Freßschlange einreihen. Für die Insassen der geriatrischen Abteilung lautet die Botschaft der Freßschlange so: Reih dich hier ein und erzähl der ganzen Welt, daß du noch am Ball bist.

Unsere Truppen brechen das Brot in Gesellschaft jüngerer Patienten, der Jungs in den 40ern und 60ern, die mit ihren eigenen Gespenstern leben, aber unsere nicht sehen. Es sind die aus den späteren Kriegen. Fast alle sind verkrüppelt, und nicht wenige verrückt. Ich jedenfalls würde es nicht wagen, einen von diesen mit Gummibändern und Heftklammern geschmückten mit einem stumpfen Messer sich selbst zu überlassen.

Die Physiotherapie beginnt um 8.30 Uhr und endet, bis man zusammenbricht, was in den meisten Fällen um 8.45 geschieht. Burnside hat das nicht nötig. Er klopft wahrhaft elegante Sprüche: seine Beine fallen ihm sowieso fast vom Körper, und er bekommt reichlich heilsame Stöße und Knuffe von diesem Stuhl. »Ich hätte liebend gerne eine Harley«, beschwert er sich, »aber es werden keine gebaut.«

Zwischen zehn Uhr und Mittagessen machen die Ärzte Visite. Sie erläutern genau Hüftprothesen, Rückenmarkspunktionen und Ektomien, um die Eingeweide wieder zu richten. Die Ärzte machen altbewährte Witze und sind ihres eigenen Irrsinns fähig – Kriege müssen eben auch zu etwas gut sein.

»Nicht alle Krankenhäuser sind so angenehm wie dieses«, erklärt Burnside denen, die meckern. »In Japan sind alle Krankenschwestern Lesben. In England sprechen alle Ärzte wie Peter Ustinov. Bei den Scheißfranzosen...« Dann rollt er mit den Augen und versucht lüstern auszusehen. »Der Grund ist, daß DeGaulle eine ungeheuer große Nase hatte. DeGaulle war unglaublich populär.«

Vor dem Mittagessen – und besonders an den launischen Tagen – grabschen wir nach dem Jim Beam. »Und jetzt ein Schlückchen«, wie Louis Armstrong zu sagen pflegte. Dann spülen wir den Whiskey mit einem Teller Suppe runter. »Nicht gerade so wie in Süddakota«, erklärt Burnside. »Damals auf der Farm tranken wir nie nach vier Uhr nachmittags.« Für Burnside ist Süddakota der Ort, der ihn berühmt gemacht hat. Nachdem er sich dort die Zeit vertrieben und sich vom Zaster losgesagt hatte, kehrte er heim. »Den einzig verfügbaren Job in ganz Süddakota bekam man nur mit einem Schwulen-Outfit.« Er arbeitete und gab sich wirklich Mühe, und in nur drei Monaten war er zum Oberarsch aufgestiegen.

Nach dem Mittagessen und einem Schläfchen empfangen manche Patienten Besucher – Verwandte, Sozialarbeiter, Pastorinnen oder Kapläne. Manche Besucher bringen Fotos von Urenkeln mit, als ob hier je einer behauptet hätte, daß er sich für die kostbaren Kinderchen oder Fotos von Urenkeln interessieren würde, die vor der zweiten Hälfte des folgenden Jahrhunderts dieser Station nicht bedürfen werden. Besucher plappern freundschaftlichen Schmus. Ich höre ihnen zu und stelle mir vor, was dereinst aus den Kindern wird – sie werden in Tarnanzüge gesteckt, mit schußbereiten Laserwaffen Flohbisse erdulden, während sie durch Schlamm kriechen oder ausgestreckt auf der gefrorenen Tundra liegen und pennen. Ich stelle sie mir vor in Schützengräben hinter der Hauptkampflinie, hinter Überschallwaffen kauernd, oder mit Stiefeln an den Füßen in Schlafsäcken liegend, um nicht zu erfrieren. Genießt eure Kindheit, ihr Kleinen, denn so lange es Menschen gibt, wird es auch Infanterie geben.

Burnside und ich laufen seit mehr als einem Jahr unseren Besuchern davon, weil alt zu sein eine sehr persönliche Angelegenheit ist – und das hat sich als sehr vernünftig herausgestellt. Ich habe meinen Besuchern geradeheraus gesagt, daß sie sich davonmachen sollen. Burnside aber hat den Weg der Beredsamkeit gewählt. Er gab vor, die Religion für sich entdeckt zu haben, und sein Rollstuhl wurde zur Kanzel. Er predigte mit Vorliebe Moses und Abraham, und dann erschreckte er sich selbst fast zu Tode. Er war zwar wie beabsichtigt seinen Besuchern entkommen, hatte aber eine der

Fernsehleichen, einen Kanonier namens Hawkins, der sich gerade auf dem Weg ins Jenseits befand, tatsächlich bekehrt. »Hat man ihn hinausgejagt in den Himmel«, murmelte Burnside, »...jede gute Tat wird geahndet... die Sterne in meiner Krone...« Die Macht des Wortes hatte ihm einen heillosen Schrecken eingejagt – und das ist die volle Wahrheit.

Die Besucher gehen am Nachmittag, und dann beginnt *die Zauberstunde*. Als die Gespenster noch mitgemischt hatten, war es die Zeit der Erscheinungen, die nur am Rande unserer Wahrnehmung vorbeigehuscht waren. Wir konnten fast die Tage unserer Jugend sehen, das Klappern des neuesten Ford-Modells hören oder den allerersten gesungenen Werbespot aus der kuppelförmigen Kathedrale eines Radios, das noch mit Vakuumröhren betrieben wurde. Wir hörten genau hin, wenn Väter und Onkel widersprüchlichen Unsinn über den Ersten Weltkrieg verzapften, während Großväter über Gettysburg und Shiloh, Kuba oder den letzten Indianerkrieg Bockmist erzählten. Die Zauberstunde brachte uns das Rascheln der Kornfelder unter der Sonne des Mittleren Westens und das Flüstern der großen Flüsse: des Mississippi, des Ohio, des Columbia, den Herzschlag einer ganzen Nation, den Salzboden, den Berg, die Prärie, lichte Baumwollfelder und Laubholzwälder.

Alles änderte sich in dem Augenblick, als die Gespenster ihr eigenes Päckchen schnürten. Burnsides japanischer Soldat war der erste, aber dann folgten andere. Am dritten Tag klappte ihre Übung schon wie am Schnürchen. Das Jenseits rückte im gleichen Tempo näher, während folgende Episode um Burnside ihrem Höhepunkt zustrebte:

Burnside parkte im Tagesraum und erzählte, wie sein Onkel Henry eine Kirche gerettet hatte, nachdem die Gemeinde pleite gegangen war. Der Priester versenkte Onkel Henry auf einem geeigneten Feld in den Boden, erklärte das Feld zu einem Kirchenfriedhof und steuerfrei. Als die Preise stiegen, verkaufte er das Feld und verlegte Onkel Henry in ein anderes Feld. »... und Onkelchen befreite über die Jahre mehr Land von der Steuer als seinerzeit Alexander der Große. Der Priester hörte erst auf, als der Sarg abgenutzt war. Und Onkelchen hatte sich bis dahin sehr gut gehalten...«

In diesem Augenblick öffneten sich Türen und Fenster. Es geschah planvoll – nicht langsam, aber auch nicht schnell. Manche Türen und Fenster waren real, und echter Wind fegte wie ein natürlicher Besen durch die geriatrische Abteilung. Von der Schnellstraße her kam eine regensatte Brise und brachte Abgase mit. Die Puget-Meerenge fügte einen Hauch von Salz hinzu, und der Nebel aus Nordwesten umgab uns mit feuchtem Schimmer, wie ein leichter Mantel aus schützendem Pelz.

Die Schwestern schlossen die Fenster, zischten den Sanitätern zu, die Türen zu schließen, und das Pflegepersonal griff Burnside heraus, um ihn zu tadeln, bevor die letzte Brise erstarb. Burnside war von seiner Geschichte völlig in Anspruch genommen, saß ruhig da und blinzelte – er hatte die Kontrolle über die Geschichte verloren –, als der Surrealismus die Oberhand gewann: eine neue Tür öffnete sich in der Mitte des Tagesraumes, eine widerwärtige Tür, durch die nur wir von der Geriatrie hindurch konnten. Das Personal hatte nichts von alledem bemerkt.

Die Tür eröffnete eine Szene, wie die erste Kopie zu einem Film, in dem niemand gern die Hauptrolle spielt. Ein gewaltiger Raum breitete sich vor uns aus. Sargreihen glänzten matt und schwarz vor einem nächtlichen Hintergrund. Ein Schweigen, tief wie die Ewigkeit, lag über der Nacht, eine mächtige Stille, die nur von einer gewaltigen Streitmacht durchbrochen werden konnte, weil sie jeden gewöhnlichen Ton verschlang.

Das war der Tod, wenigstens ein Teil von ihm. Stille und Dunkelheit umgaben zerbrechliche Särge, die noch zerbrechlichere Überreste enthielten. Nicht Seelen lagen hier eingekapselt, nur Leichname, umarmt von der allmächtigsten Stille, umarmt von der endgültigen Dunkelheit.

Schwester Johnson saß da, eine einsame Trauernde, und ihr leises Schluchzen war der einzige Ton, der mächtig genug war, die Stille zu durchbrechen. Ihre Miene war alles andere als gelassen, ihre Lippen zitterten, als sie sich bewegten, wie im Gebet oder in Verwirrung, ihre Augen waren gerötet vom Weinen – eine kleine Gestalt, die vor der ewigen Nacht kauerte. Wir spürten ihre Verwirrung, ihre Einsamkeit, ihr Scheitern, ihre Trauer, und wir wußten, daß jeder einzelne von uns in diesem Tagesraum, in einem dieser Särge ruhte. Wir kannten die Zukunft, weil wir wußten, daß wir der Vergangenheit angehörten.

Schwester Johnson ist ein sehr gutes Kind in einer sehr schlechten Welt. Wir bekämpfen den Schmerz mit Schmerz, aber sie versteht es nicht, und manchmal funktioniert es sowieso nicht so gut. Die Särge sandten uns eine Botschaft, es schien zumindest so, und diese Botschaft mußten wir entschlüsseln. Sie lautete: Gebt acht auf dieses junge Ding, und ihr seid vielleicht nicht verloren. Das ist eure Aufgabe. Daß ihr das kapiert, ihr Feldwebel und Offiziere. Dereinst rührtet ihr in den Tiefen der Geschichte, wie der Bäcker den Kuchenteig rührt. Kapiert das endlich, ihr Schwachköpfe.

Der gewaltige Raum vor dem Hintergrund der ewigen Nacht verdunkelte sich, als hätte die Nacht, so wie es sonst das Leben tut, einen Vorhang vor die Träume gezogen. Licht fraß sich durch die Düsternis, und die Särge begannen sich zu bewegen. Es war eher ein Entblättern als ein Öffnen, so wie Blumen zu Boden sinken, wenn sie verblühen. Die Särge schwanden dahin, und wir, die dort versammelten Seelen aus der geriatrischen Abteilung des Veteranen-Hospitals, lagen ohne unsere Särge. Altes Fleisch bedeckte wie ein zartes Tuch zerbrechliches Gebein. Wir lagen, ein Museum des Todes, im abnehmenden Licht. Dann sanken unsere Körper in die Dunkelheit hinein und verschwanden, und es blieben nur winzige Spuren des Lichtes zurück, wie Rauchfetzen über toten Gesichtern. Alte Gesichter. Geschlossene Augen, hinter denen vergangene Hoffnungen ruhen. Der Vorhang der Dunkelheit fiel herab, unsere Gesichter verblaßten. Ein einziger Ton war zu hören in der ewigen Nacht: Schwester Johnsons Schluchzen.

II

»Wach auf. Bitte.« Sie schüttelte sanft meine Schulter, weil sie aus Erfahrung wußte, wie sie mit zerbrechlichen Dingen umgehen mußte. Schwester Johnson stand neben mir, während, wie es schien, die Hälfte des Pflegepersonals dieser gewaltigen Einrichtung durch den Tagesraum hastete.

Schockierte Patienten murmelten vor sich hin oder wandten sich einander zu mit einem Ausdruck des Glaubens, nicht des Unglaubens. Die Furcht des Glaubens hatte uns ereilt. Selbst die Fälle von Senilität wurden nicht verschont, und es wurde auch nicht darüber gestritten, was wirklich und was Illusion gewesen war. Die Menschen sahen einander an, und lautlose Botschaften machten die Runde. Niemand hatte irgend etwas gesehen. Gib das weiter! Mach es auch dem blödesten Marineinfanteristen klar! Semper Fi, ihr Knallköppe! Knöpft den Mund und den Hosenschlitz zu! Verschweigt jedes Detail.

»Es geht schon«, flüsterte ich ihr zu. »Das glaube ich jedenfalls.« Wenn sie mein Handgelenk nimmt, um den Puls zu fühlen, oder Burnsides Handgelenk, ist ihre Berührung fest, aber freundlich. Wenn sie verwirrt ist, ist ihre Berührung die einer Liebenden. Ich sage bewußt nicht ›Geliebte‹ – sie ist freundlich wie die Berührung einer Mutter, oder einer Schwester, oder sogar wie die einer Geliebten – eine Berührung, die genau weiß, wie man Gefühle zum Ausdruck bringt. In diesem Augenblick stoppt Burnside seinen Redefluß und stottert. Sein Teint wird ein wenig dunkler, als man es früher als Babyrosa bezeichnet hätte, und das ist das Äußerste an Blut, das er für ein Erröten aufbieten kann.

Wenn sie mein Handgelenk nimmt, werde ich an meine erste Liebe erinnert. Die Jahre fallen von mir ab wie der Schorf von den aufgeschlagenen Knien der Kinder. Ich fühle mich schwach wie ein Zehnjähriger, der seinen Western Flyer gegen einen Baum gefahren hat.

»Wir halluzinieren«, flüsterte ich. »Das passiert schon mal unter Krüppeln und Jammerlappen. Es ist für den New Deal verantwortlich. Es ist sogar für Eleanor verantwortlich. Einmal haben wir die Katzen rauslaufen lassen, damals in Indiana ...« Dann fing ich an zu murmeln. Schwester Johnson ist Greise gewöhnt, die in ihrem Gedächtnis kramen, aber sie ist auch an mich und Burnside gewöhnt.

»Tu das nicht«, sagte sie zu mir. »Die Dementia ist schlimm genug, wenn sie echt ist.«

Ich würde vor einer Dame niemals ›Scheißdreck‹ sagen. »Du hast Burnside auf den Arm genommen, als Harvey gestorben war«, flüsterte ich. »Hat dir das geholfen?«

Sie flüsterte zurück. »Fragst du jetzt im Ernst?« Ihr Flüstern erinnert an Löwenzahn, der von einer warmen Brise gestreift wird. Wo war diese Frau, als ich in ihrem Alter und allein war? Noch nicht geboren. Schiffe fahren vorbei, ich würde lieber sterben, als mich damit abzufinden, wieder jung zu sein. Es ist eine gesunde Einstellung, weil genau das passieren wird. Schiffe fahren vorbei, auch in der Geschichte, nicht nur im Meer.

»Ich meine es im Ernst«, sagte ich. »Du hast Burnside reingelegt. Hat es dir geholfen? Nicht Burnside oder mir. Hat es *dir* geholfen?«

»Es machte mich traurig. Erst war es lustig, dann hat es mich traurig gemacht.«

Das war nicht die Antwort, die ich erwartet hatte, und ich habe sie auch keineswegs geglaubt.

»Jedes Leiden ist ungerecht«, sagte sie. »Das Leiden eines Hundes ist ungerecht, sogar das Leiden einer Wanze.« Sie mühte sich mit irgendeiner Schwesternethik ab, entschied sich aber, mir gegenüber offen zu sein. »Oberfeldwebel Harvey ...« Sie schluckte ehrlich, es war ein aufrichtiges Schlucken.

»Es hat ihn verletzt.« Ich bemühte mich um eine freundliche Stimme. »Es sollte doch verletzen. Es gehörte zu den Regeln.«

Um uns herum bewegte sich das Pflegepersonal mit der Behutsamkeit eines Spähtrupps. Sie flüsterten mit den Patienten und spähten zu den Türen und Fenstern. Veteranen-Hospitäler sind nicht dafür gemacht, unheimlich zu sein. Sie sollen Paläste der Verläßlichkeit, der teilnahmslosen Versorgung sein.

»Du übertriffst die Bibel«, sagte ich. »Die Bibel gibt uns drei Gründe und zehn Gebote. Du hast Harvey darüber hinaus zu weiteren Zehn Jahren verholfen.« Ich hielt inne. Sie wollte es nicht hören. Sie war mit den Gedanken woanders.

»Sein Geist ist tot«, sagte sie fast schüchtern. »Jungs, etwas Furchtbares jagt hinter euch her.«

Ich fror. Jemand stellte den Fernseher lauter. Seife ist Seife, aber der Terror hatte ihr eine Form gegeben. Um uns herum brachte das Pflegepersonal die Patienten in die gewöhnliche Routine zurück, und sie tauschten miteinander vielversprechende Blicke, die bedeuten sollten, daß sie miteinander reden würden, sobald sie das Personal losgeworden waren.

Etwas Furchtbares jagte hinter uns her. Es war nicht nur das, was Johnson gesagt, sondern *wie* sie es gesagt hatte. Etwas Furchtbares.

Bilder rasten durch unsere Köpfe. Wir hatten in Korea die Maschinengewehre in Hügel 27 gerammt – durch die Kälte hatten wir mehr Leute verloren als durch den Feind. Eis. Schnee. Blut im Schnee. Chinesische Leichen lagen verstreut auf Straßen, Feldern und Gräben wie Saatgut, gefroren, mit offenem Mund und mit eisüberzogenen Zähnen. Hier und da stiegen Rauchfahnen hoch von den Bauernhöfen, die unsere Truppen in Brand gesetzt hatten, um zu überleben. Das Öl auf den MGs war gefroren, die Schüsse ratterten träge. Der Hügel 27 war die Hölle auf Erden. Schwester Johnson aber sprach von etwas Schlimmerem.

Schwester Johnson ist ein Kind, aber ein Kind mit Erfahrung. Sie hat zwar weniger Menschen sterben sehen als ich – es war eine ziemlich große Menschenmenge –, aber ein paar Dutzend waren es bestimmt. Wenn etwas an Harveys Tod ungewöhnlich war, mußte sie es wissen. Ich zitterte vor Kälte. Ich fühlte mich schwach und hilflos. Meine Zähne klapperten.

Der Hügel 27 hatte etwas Tröstliches, weil man wußte, daß man für den Rest seines Lebens nie etwas Schlimmeres durchmachen würde. Das hier war anders. Jetzt sprachen wir über etwas, das hinter dem Tod lag, und mein Schaudern rührte von Johnsons Worten her, und weil die Gespenster uns zum Abschied gewinkt hatten. Burnside sagte, daß ihn der Abschied beunruhige. Was gäbe ich darum, wenn ich mich lediglich ›beunruhigt‹ fühlen könnte.

»Ich bin kein Prediger«, sagte ich zu ihr. »Was meinst du mit ›Geist‹?«

»Ich bin auch kein Priester, aber als Oberfeldwebel Harvey gestorben war, ist nichts passiert. Nichts.«

»Ich verstehe dich nicht.«

»Absolut nichts.«

»Du warst erschöpft.«

»Absolut nichts.«

Wenn ein Mensch stirbt, atmet er ein letztes Mal aus, vorausgesetzt, er ist nicht in Stücke gerissen worden. Es passiert etwas. Der Mensch geht. Das ist weder romantisch noch beeindruckend. Er geht so lange, bis er anhält, und er hält an. Manchmal funktioniert der Körper eine oder mehrere Sekunden lang weiter. Der springende Punkt ist, daß etwas passiert, und wenn es noch so winzig ist. Sei es ein weiterer Schritt, ein letztes Stöhnen, ein Schlucken, eine Zuckung. Immer. Wenn man eine Glühbirne aus der Fassung dreht, merkt man, daß das Licht ausgeht. Es geht zwar schnell, aber es ist ein ›Ver-gehen‹. Dasselbe gilt für einen Menschen, der stirbt.

Und bei Harvey war nichts passiert. Irgend etwas hatte ihn erwischt, noch bevor er ein letztes Lebenszeichen von sich geben konnte. Ich trauerte um Harvey genau zwei Sekunden lang und hätte auch weiter um ihn getrauert, wenn es ein ›weiter‹ gegeben hätte.

Schwester Johnson zitterte. »Ich sollte wohl besser den Mund halten, wenn ich nicht weiß, wovon ich rede.«

Im allgemeinen traf das zu, weil ihr sonst das Heer der gesamten übrigen Welt Paroli geboten hätte, aber in diesem Fall war es unzutreffend. »Du hast mir einen großen Gefallen getan«, versicherte ich ihr. »Vielleicht hast du uns allen einen Gefallen getan. Würdest du mir zu meinem Zimmer zurück helfen?«

Hilflosigkeit ist das lausigste aller lausigen Gefühle. Wir bemühen uns alle, Unabhängigkeit vorzutäuschen, können uns aber nicht vor einem lebhaften Welpen schützen, und in unserem Alter können lebhafte Welpen uns töten. Ein Stolpern, ein Sturz. Die Uhr tickt. Wenn irgend etwas Harvey abgeschossen hatte, dann wartete es darauf, auch uns abzuschießen. Uns blieb wenig Zeit, uns zu verteidigen, und körperlich waren wir nur fähig, uns zu ducken. Das erforderte Köpfchen, und die Hälfte der Köpfe in diesem Asyl war mit Staub bedeckt.

Gespenster begleiteten uns auf dem Weg zu meinem Zimmer, flüsternde Geister, die keinen Punkt und kein Komma setzten. Es waren Leute, die ich nie gekannt hatte, auf die ich nicht einmal geschossen hatte. Man erkannte sie undeutlich als Asiaten, vielleicht als Malaien, klein, aber hübsch. Unruhig gingen sie ihrer Beschäftigung nach, aber noch in diesen polierten Hallen konnte ich wie ein Echo den beißenden Geruch von Kordit riechen. Wenn es Malaien waren, kam das Kordit wohl kaum von der japanischen Artillerie. Die Malaien zirpten in der weichen Inselsprache, die nur aus Vokalen zu bestehen scheint, und Schwester Johnson führte mich durch ganze Horden hindurch. Man kann einen Menschen eben zu allem gebrauchen.

Ich fragte mich, was Burnside wohl sah, und wartete im Zimmer, wohl wissend, daß er jede Minute anrollen würde. Schwester Johnson stellte mich ab, tätschelte meine Schultern mit gütiger Hand und ging an ihre Arbeit.

Vor mir und um mich herum liefen Gespenster vorbei, und es machte mir wirklich nichts aus. Sie umgeben uns, immer, und wir schenken ihnen keine Beachtung. Es sind die Geister der Vergangenheit, und die

Vergangenheit ist immer freundlich. Der Grund, warum man die Geschichte verstehen sollte, liegt nicht darin, die Fehler der Geschichte zu vermeiden – ein paar Verrückte werden die gleichen Fehler sowieso an deiner Stelle wiederholen. Irgendein Wahnsinniger wird einen Krieg anzetteln, ein anderer eine Atombombe abwerfen, und du bist dann das arme Schwein, dem es zufällt, die Bombe entweder zu werfen oder von ihr getroffen zu werden.

Nein, wenn einer die Geschichte versteht, dann versteht er sich selbst.

Als Burnside ins Zimmer rollte, sah er aus wie jemand, der einen Kaplan braucht. Sein Stuhl bewegte sich langsam vorwärts, die zerlumpte Flagge hing schlaff herunter; er war wie ein Mensch, den man windelweich geprügelt hat. Er warf sich aufs Bett, als wolle er für immer dort bleiben. Kein gutes Zeichen.

Er drehte sich auf die Seite, zappelte herum, blieb wieder liegen, drehte sich auf den Rücken und starrte an die Decke. Das gefiel ihm auch nicht, also setzte er sich auf und stieß ein paar wirklich gelungene Flüche aus. Er fluchte leise, wie jemand, der zu einem Karabiner mit Ladehemmung spricht, weil er befürchtet, daß der Feind sehr nahe ist. Er wiederholte kein einziges Wort. Es war ein gewaltiges Fluchen. Sehr eindrucksvoll.

»... wie eine Tankstelle, die den Gewinn macht bei einem Begräbnis«, sagte er abschließend. »Ross, wir sind diesmal beschissen worden. Wir haben die Chancen eines Chinesen in Tokio, genau das haben wir.«

Ich widersprach ihm nicht, aber wenn die Gespenster es wirklich auf uns abgesehen hatten, wieso machten sie sich so viele Umstände? Es schien, als ob unsere Gespenster uns helfen wollten.

»Sie wollen uns etwas sagen«, erklärte ich Burnside. Ich sagte nichts über Harvey. Es gab keinen Grund, ihm noch mehr Angst einzujagen. »Hinzu kommt«, sagte ich ihm, »daß offenbar andere Gespenster mithelfen wollen. Dein japanischer Junge gehörte vorher nicht zu ihrem Stab.«

Hinter der Eingangstür füllte sich der Korridor mit Gemurmel, und im Tagesraum erhob eine Stimme ein dünnes Gekreisch. Einer der Senilen sang. »Du weißt nicht, was Einsamkeit bedeutet, solange du die Kühe zusammentreibst ...« Dann kam »Das ist für den Hauptmann, das ist für die Mannschaft, und das ist für die Mädchen ...« Jemand brachte ihn zum Schweigen.

»Als ich zum ersten Mal an mir herumspielte – wenigstens das erste Mal, an das ich mich erinnere –, war ich sechs.« Burnside schien jetzt selbst senil zu werden. Entweder das, oder es war ein Scheißdreck mehr. Ich wartete auf eine Burnside-Geschichte, auf das Ende der Welt, die Ankunft des Todes, seine Wiederkehr – Auge in Auge zu stehen mit einem wie auch immer gearteten dunklen Übel, das danach trachtet, unsere Seele zu vernichten.

»... niemand hat von mir verlangt, den Jungen zu töten«, flüsterte Burnside. »Wir hätten zusammen beraten können. Wir hätten beide weiterlaufen können.« Seine Stimme wurde rauh und beherrscht, wie die eines Unteroffiziers, der die totale Niederlage öffentlich bekannt gibt. Wir sind stolz darauf, kein Mitleid mit uns zu empfinden, aber Burnside hatte es ein bißchen übertrieben. Sein Leben lang hatte er über die Sache nur dummes Zeug geredet, und jetzt funktionierte die Burnside-Masche nicht. Er hätte nicht so grob gesprochen, wenn die Schuld nicht an ihm genagt hätte. Man hätte nach all diesen Jahren denken können, daß der japanische Junge in Frieden ruht. Man hätte denken können, daß Burnside sich damit abgefunden hat. Statt dessen saß er da, vernichtet, völlig am Ende.

»Shish kata ga nai – Es ist nicht zu ändern«, sagte ich. »Es war Schicksal, ein Verhängnis. Vergiß es.«

»Er war sehr mager, damals.« Burnside flüsterte fast. »Man hatte sie auf halbe Ration gesetzt. Mager, krank und dreckig in dieser widerlichen Art, wie man es nur im Dschungel sein kann. Er hatte Durchfall. Sogar nachdem er gestorben war.«

Der Junge sah besser aus als ein Gespenst. Saubere Uniform, ein gesundes Lächeln. Der Tod schien ihm gut zu bekommen. Ich war nicht stolz darauf, so zu denken. Es gibt die eine Burnside-Art und die makabre Burnside-Art. »Viel Glück, Soldat«, sagte ich leise.

»Du weißt, wie das läuft«, fuhr Burnside fort. »Er war vielleicht nicht der erste, aber er war der schlimmste. Verdammt, Ross!«

Ich wußte, was er sagen wollte. Auch ich hatte ähnliche Probleme, aber ich wollte nicht über sie nachdenken ... den Erinnerungen sei Dank.

»Ihr wart beide im Unrecht«, sagte ich. »Besonders er. Er war Soldat und hat wie ein Priester gehandelt. Er hat dich zum Leben verurteilt. Es war dein Leben. Nicht seins. Es hat euch beide erwischt.« Eine Art Flakfeuer brach im Tagesraum aus. Eine zittrige Stimme rezitierte ein Gedicht im Singsang eines Schulkindes. Der Kerl sagte eine Strophe aus ›The Wreck of the Hesperus‹ auf. Er hatte das Gedicht wie ein Primaner auswendig gelernt. Einiges hatte er falsch verstanden, das meiste aber zitierte er korrekt.

»Ich bin deshalb so unglaublich berühmt«, sinnierte Burnside, »weil ich sehr viel verlange und wenig gebe.« Er legte sich hin und drehte mir den Rücken zu. »Wenn etwas passiert, laß es geschehen.«

In Korea handelten die Menschen manchmal ebenso. Die Temperatur fiel. Chinesische Artillerie nahm uns unter Beschuß. Die Chinesen griffen an. Sie kamen in Schwärmen, und es schien auf der ganzen Welt nicht genug Sprengstoff zu geben, sie zu stoppen. Nach dem Angriff, und als der Schweiß tief drinnen in unserer Kleidung zu gefrieren begann, konnte man sich in den Schlafsack legen, der einen zwar nicht wärmte, aber vor dem Erfrieren bewahrte. Man puppte sich ein, aber nicht um auszuschlüpfen; das tat man, wenn man aufgegeben hatte. Man konnte die Leute nicht einmal aus dem Sack prügeln. Die Menschen starben bei den Angriffen, weil sie gemütlich in ihren Säcken lagen und dieses letzte Stückchen Hölle zurückwiesen, das ihnen die Welt so großzügig bereithielt.

»Ich habe ein Problem«, sagte ich zu Burnside. »Ich habe nicht die Kraft, auf deinen armseligen Arsch einzuknüppeln.«

Er grunzte. »Ich kenne einen Typen«, murmelte er, »der will, daß seine Asche auf einer Farm in Süd-Dakota verstreut wird, wenn er gestorben ist.«

»Eine kurze Geschichte von den Japanern auf Guadalcanar«, sagte ich. »Mut kombiniert mit Dummheit schafft noch lange keinen guten Soldaten. Denk darüber nach, bevor du den Löffel abgibst.« Da lag er und redete über seine Asche, während ich mich für seine Seele abrackerte.

Dennoch, es war seine Seele. Ein Mann – eine Stimme.

Ich merkte, daß sich in der entfernten Ecke des Zimmers etwas bewegte. Dunst braute sich zusammen; die Bewegung in diesem Dunst schien nicht abendländisch zu sein. Wenn uns Gespenster zu Hilfe kommen wollten, so war Burnside das perfekte Opfer, so wie er da lag. Vielleicht waren im Dunst Burnsides persönliche Gespenster zu einem Klumpen geronnen. Ich sagte kein Wort. Ich schlurfte nur fort, auf Beinen, die sich nicht gerade schwungvoll, doch weniger schlimm anfühlten als sonst. Der japanische Junge und ein ganzer Haufen anderer Gespenster formierten sich, um Burnside das Fell über die Ohren zu ziehen. Weder sind Gespenster eine Metapher für die Geschichte, noch ist die Geschichte eine Metapher für Gespenster.

Schwester Johnson hätte mich bestimmt für einen richtigen Herumtreiber gehalten. Ich schlurfte zurück zum Tagesraum und war wütend. Das vollkommen Böse existiert. Wir Greise hatten als Kinder alles darüber gelernt, und jeder Sozialarbeiter täte verdammt gut daran, nicht daherzukommen und das ›Böse‹ den ›Umständen‹ in die Schuhe zu schieben. Das *Böse* ist eine Kraft im Universum, eine Kraft, die jede Schwäche nutzt, um ihren Dreck in die Welt zu setzen, und die Hölle geht mit dem *Bösen* einher.

Was für ein Jammer! Ich war voller Trauer. Sie hatten sich Harvey geschnappt. Er war zwar nur ein uralter Soldat, doch tief im Innern verbarg er eine muntere Seele. Nun war sie eine Geisel, und wenn sie zerbrach, war es selbst für das Reich der Gespenster ein Verlust.

Harvey war nebenbei auch ein guter Freund. Wir vergossen keine Tränen, weil wir wußten, daß er viel zu stolz auf uns gewesen wäre, um uns zu beweinen. Aber es gibt so etwas wie unsichtbare Tränen. Schwester Johnson weint sie, so wie sie auch die andere Sorte Tränen weint.

Genau, da ist ja noch Schwester Johnson, ein gutes Kind in einer schlechten Welt. Ihre Welt stinkt nach Leuten, die keinen Glauben haben, oder nur einen armseligen – Menschen, die glauben, sich nach dem Tod mit einem sauberen Darm vor Sankt Petrus verantworten zu können. Sie sorgen sich um ihren Cholesterinspiegel, während sich ihre Kinder auf den Straßen gegenseitig über den Haufen schießen.

Schwester Johnson lebt bei einem Volk, das über selbstverschuldete Wunden jammert und sich als Opfer sieht. Die Leute, mit denen ich zu tun hatte, hatten nicht den Kopf mit diesem Scheißdreck voll. Wir tragen auch unseren Scheißdreck mit uns herum, aber er ist nicht von dieser Art.

... etwas vernebelte meinen Verstand, fast wie der Hauch einer Inspiration, wie sie auf viktorianischen Bildern dargestellt sind, oder wie das Flüstern eines längst Verstorbenen, der mir einen Wink geben wollte. Fast verstand ich unseren Schlußakt, und warum wir aufgetreten waren. Dann war das federartige Ding verschwunden. Ich zählte von hundert an rückwärts; das ist der klassische Test, um festzustellen, ob man an Alzheimer leidet. Die Vorstellung von etwas Federartigem konnte also wiederkehren, weil auf 99, 98 und so fort folgte ...

Das Böse benutzt die Hölle als Parkplatz, und man muß nicht sterben, um dort abgestellt zu werden. Das Böse setzt die Leute hinein in Krieg, Hungersnot, exzessiven Wohlstand oder in Szenerien, die ausgestattet sind mit anderem Zubehör der Hölle. Es tritt zurück, sobald die Menschen frieren oder brennen oder sich gegenseitig aufs Kreuz legen. Das Anliegen des Bösen ist die Zerstörung des Glaubens an die Götter und die Moral, an Wissen und Ehrgefühl. Wenn der Glaube zerstört ist, schaffen sich die Menschen ihre eigene Hölle, und es steht in breiten Lettern in das Universum geschrieben, damit es alle deutlich sehen: DIE ZUKUNFT IST GESTRICHEN.

Vielleicht waren nicht einfach nur unsere Seelen in Gefahr, denn der Glaube hat es heutzutage allgemein sehr schwer. Vielleicht waren Schwester Johnson und all die anderen wunderbaren Menschen in Gefahr, die ich zwar nicht kannte, die es aber in der Welt geben mußte. Was geschieht mit denen, die an Vertrauen glauben, wenn der Glaube zerstört ist? Ich torkelte weiter und stellte mir vor, daß ich, wenn das Böse hinter mir her sein sollte, ihm standhalten konnte, wenn es aber zu Schwester Johnson kam, diese Pilgerin verloren sein würde.

Hinter mir war kein Laut zu hören, nur vor mir knisterte eine Mixtur nörgelnder Stimmen. Regelmäßiges Granatwerferfeuer hört sich an wie Papier, das man zerreißt, und so war es auch mit den Stimmen. Die Entfernung zum Tagesraum beträgt zwanzig Meter. Wenn ich mich an der Wand abstützte, konnte ich sie in zwei Minuten überwinden, aber meine eigenen Gespenster nutzten diesen Augenblick für sich.

Ich lehnte an einer Wand und sah plötzlich hinunter in ein nebliges Tal, das von wogenden Reispflanzen bedeckt war, und auf einmal wurde das hochgelegene Land wirklich. Steinbrocken lagen um einen niedrigen Hügel herum. Hinter mir erhob sich ein kahler Berg, geschwärzt von Kanonenfeuer. Zu Beginn des Korea-Krieges hatte meine Gruppe leichte Geschütze rund um einen breiten Bergrücken eingegraben. Ich betrachtete das Flachland und den Nebel, der über den Reisfeldern schwebte, und wußte, daß dies eine Wiederholung war. Um nichts in der Welt wollte ich es noch einmal tun, weil kein gescheiter Mensch es auch nur einmal gern tat.

Fünf weiße Flecken erschienen in der Ferne und bewegten sich auf mich zu. Ich kannte sie, kannte aber nicht ihre Namen. Es waren fünf alte Männer in Weiß; Männer, die in der stillen Geborgenheit hätten sterben müssen, umgeben von Söhnen und Töchtern und Enkelkindern. Es waren Männer, wie ich es später werden wollte: alt, nicht weise, aber klug für ihr Alter und die damalige Zeit.

Sie schritten langsam vorwärts durch den Nebel, widerstrebend wie ich selbst, noch einmal mit dem Irrsinn konfrontiert zu werden. Hinter ihnen im Nebel, wie auf einer Kinoleinwand, stiegen Bilder auf und zeigten schreckliche Szenen, Wochenschauausschnitte aus den *Pathé News*, aus *March of Time*. Gebäude, die unter Artilleriebeschuß zusammenbrachen. Wände, die über Frauen und Kindern, kauernd in Kellern, zusammenfielen. Und weit, weit entfernt, draußen im Meer, trieben zerfetzte Schwimmwesten, dümpelten auf den Wellen. Einzelne Köpfe von Matrosen verwandelten sich in gebleichte glänzende Totenschädel.

Die alten Koreaner bewegten sich auf mich zu. Armbänder mit koreanischer Schrift wiesen sie als Alliierte aus der koreanischen Republik aus. Zwei von ihnen trugen altmodische Gewehre mit langen Rohren – wie man sie dort für die Eichhörnchenjagd benutzte –, weil in den Bergen Banditen herumstreunten. Die anderen fünf wanderten mit Stäben. Sie lächelten, als sie näher kamen. Das hatten sie aber beim ersten Mal nicht getan. Das erste Mal lief so ab:

Meine Gruppe hatte sich hinter einem Bergrücken eingegraben, wo sie das Tal überblicken konnte. Wir bildeten eine lange dünne Front, die nicht gut bewaffnet war. Wir hatten nicht genügend Leute, um eine tiefgestaffelte Front zu bilden, und die Nordkoreaner stürmten unter Hurrarufen mal den einen, mal den anderen Abschnitt. Das setzten sie den ganzen Nachmittag über fort. Wir mischten sie auf, und sie mischten uns auf.

Eine mondlose Nacht brach an, dunkler als der Meeresgrund. Nur unsere Ohren konnten Bewegungen im Tal wahrnehmen. Von weit her hörten wir ein Ächzen oder Stöhnen, es klang wie das einsame Sterben eines Mannes. Draußen lagen vielleicht Verwundete, aber es konnte auch eine List des Gegners sein.

Um Mitternacht griffen die Nordkoreaner noch einmal an. Sie stürmten mit Hurrarufen unsere linke Flanke. Die Nacht wurde lebendig, und das Gefecht tobte unter dem Licht der Leuchtkugeln und den Geschoßspuren unserer Granatwerfer. Der Angriff erfolgte so weit weg von uns, daß wir nur Wut empfanden. Er verursachte so viel Lärm, daß wir nicht erkennen konnten, was sich vor unseren Augen genau abspielte.

Ich war festgefroren am Griff meines MG. Wir hörten nichts mehr. Keine Leuchtkugeln tanzten mehr über uns. Die Nacht hatte sich, wie es schien, noch mehr verdichtet, zugespitzt, als hätte sie es auf unseren Verstand abgesehen. Sie schien zu bersten vor fernöstlichen Stimmen, Gesichtern, dem Gekreisch einer hirnlosen Horde, einem Höllentanz, der zu Fleisch gewordenen Hölle.

Dann stoppte der zweite Angriff zu unserer Linken. Die Leuchtkörper waren erloschen, die Dunkelheit wiedergekehrt. Der Tod hatte sich einmal mehr über das Tal gesenkt.

»Mammi hat mich nicht aufgezogen, damit ich in den Boden gestampft werde«, flüsterte einer unserer Kameraden. »Was also sollen wir ...« Dann verstummte er.

Etwas weiter rechts und so nah, als sei es direkt zu unseren Füßen, knackte es. Holz auf Gestein, wie ein Gewehrkolben, der über den Boden schleift. Das MG zu meiner Rechten eröffnete das Feuer. Soldaten feuerten blind drauflos. Ich feuerte wie ein Wahnsinniger, wie jemand, der die Nacht vernichten will, und ich zwang mich zum Schluß, den Finger vom Auslöser zu nehmen, sonst wäre der Gewehrlauf geschmolzen.

Rechts vor uns erhob sich ein Schrei. »Ai-gue! Ai-gue!« Dann ein Wortschwall, und zum Schluß eine einzelne Stimme. »Ai-gue! Ai-gue!« Ich feuerte den ganzen Munitionsgürtel leer. Das MG hüpfte wie ein irre gewordenes Instrument, als ich mich erhob und weiterschießen wollte. Die Stimme schluchzte. »Ai-gue! Au-gue!«

Jemand brüllte: »Knall ihn ab! Bring ihn bloß zum Schweigen!«

Einer von uns sprang auf den Hügel, stolperte und leerte einen Karabiner in Richtung der Stimme. Stille. Stille. Wir zitterten bis zum Morgengrauen.

Koreanische Leichen sind nicht bemerkenswerter als chinesische, sie tragen bloß andere Kleidung. Als der erste Sonnenstrahl sich heranschlich, leuchteten weiße Klumpen fast schillernd auf der Böschung. Das heller werdende Licht zeigte uns, daß der Hurra-Angriff, den wir so hysterisch bekämpft hatten, gar keiner gewesen war. Fünf alte Männer, zwei davon fast ohne Kopf von den vielen Einschüssen, lagen ausgestreckt da, mit weißen, nunmehr rotgefärbten Bärten. Die weiße Kleidung war schwarzgefleckt vom getrockneten Blut. Die Leichen waren klein, und ihre Gliedmaßen hatten sich verhakt. Sie lagen da wie der Leichnam der Geschichte.

Unser Kompaniechef kam durch den morgendlichen Nebel auf uns zu, um die Front zu inspizieren, seine Arbeit zu tun. Er überblickte den Hügelkamm, sah die Leichen, sagte: »Muß 'n Mordskampf gewesen sein«, und ging weiter die Front entlang. Wir hockten da, völlig beschämt, fassungslos. »Was, zum Teufel ...?« Einer von der Truppe, der einen kleinen Koreaner kannte, kam näher. Er rief: »Ai-gue! Ai-gue!« Was soviel bedeutet wie: »Mein Gott. Mein Gott.«

Jetzt standen sie vor mir. Koreaner sind größer als die meisten Ostasiaten, und diese alten Männer standen aufrecht, aber nicht steif. Ich lehnte an der Mauer, wartete, fragte mich, ob das jetzt den Tod bedeutete oder nur eine Probe war.

Auch sie warteten. Sehr höflich, aber nicht auf japanische Art. Koreaner haben einen anderen Begriff von gutem Benehmen.

»Glaubt nicht, ich hätte nicht darüber nachgedacht«, sagte ich zu ihnen, ohne zu wissen, ob die Worte aus meinem Mund kamen oder ob ich sie nur dachte. »Ihr wolltet bestimmt für eure Stadt eine Vereinbarung treffen. Vielleicht mit uns, oder mit dem Norden. Ihr hattet zwei Flaggen dabei, je nachdem, welche Armee ihr antreffen würdet, und ihr habt es für eure Kinder getan.«

Sie lächelten. Koreaner sind nicht unergründlich, wenigstens nicht, wenn sie höflich sind. Einer nickte. Ich merkte, daß sie sich entspannten, sich erleichtert fühlten.

»Ihr habt das Geballer zur Linken gehört und wolltet am Fuße der Hügelkette entlang, um das Gefecht zu umgehen.« Ich beobachtete sie. So weit, so gut. Auch sie beobachteten mich aufmerksam. »Aber ihr habt den Fehler gemacht, in der Nacht zu gehen. Ihr konntet ja nicht wissen, wo die Front verlief.«

Der größte von ihnen formte das Wort »anio«, »nein«, mit dem Mund. Kein Ton. Nur der Schatten eines Wortes.

»Ihr mußtet also durch die Nacht?«

Der Mund formte »neh«, »ja«.

»Dann wart ihr die Vorhut ...« Ich schwieg plötzlich, verstand nach all den Jahren, warum diese Männer auf einmal vor unseren Gewehren erschienen waren. Ihr ganzes Dorf muß nach Süden geflüchtet sein. Das ganze Tal war von Flankenfeuer bedroht, und sie konnten es nicht durchqueren. Die alten Männer waren vorausgegangen, um einen Weg über die Hügelkette zum Gebirge zu finden, bevor die Sonne über den Köpfen ihrer Frauen und Kinder aufging. Die jungen Männer waren bestimmt schon fort, wurden vom Norden zum Militärdienst gezwungen oder waren in Gefangenschaft bei den Alliierten.

»Gebe Gott, daß eure Leute es geschafft haben«, sagte ich, »und ich ehre euch.«

Sie wandten sich um und schauten ins Tal, wo die Menschen auf den Reisfeldern zwischen vereinzelten

Bauernhütten arbeiteten, wo auf den erhöhten Wegen der alltägliche Verkehr und das Leben stattfand. Ich hörte die Musik, die nur wenige Abendländer wirklich verstehen, sah Formen und Umrisse von Kostümen und Kleidung, sah Kinder neben ihren Großmüttern sitzen. Ich sah Städte im alten Stil, ruhige Straßen, kleine Geschäfte, bunte Flaggen, Ornamente und Verzierungen – das Leben vor den Maschinengewehren, vor dem Kommunismus und dem Kapitalismus und dem Ehrgeiz der Generäle.

Dann wechselte die Szene, als absolute Dunkelheit das Tal überrollte. Es kam etwas angebraust wie eine Flutwelle, aufgeschäumt wie Brandung in der Dunkelheit, Neon leuchtete, Elektronenblitze, das Sausen und Zischen und Prasseln einer schönen neuen Welt. Die alten Männer standen vor den Wogen und dem Spektakel moderner Zeiten. Sie standen direkt davor und warteten auf die Ankunft der Nacht, schritten auf die Dunkelheit zu, der ganzen Welt zum Trotz, wie Männer, die in den allerletzten Kampf ziehen. Die Dunkelheit rollte auf sie zu, das Tal verschwand, und die Szene verblaßte, löste sich auf, und ich stand wieder an die Wand des Krankenhauses gelehnt und wies mit dem Finger zum Tagesraum.

Es war ungefähr so viel los, wie dieses Kind vertragen konnte. Ich beugte mich vor und suchte nach einem Stuhl – es konnte sogar einer vorm Fernseher sein. Ich wollte nur meinen Kadaver abstellen und etwas verschnaufen. Unwirkliche Gespenster lebten im Fernsehen, elektronische Gespenster mit Namen und Frisuren, hirnlose Stimmen. Es würde nicht wie früher sein, aber erholsam. Ich fragte mich, wie es wohl Burnside in unserem Zimmer erging. Ich fragte mich, ob seine Gespenster erfolgreich waren. Ich wünschte fast, daß er auftauchte.

In einem Chaos flackernden Lichts und tiefer Schatten war der Tagesraum alles andere als erholsam. Das Licht tanzte trügerisch wie ein Nordlicht, ließ alte Gesichter aufblitzen, schrumpelige Hälse und magere Gliedmaßen. Wo normales Licht durch große Fenster fallen sollte, glühte Dunkelheit. Eine drückende Schwermut lag hinter den Fenstern. Noch während ich hinsah, verwandelte sich die Schwermut in eine Dunkelheit, eine undurchdringliche, leere Tiefe, bis hin zu den äußersten Grenzen des Nichts. Die Schwärze war nicht einfach nur anwesend, sie war auch eine aggressive Abwesenheit von Licht. Sie diente als Hintergrund für die auf unheimliche Art erleuchteten Gestalten meiner früheren Kameraden und verschmolz sie zu surrealen Gemälden à la Dalí – furchterregend, wie seltsames Gelächter aus dem Inneren von Mausoleen.

In diesem Raum war jeder von seinen eigenen Gespenstern umgeben. Die Gespenster der Feinde mischten sich unter die Gespenster der Verbündeten. Sie bekamen Verstärkung von überall her. Ich fragte mich, ob es die letzte Bastion war, ein Ort der schicksalsschweren und letzten Entscheidung. Ich entdeckte im Gemeinschaftsraum einen leeren Stuhl und ging langsam darauf zu. Hinter mir hörte ich das Summen eines Rollstuhls.

»Du kannst froh sein, daß es Glatzköpfe gibt«, sagte Burnside. »Ross, ich hatte ein Problem.« Er rollte seinen Rollstuhl vor mich hin, drehte ein paar Kreise; sein Mund wollte wohl eine kleinere Ladung Frechheiten ausspucken, aber seine Lippen blieben geschlossen. Der alte Sarge hatte sich wieder durchgesetzt.

»Du siehst besser aus«, sagte ich zu ihm. »Hast du zugenommen, oder hast du was mit deinen Haaren gemacht?« Offenbar hatten ihm seine Gespenster einen Grund geliefert, sie schmollend zu verlassen.

»... mußte mit dem Jungen was regeln. Es hat ihn ein wenig getröstet.« Burnside sah sich im Tagesraum um.

»Wie in der guten alten Heimat, alltags an der Himmelstür«, murmelte er. Er beobachtete eine Zeit das Geschehen auf dem Bildschirm, schüttelte den Kopf und lenkte den Rollstuhl zwischen mir und dem Geschehen wie jemand, der mit einem MG den Rückzug sichern will. »Die Bibel sagt: ›Auch dieser Kelch geht an mir vorüber‹, und ich habe es immer für wahr gehalten, außer im Fall von Gallensteinen.«

»Willkommen daheim«, sagte ich und nahm einen Stuhl. Der Fernseher brabbelte hirnlos weiter, während ich mich im Tagesraum umsah. Was war aus all den leisen Botschaften zwischen Gespenstern und Greisen geworden? Was ich sah, war wild und alles andere als wundervoll – wie eine chinesische Schießübung, die griechische Luftwaffe, die lettische Marine. Meist sah ich Blut und Neonlicht, Vergangenheit und Gegenwart – alles miteinander vermischt. Und so, wie sich alles vermischte, wuchs auch die Dunkelheit. Die Menschen wurden immer kleiner. Die Dunkelheit verwies uns in unsere Schranken, aber woher sie kam und was sie von uns wollte, wußte ich nicht.

»Hast du je jemanden gehaßt, auf den du geschossen hast?« Eine dumme Frage aus Burnsides Mund, eine jener Fragen, die eines alten Soldaten nicht würdig sind. Die Haltung gegenüber dem Feind unterliegt einer Norm, und ein alter Soldat muß sie einfach kennen.

Ich war erschüttert. Ich wagte kaum zu atmen. »Nur wenn sie zurückschossen.« Das entsprach nicht ganz der Wahrheit. Ich hatte zwar nicht den gewöhnlichen Deutschen oder den gewöhnlichen Koreaner gehaßt, aber die Erinnerung an die deutsche SS löste in mir nie versöhnliche Gefühle aus.

»Weil es nur arme Hunde waren«, sinnierte er. »Sie haben ihre Arbeit getan. Das ist nichts Hassenswertes.«

Burnside hatte entweder seine Ansichten geändert

und würde auf Engelsflügeln ins himmlische Reich einkehren, oder seine Gespenster hatten ihm etwas eingeflüstert, was ihn vertrauensselig werden ließ.

»Der Batavia-Tod rückt vor«, sagte ich. »Das zum Thema arme Hunde.«

»Du bist ein sehr fähiger Mann, aber irgendwie verworren. Komm mir nicht mit diesem Mist vom Fernen Osten.«

Was ich über den Fernen Osten weiß, hat meist mit zerstörten Städten und Leichen zu tun; ich kümmerte mich nicht viel um die Vergnügungen, auch nicht um die Besatzung. »Die Geschichte selbst ist verworren«, erwiderte ich. »Es geht mir nicht um Batavia. Ich schätze, du hattest Kontakt mit dem Jenseits.«

Wir betrachteten den Tagesraum und die Dunkelheit, die unbefugt eingedrungen war, als die Show langsam ausgeblendet wurde. Die Greise waren restlos k. o. Die Gespenster blinzelten. Menschen starrten ins Leere, wandten sich einander zu, murmelten, berührten sich an den Händen, prüften die ›Realität‹ von Menschen und Dingen. Sie rüttelten an den Stühlen, bevor sie sich setzten, um sicherzugehen, daß sie existierten. Sie saßen nicht ruhig. Alle miteinander begannen mit ihren Gummischuhen im Takt zu schlagen.

»Tokio und Erdnußbutter«, bemerkte Burnside. »Ist es nicht furchtbar?« Er besah sich unsere Truppen, wie jeder mit dem anderen tratschte. »Da krieg' ich Sehnsucht nach Süd-Dakota.«

Die Dunkelheit entschwand – sie glühte, während sie verschwand. Und obwohl sie sich zurückzog und den Spuk mit sich nahm, schien es, als ob sie nur hinter die Fenster gekrochen sei, um zu warten und beizeiten wiederzukommen.

»Drück dich ein bißchen genauer aus«, bat ich ihn. »Erdnußbutter?«

»Wir sitzen hier nett beisammen«, sagte Burnside,

»und du, Ross, wirst nachlässig. Was ich dir flüstern will, ist eine reelle Sache.«

Ich wartete auf eine neue Burnside-Geschichte, glaubte, daß er erst ein bißchen herumquatschte, bevor er zur Sache kam. Das war ein Irrtum. Wenn man an Burnside eine Erwartung stellte, dann übertraf er sie für gewöhnlich.

»Unser einundfünfzigster Staat«, sagte Burnside über Japan. »Wir zogen eine ganze Generation mit Erdnußbutter auf.«

Die ostasiatische Kost ist in der Regel proteinarm. Während der Besatzung hatten einige gescheite Leute Erdnußbutter dazu verwendet, den Proteingehalt der Nahrung für Kinder zu erhöhen. Die Kinder hatten sie gierig geschleckt, weil sie eben Kinder waren.

»Ein Ding führt zum anderen«, sagte Burnside. »Jetzt sind die Kinder benachteiligt und wissen es nicht mal. Das finde ich weniger bezaubernd.«

»Du und das Jenseits, was wollt ihr dagegen tun? Hiev dich aus dem Bett und leg los. Jetzt machst du wohl nur blauen Dunst, was?«

»Die japanischen Jungs hatten mir Tokio gezeigt. Tokio ist nicht mehr Tokio«, sagte Burnside. »Es ist nur noch eine verdammte Party. Irgend etwas ist gestorben im japanischen Geist. Die Vergangenheit ist gestorben, aber was anderes auch.« Burnside war nie wirklich scharfsinnig gewesen. Die Furchen an seiner Stirn reichten nicht nur bis zu der Stelle, wo einst sein Haaransatz gewesen war. »Ich versteh' das nicht«, sagte er. »Meine Gespenster haben mir das gleiche gesagt wie Harvey: »Heb deinen faulen Drückebergerarsch und such dir 'nen ehrlichen Job.«

Es muß eine interessante Unterhaltung gewesen sein, schade nur, daß unsere Gespenster eigentlich nie sprechen. Burnside bildete sich etwas ein.

»Die Zeit ist gekommen, um einige Dinge zu klären«

sagte er. »Es ist das Äußerste, was ich für den Jungen tun kann.«

Er war wirklich in Sorge wegen seines japanischen Soldaten. Es war schon unangenehm genug, diese Botschaft enträtseln zu müssen, jetzt war Burnside auch noch moralisch so richtig in Schwung gekommen.

»Ich habe ungefähr die gleiche Botschaft aus Korea erhalten«, sagte ich zu ihm, »aber sie kam aus der Provinz, nicht aus der Stadt.«

Burnside sah aus wie ein Trauernder. »Sie hieß Yukiko. Ich hätte sie mit nach Hause nehmen sollen.« Er war durchtränkt mit einem Schuldkomplex wegen seines kleinen steifen Pimmels. »1944 lebte sie mit ihrer Familie in einer Höhle, um den Bomben zu entgehen. Ihre schönste Erinnerung war, eine streunende Katze gefangen zu haben. Die lieferte das einzige Stück Fleisch, das sie '44 aßen.«

»Die Regeln besagen, daß jemand, der einen Krieg anzettelt, sich wirklich nicht beschweren kann, wenn Bomben auf ihn abgeworfen werden.«

»Sie hat ihn nicht angezettelt, du hast ihn nicht angezettelt ...« Burnside schwelgte gern in Abstraktionen, und er ist nicht gerade Houdini, wenn es abstrakt wird.

Er wollte noch etwas sagen, aber es mißlang ihm. Er löste bei mir jedoch das Gefühl aus, daß ich unseren Schlußakt irgendwie kannte.

»Du bist der große Redner vor dem Herrn«, sagte ich. »Hör dich um. Finde heraus, was los ist, während sie alle reden.«

Ich mußte über einiges nachdenken und brauchte dabei keine Hilfe, vor allem nicht von ihm. »Mach deine Sache gut. Solange wir nicht wissen, was los ist, wissen wir auch nicht, was zu tun ist. Die günstige Zeit in der Geschichte ist schnell vorbei.«

Burnside nickte, prüfte nach, ob ich sicher saß, und fuhr davon. Manchmal erinnert er mich an ein Kind beim Seifenkisten-Rennen.

III

Keiner erinnert sich an die Namen der armen Hunde, die an der Seite von Leonidas bei den Thermopylen kämpften, oder mit Karl Martell in der Schlacht bei Tours. Aber wie und wofür sie kämpften, lebt jahrhundertelang weiter. Ohne die Vergessenen wäre die westliche Zivilisation nicht entstanden. Sie haben alles aufs Spiel gesetzt, weil es in der Geschichte Zeiten gibt, in denen das allumfassende Böse aus seiner dunklen Höhle kriecht.

Was wußten denn die Leute, als jene Schlachten tobten? Der arme Hund wußte, daß sich ein paar verrückte Perser in den Kopf gesetzt hatten, die Welt zu geißeln, oder daß ein maurischer Anführer seine Leute angestachelt hatte.

Und der arme Hund stand. Er stand zwischen dem Feind und seinem Heim, stand vor einem Leben, das nur teilweise seins war. War er daheim in Friedenszeiten der Boss gewesen, bezahlte er für dieses Privileg im Krieg. Das männliche Geschlecht verteidigt sein Land und sein Heim. Es wird immer so sein. Und das ist die Wahrheit über die Infanterie.

Solche Gedanken schossen mir durch den Kopf. Sie waren konkreter als die Bilder, die über den Bildschirm flimmerten. Um mich herum begannen Menschen miteinander zu reden, die seit ihrer Ankunft nie miteinander gesprochen hatten. Solche, die nie gesprochen hatten, versuchten ihre Tarnung des Schweigens abzulegen. Wir sind nicht genug Veteranen, um einen Zug zu bilden. Wir sind eine kleine Gruppe, und wie von allen vergessenen Soldaten bleibt auch von uns nur ein Tüpfelchen auf der Wandkarte der Vergangenheit.

Dennoch, das Jenseits hatte uns aufgetragen, noch mal hervorzutreten. Ich fragte mich, was wir zu geben hatten, das für irgend etwas von Nutzen war? Wenn irgend jemand hier reich war, wäre er sicher nicht ins Veteranen-Hospital abgeschoben worden.

Zu was sind wir also von Nutzen? Burnside hofft, sein Leben mit dem süßen Geschmack von Bourbon auf der Zunge auszuhauchen. Ich habe höhere Ambitionen. Ich will mit neunzig Jahren, während ich den Kongreß stürme, erschossen werden.

Das ist natürlich totaler Unsinn. Burnside wird im Bett sterben, oder an einem Schlaganfall in seinem Rollstuhl. In Anbetracht der spärlichen Überreste seiner Prostata wird er schwerlich eine Show in einem Bordell abziehen.

Fernsehlicht flackert hier und da durch das Zimmer. Der Fernseher hat mich nie sonderlich interessiert, aber manchmal beobachte ich die Lichtreflexe auf den dunklen Wänden. Der Rest unserer Truppe sitzt vor dem Bildschirm, aber ich versenke mich in das Flimmern. Manchmal sieht es aus wie Granatfeuer in der Ferne, manchmal wie brennende Städte. Manchmal aber verjagen die Grünen und die Blauen die Roten, und die Wände des Raumes sind geheimnisvoll wie verzauberte Wälder oder, wenn Gelb hinzukommt, wie eine Wiese an einem Frühlingsmorgen.

Ich beobachtete das Flimmern, dachte über die modernen Zeiten nach, und dann fiel mir ein, daß wir nie aufgehört hatten, zu kämpfen. Wenn unsere Kriege beendet waren, hatte das Nachhutgefecht begonnen. Wir kämpften gegen den Verfall der Ordnung und verloren, als die Kultur starb und von einer irrsinnig gewordenen Gesellschaft zu Grabe getragen wurde. Das Jammern wurde zum König gekrönt, das Geplapper zur Königin.

Schließlich bewahrten uns die Bullen davor, sentimental zu werden. Wir beten nicht die Vergangenheit an, so wie das Flimmern nicht nach oben steigt. Keiner hier glaubt an Lawrence Welk oder Eisenhower.

Ich sah, daß unsere Truppe jedesmal verstummte, wenn jemand vom Pflegepersonal näher kam. Selbst Schwester Johnson hatte Mühe, von ihnen mehr als einen Gruß zu bekommen. Zur gleichen Zeit aber redeten Schwerhörige aus vollem Halse miteinander. Bald wird das Personal für sich entschieden haben, daß uns irgend etwas aus dem Fernseher den Kopf verdreht hat, daß die Beziehung zu den Patienten normal funktioniert, und sie tun wie gewohnt ihre Arbeit. Menschen können alles neu schreiben, wenn sie nur ein bißchen kreativ sind.

... was auf eine neckische Art nahelegt, daß jede neue Generation die Geschichte je nach ihrer eigenen Engstirnigkeit neu erfindet. Dann beruft sie sich auf die neugeschriebene Geschichte, um zu demonstrieren, daß die eine oder andere hervorragende Gruppe unaufhörlich die Zivilisation gerettet habe und dabei Gott weiß welche Übergriffe erdulden mußte. Die Daseinsberechtigung eines Historikers ist die gleiche wie die eines Pförtners. Beide fegen den Speisesaal, nachdem die Gäste ihren Müll abgeladen haben.

Die Schwestern und Sanitäter beteiligen sich daran, indem sie hier und da ein Stückchen aufheben. Schwester Johnson verhielt sich in der Regel geschickter. Sie wartete ab und lauschte. Sie berührte die Hände der Menschen, ihre Arme, und bewegte sich wie angenehme Musik. Schwester Johnson ist das Beste von dem Guten, das noch geblieben ist in der Welt. Sie sollte auf einer Kinderstation und nicht in der Geriatrie arbeiten ... nur – ich habe es schon erwähnt – stimmt es nicht. Ich habe es ihr nahegelegt, worauf sie antwortete, daß sie die geriatrische Station vorzieht. Sie sagte wörtlich: »Ihr redet viel Schweinereien, aber einer paßt auf den anderen auf.« Dann sagte sie, daß sie schon in der Pädiatrie gearbeitet habe und daß manche Leute ihre Kinder nicht liebten.

Schwester Johnson kommt zu mir in meinen Träumen – und ich bin jung. Sie kommt seltsamerweise als lange geliebte Freundin oder seit vielen Jahren vertrautes Eheweib, obwohl wir dazu in diesen Träumen viel zu jung sind. Oder sie kommt als jene Unschuld, die die Jugend einst war, als man im Kino Händchen hielt und, während die Bilder der Liebe und der Spannung vorüberzogen, Finger nicht ganz ausgewachsener Hände sich verflochten in der Ekstase des Erforschens, um zu lernen, daß die süße Berührung all das erklärte, was es über das Wort ›Glückseligkeit‹ zu wissen gibt.

Ich war wohl eingenickt. Alte Männer tun so was, sie sinken in einen betäubten Schlaf. Schlaffe Muskeln verkrampfen, Gelenke scheuern in Kapseln wie Knochen gegen Sandpapier, und wir wachen auf. Der Schmerz ist die Sprache der Natur, um uns all die Gelegenheiten vor Augen zu führen, von denen die pharmazeutische Industrie profitiert.

Die *Zauberstunde* lief auf vollen Touren. Unsere Truppe saß völlig apathisch da, erschöpft, abgehetzt, erschlagen von der ganzen Aufregung. Wer quasselte, quasselte mit sich selbst. Falls Vereinbarungen getroffen worden waren, hatte ich nichts gehört, und die Hälfte dieser Scheintoten hatte sie schon längst wieder vergessen. Im Tagesraum war es bemerkenswert still, nur der Fernseher lief. Fernsehgespenster diskutierten, als ob sie an den Sinn ihrer Worte glaubten. Als ich richtig wach war, lief die Hauptdarbietung ab in den

Fenstern gegenüber dem Friedhof. Gespenster beeindruckten mich nicht mehr, aber das hier tat es. Die Gestalt war zusammengesetzt wie ein Hologramm aus Schwarz und tieferem Schwarz und stand gewichtiger da als der Geist bei ›Hamlet‹ in der Friedhofsszene. Und er winkte, wie der Geist von Hamlets Vater. Schlimmer noch, er bedeutete mir mit einer altehrwürdigen Geste, vorzutreten.

Ich konnte es so gut gebrauchen wie die Jungs im Schützengraben Kopfläuse. Andererseits, wer konnte eine solche Gelegenheit ausschlagen? Das gab ich meinen Füßen zu verstehen. Der Laufstuhl bebte, obwohl ich fester stand als ein Berg. Die Gestalt im Fenster wartete, und obwohl der Tagesraum hell erleuchtet war, breitete sich Dunkelheit vor mir aus.

Etwas, das Corporal Harvey ähnlich sah, stand in Fußfesseln da, wie ein Mann, der an eine Strafkolonne gekettet war, doch nur seine Augen teilten mir etwas mit. Sie leuchteten nicht wild, nicht verrückt, sie waren riesige Becken voller Kummer, einem Kummer, der auf ein allumfassendes Strafgericht hinwies, auf allumfassendes Leid. Schlimmer noch, es schien, als stünde die Gestalt mitten in einem stetig zunehmenden Wind.

Der Harvey, der einst so gescheit gewesen war, jetzt war er von Sinnen; es war an seinen Augen deutlich abzulesen. Nur Leid war in ihnen. Intelligenz, soviel noch davon geblieben sein mochte, war verborgen, vergessen und unerreichbar, auch für Harvey selbst, der jetzt vor mir stand wie der Geist des Geistes eines alten Soldaten.

Der Geist eines Geistes ist sicherlich eine fortschreitende Erinnerung. Ich spürte die vielen Erinnerungen der Dunkelheit, die das Krankenhaus und dieses Jahrhundert umgab, das Leben und den Tod, die durch die Zeiten hüpfen, trampeln oder stolpern, und die Dunkelheit stand vor mir wie eine Schieferwand.

Früher oder später mußte einer von uns nicht nur mutig, sondern auch gescheit sein. Ich schob mich langsam an den Fenstern vorbei auf die Terrasse. Sie wirkte unverändert. Tische, Stühle und eine weite Aussicht auf die Stadt, die sich wie ein Geschwür zwischen dem Puget-Sound und dem Cascade-Gebirge aufblähte. Aus der Ferne vernahm ich das allen Städten eigene Dröhnen, und es hämmerte und wirbelte. Licht blitzte auf und erhellte dunkle Straßen – es kam von den Wolkenkratzern, Flugzeugen und Scheinwerfern und tanzte über die Parkplätze.

Der Friedhof lag etwa fünfzig Meter entfernt, bedeckte den Abhang des Hügels, ordentlich wie eine Bankstatistik. Die armen Teufel, die jetzt die Radieschen von unten sahen, waren dort noch immer in Reihen aufgestellt. Weiße Gedenktafeln schimmerten in der Dunkelheit. Ich fragte mich, wie schon früher, ob Lakaien oder Kobolde die Tafeln in der Nacht polierten.

Weiter unten begann der Wald, und hinter ihm folgten Brücke, Park und Musikpavillon. Hier war alles zerstört, aber aus der Ferne vermittelte es noch immer den Eindruck von Ganzheit und Ordnung.

Die Dunkelheit verfärbte sich, verdüsterte aber nicht die Landschaft. Sie wich vor mir zurück, langsam, störrisch, wie ein Tier auf der Hut, aber nicht furchtsam, oder sie bewegte sich in der ruhigen Gewißheit, daß meine Tage gezählt waren und ihre Geduld unermeßlich. Ich erforschte das Antlitz der Dunkelheit, konnte Harvey aber nirgendwo entdecken. Direkt vor mir sah ich die Stelle, wo Harvey fortgerissen worden war. Wenn Menschen sterben – und ich war einige Male fast gestorben –, sind sie beschäftigt. Sie sind mit dem Sterben beschäftigt, es ist ihr Job. Sie kümmern sich um nichts anderes als diesen Job, und genau so erging es Harvey. Er wurde dahingerafft, während seine Aufmerksamkeit anderen Dingen galt.

»Ich mach das Rennen lieber einige Monate später – dann komme ich nicht ins Gedränge«, flüsterte Burnside, der neben mich rollte. »Wir tragen eine lustige kleine Hölle auf unseren Händen. Du solltest dich besser hinsetzen.« Flüstern ist sonst nicht seine Art.

»Langsam wird mir etwas klar«, sagte ich, ohne zu wissen, zu wem ich eigentlich sprach, zu ihm, zu Harvey oder zur Dunkelheit. »Man kann sich die Zukunft nur mit Hilfe dessen ausmalen, was man über die Vergangenheit weiß. Wenn die Geschichte stirbt, kann die Zukunft nur abscheulich sein.«

»Meinen Verstand verdanke ich meiner poetischen Natur«, sagte Burnside. »Einer von uns muß ja sensibel sein. Setz dich.«

Ich hing über meinem Laufstuhl und betrachtete die Dunkelheit. Ich wußte jetzt, was sie war, aber daß man eine Sache benennen kann, bedeutet nicht, daß man sie auch versteht.

»Schwärme aus zu meiner Linken, als wolltest du die Flanke angreifen«, sagte ich. Ich ging zu der Terrassenecke, wo die Betonplatten aufhören und das Gras beginnt. Burnside rollte nach links und fuhr langsam an der Ecke entlang. Ich sah, daß die Dunkelheit innehielt, zurücktrat, widerspenstig wie ein verwöhntes Kind, gefährlicher als ein Teenager mit einer Mauserpistole. Sie zog sich ungefähr fünf oder sechs Meter den Hügel hinunter zurück. »Du hast recht«, sagte ich zu Burnside, »es sitzt eine hübsche kleine Hölle auf unseren Händen, und ein Feuerwehrmann ist in Sicht.« Ich wandte mich um, fand einen Stuhl in der Terrassenecke, setzte mich. Die Dunkelheit wich weiter zurück.

»Erzähl mir eine Geschichte«, bat ich Burnside.

»Schwester Johnson hat die Truppen beruhigt. Sie ist wunderbar.« Burnside sah den Hügel hinab. Im Zentrum der Dunkelheit lag ein durchschnittliches Gelände, ein sanft fallender Abhang bat darum, das Flankenfeuer eröffnen, ein junger Wald, Granaten abschießen zu dürfen, ein wackeliger Steg über eine Schlucht, die nur von einem Sturzbach geliebt wurde; und ein von Gespenstern heimgesuchter Park. Ich horchte, horchte im wahrsten Sinn des Wortes, als Burnside sachlich wurde. Zum ersten Mal verstand ich, warum er in der Armee Oberfeldwebel geworden war.

»Die Situation ist nicht nur eine taktische«, sagte er, »sie ist auch strategisch. Wenn das verdammte Ding fest genug wäre, eine Mistgabel in den Boden zu rammen, würden ganze Armeen aufmarschieren und über Hemisphären marschieren.«

»Ich zweifle nicht daran, daß ein frommer ...«

Burnside hob die Hand und brachte mich zum Schweigen. »Im Tagesraum sitzen Jungs von überall her, und es gibt dort Gespenster von überall her. Das hier ist kein Spaß, Ross.«

»Wie fest ist es?«

»Das ist ja das Problem«, sagte Burnside. »Du kannst ihm kein Haar krümmen. Aber was wir gegen ihn unternehmen werden, ist dunkel wie das Innere einer Schlange, und dann sieht das Ganze schon etwas besser aus. Es wird für Chaos sorgen.«

Während er sprach, ereignete sich immer wieder das gleiche: Blitzlichter zuckten durch die Dunkelheit. Unsere Leute hatten Rom und Madrid, Paris und Berlin, London und Athen gesehen. Sie hatten Hongkong, Sydney, Bora Bora, die Falklandinseln, Murmansk und Tunesien gesehen, und überall war es dasselbe: ein hirnloses Brausen, wie im Karneval, das sich über die Stille legte. Feuer stieg auf, aber nicht über Heerlager, sondern über Schulen, nicht über Schiffswerften, sondern über Moscheen, Kathedralen und über Versammlungsorten, während sagenhafte Drachen vor der einbrechenden Nacht flohen.

Ich sah in der Ferne eine Stadt, deren Dunkelheit durch das Aufflackern von Licht durchbrochen wurde. Schwester Johnson lebt irgendwo in dieser Stadt. Irgendwo in einer Wohnung, die sie sich mit jemandem teilt; einem Geliebten oder vielleicht nur mit einer Katze; wo sie Wäsche bügelt, Essen zubereitet und dabei leichte Rock- oder Jazzmusik hört. Sie zieht Efeu, oder – noch besser – Philodendron, und ihre Küchenvorhänge sind fröhlich bunt – rot, orange oder blau mit gelben Enten. Hinter der hellen Wärme ihrer Wohnung kauert die Dunkelheit. Schwester Johnson weiß vermutlich gar nicht, daß sie da ist. Oder, weil sie jung ist, weiß sie nicht, wie fest sie zuschlagen kann und wie hart.

»Du warst auf dem College«, sagte Burnside, »also, was ist hier eigentlich los, verdammt?« Er fuhr am Terrassenrand hin und her und beobachtete die langsamen Wellen, die seine Bewegung der Dunkelheit aufzwangen. »Die Typen werden jeden Augenblick hier sein, also, spuck es aus.«

Ich wußte nicht, ob er seinen Nippon-Soldaten meinte oder Schwester Johnson, die bald ihre Schicht beendet haben mußte.

»Du bist ein Süßer«, rief Burnside in die Dunkelheit hinein. »Eine Schwuchtel, ein Lutscher, eine Shirley Temple, ein Glas Welpenpisse, und deine Mammi ist ziemlich enttäuscht von dir ...« Ich hob die Hand. Wenn Burnside mit Schimpfkanonaden anfängt, kann es eine Weile dauern. Er schaute mich an. »Wozu die Aufregung? Sie weicht zurück.«

Was sollte ich sagen? Sollte ich ihm mit dem Brand der großen Alexandrinischen Bibliothek kommen?

»Es spielt keine Rolle, was sie tut«, sagte ich. »Sie richtet sich danach, woran wir uns erinnern und an was wir glauben.« Hinter uns wurde eine Tür aufgestoßen. Schwester Johnson, deren Schicht zu Ende ging, kam auf die Terrasse.

Ihre Silhouette hob sich ab von der Dunkelheit, aber sie sah die Dunkelheit nicht. Sie spitzte die Lippen; ihre Miene war reinste Entschlossenheit. Ihre schmale Gestalt war ganz auf ihre bevorstehende Aufgabe gerichtet. Ihre Gedanken drehten sich um den Abschied. Ich fragte mich, wie es wohl für sie war, an einem Ort zu arbeiten, wo jeder Abschied der letzte sein konnte – was ein Klischee ist, aber in ihrem Fall der Wahrheit entsprach. Wie oft hatte sie sich von einem Patienten verabschiedet, um am nächsten Tag wieder zur Arbeit zu kommen und festzustellen, daß er gestorben war?

»Ich habe euch zum letzten Mal gerettet, Gentlemen«, sagte sie leise, »versucht also nicht, eure Freundin mit Gerede einzuwickeln. Irgend etwas passiert hier, und es ist nichts Gutes.«

»Micky Maus ist eben Micky Maus«, sagte Burnside grimmig. »Man erwartet nicht von ihm, daß er ein Nationalheld ist!«

Sie schaute mich an. »Du bist der einzige, der diesen Burschen im Zaum halten kann. Hat er noch einen letzten Funken Verstand?«

»Er vermißt Süd-Dakota und seine Sandstürme. Burnside entwickelt sich allmählich zu einem Trottel...« Es zog nicht. Gut gemeint, aber es klappte nicht... »Als wir über Harvey redeten, hast du mir etwas Furchtbares erzählt. Du hattest recht.«

Sie richtete sich auf, blickte sich um und ging bis zum Rand der Terrasse. Die Dunkelheit pulsierte, rollte den Hügel hinunter und auf sie zu. Wenn Burnside und ich nicht auf der Terrasse gesessen hätten, hätte die Dunkelheit sie verschlungen.

Burnside murmelte etwas über die Dunkelheit, so leise, daß sie es nicht hören konnte. Es war etwas Zotiges der gemäßigten Art.

»Das, worüber ich rede, bleibt unter uns«, sagte ich. »Wenn es herauskommt, gibt es hier nur noch Seelenklempner und Sozialarbeiter. Unsere Leute sehen Gespenster. Wir wissen, was uns Harvey entrissen hat.«

»Und es jagt uns keine Angst ein«, ergänzte Burnside. »Unsere Männer sind mehr bissig als räudig. Sie reden wieder von ›Kampf‹, es wachsen ihnen neue Zähne und Krallen. Ist die Strafe dafür, vernünftig gewesen zu sein.«

»Ich glaube kaum an Gespenster.«

Damit hatte sie einen Teil des Problems angesprochen. Wenn Gespenster eine Metapher für die Geschichte sind, ist der Glaube ein Sprung in die Realität. Wenn die Geschichte eine Metapher für Gespenster ist, wurde es wirklich ernst.

»Aber du glaubst auch, daß Harvey uns entrissen wurde.« Ich schaute sie an und überließ mich den Bildern meiner Erinnerung. Das Feuer der Geschichte brennt heiß und lange, aber die Erinnerung an das Feuer brennt nicht lange genug. Schwester Johnson weiß nicht, daß Frauen und Kinder immer zuerst vernichtet werden. Sie sterben nicht durch Schwadronen, Kompanien oder Armeen, sondern als zufällige Opfer im Chaos der Schlachten: die Streitkräfte blasen die Bevölkerung wie Spreu zur Seite. Schwester Johnson ist eine starke junge Frau und weiß mehr über das Leiden als irgendein anderer ihres Alters ... aber sie sieht nichts.

»Ich weiß, was ich gesehen habe«, sagte sie nun leise und meinte Harvey. »Ich muß etwas tun. Wir können nicht ...« Sie hielt inne, weil sie beinahe gesagt hätte: »Wir können nicht zulassen, daß es uns noch andere entreißt.« Und sie hätte es fast gesagt, als sie zwischen einem 78 und 80 Jahre alten Mann stand. Sie biß sich auf die Unterlippe, versuchte zu lächeln – eine klägliche Vorstellung. »Ihr habt recht«, schloß sie. »Wir brauchen keine Sozialarbeiter.«

Es war eine fatale Situation. Schwester Johnson

würde wieder Anteil nehmen an Leid und Trauer. Es gab keine andere Möglichkeit. Keine Möglichkeit, es behutsam zu verhindern. Ich nahm mir vor, es überhaupt nicht zu verhindern. Aber ich konnte sie auch nicht im Stich lassen. »Halte das Personal von den Parkanlagen fern«, riet ich ihr. »Das ist unser Problem.« Stimmt nicht, Schwester Johnson, es ist auch dein Problem. »Und wenn wir damit nicht fertig werden, werde ich dich rufen.«

»Ihr habt wirklich Gespenster gesehen?« Das Schöne an Schwester Johnson war ihre Fähigkeit, keine Krankenschwester, sondern eine Frau zu sein, wenn etwas wirklich Wichtiges geschah. »Ihr seid schon in Ordnung.«

»Ich wünschte, es wäre Dementia gewesen«, sagte Burnside, »aber das war es nicht.«

»Ihr habt noch keinen schlimmen Fall von Dementia gesehen«, sagte sie fast geistesabwesend. »Was wollt ihr jetzt tun, Jungs?«

»Zurückschlagen«, sagte ich, und dann log ich. »Ich weiß nicht wie. Halte du nur das Personal von den Parkanlagen fern. Wir werden es ein, zwei Tage ausknobeln, vielleicht auch länger.«

»Ihr sagt mir Bescheid?«

»Klar doch.« Welch ein Lügner. Ich sage dir Bescheid, wenn es vorbei ist, Schwester Johnson. Nachrichten aus dem Nirgendwo.

Sie tätschelte Burnsides Glatze und brachte ihn damit zum Erröten, strich mir über die Hand und ging.

»Man kann keinen Krieg gewinnen, ohne die Schlachten zu gewinnen«, sagte Burnside.

»Wenn wir hier nur herumsitzen, werden wir einer nach dem anderen aufgelesen.«

»Ich habe nie Kerben geschnitzt, weder an mein Gewehr noch an meinen Bettpfosten. Ich wäre mir wie ein Betrüger vorgekommen.«

»Jetzt bin ich ganz sicher, daß die Welt übern Jordan geht«, sagte ich. »Du hast gerade zugegeben, ein Gentleman zu sein.«

»Ich kann nur so lange anständig sein, wie es unter uns bleibt. Außerdem zeigt der launenhafte Spitzel in unsere Richtung.« Ich wußte nicht, ob er sich darüber im klaren war, was er da sagte, oder ob es nur ein dummer Spruch war. Er wußte irgendwie, daß wir durch die Läuterung hindurch mußten; keine Knöpfe auf den Augen.

Es ist eine Kreatur der Zerstörung. Es erwacht, wenn der Verstand des Menschen eng, profan und rachsüchtig wird. Und zu einem bestimmten Zeitpunkt wird es gemein, schleicht sich mitten unter uns und beschwört die Flammen der Inquisition herauf.

Während meines ganzen Arbeitslebens bin ich durch die Vergangenheit gestreift. Jetzt streifte ich durch die Zukunft. »Noch eine Schlacht«, sagte ich zu Burnside.

»Wenn es einen Sinn hat.«

»Wann hat etwas von dieser ganzen Scheiße je einen Sinn gehabt?«

»Es kann nicht schlimmer werden als der Kanal.«

Es konnte nicht schlimmer werden als der 27. Hügel. Ich überblickte das Gelände. Der 27. Hügel war schlimm, aber die Feinde waren nur Nordkoreaner. Ich dachte an sie, dachte an ihre Hurra-Rufe, an den Mut, wie ihn nur der Wahnsinn im Menschen entfachen kann – sie rannten in die Mäuler der Kanonen, weil ein Politiker ihnen eingeredet hatte, man habe ihr Land angegriffen. Ich wünschte, ich hätte ein Bataillon solcher Männer.

»Ich hoffe«, sagte Burnside, nicht zu mir, denn er sprach mit fester Stimme und nicht im Plauderton, »daß dich der Zustand des Todes etwas über das Leben eines Soldaten gelehrt hat.«

Sein japanisches Gespenst stand neben ihm. Es ist

das Verblüffende bei jungen Leuten, ob Schwester Johnson oder die Japse, daß die besten in ihren Idealen schwelgen und doch hart bleiben, ihre Pflicht erfüllen können. Das ruhige Gesicht des Jungen war ernst wie beim Einsatz, doch seine Lippen konnten ein kleines Lächeln der Erregung nicht verhehlen. Ich musterte ihn, dachte an das, was ich über ihn gehört hatte, und wußte nicht genau, ob wir ihn haben wollten.

»Geh bis zum Rand des Rasens«, sagte Burnside zu ihm. »Ich werde dafür sorgen, daß nichts passiert.«

Der Junge ging los. Die Dunkelheit setzte sich in Bewegung, erreichte den Fuß des Hügels, kam aber nicht weiter, zog sich aber auch nicht zurück.

»Du hältst dich lieber fern davon«, riet Burnside ihm. »Da versteckt sich etwas wirklich Böses.« Er fuhr vor, an die Seite des Jungen. Die Dunkelheit floh nicht vor ihnen, wälzte sich aber schneller rückwärts. »Es läuft wie ein Hase«, sagte Burnside, »aber es rennt nicht weg vor den Gespenstern. Gleichwohl kommen uns Gespenster zu Hilfe.« Er sah hinauf zu dem Jungen. »Hast du Verstärkung mitgebracht?«

Der Junge stieß mit dem Zeigefinger auf seine Brust. Er kam allein.

»Ich hab' nicht vor, dafür zu zahlen, daß ich mutig und dumm zugleich bin«, sagte Burnside zu dem Jungen. »Denk darüber nach.«

Der Junge lächelte; dann hob er eine Faust und lächelte nicht mehr. Dann verschwand er.

Ich sah Schatten über das Gelände herankriechen. Dunkelheit lag auch hinter der Stadt, aber die Schatten waren natürliche Dunkelheit, die sich bei alltäglichen Dingen wie Fernsehnachrichten und Abendessen einstellte. Ein schneller Sonnenuntergang.

»Ich denke über Symbole nach«, sagte ich zu Burnside. »Flaggen und ähnliches.«

»Ich denke darüber nach, Plakatkleber anzuwerben ...«

»Auch wenn wir Hilfe bekommen, sehe ich uns nicht auf der Gewinnerstraße!«

»In einem hast du recht«, sagte Burnside, und das war nicht nur als Spruch gemeint. »Ich vermisse den Sandsturm. Wer hätte das gedacht?«

»Die Hohlköpfe sind ganz gut in Form.«

»Ich hab' mit ihnen gesprochen. Sie sind ganz schön clever geworden. Sie haben ihr Hirn lange nicht mehr benutzt.« Als wir die Terrasse verließen, vermengte sich die Dunkelheit mit der herankommenden Nacht.

Bei alten Leuten sind Nacht und Tag austauschbar. Die Nacht ist nur dunkel, oder nicht mal das, weil die Korridore von gedämpftem Licht hell sind. Wir wachen, um zu grübeln oder zu leiden. Die meisten von uns fürchten den Tod nicht. Wir fürchten die Schwäche, fürchten uns, unsere Hosen zu bepinkeln oder senil zu werden. Das Geschlecht und das Hirn sind die Motoren der Geschichte.

Nach dem Wachwerden fühlte ich mich schlapp. Still war's im Zimmer; gelegentlich stockte Burnside der Atem, und sein keuchendes Luftholen unterbrach die Stille. Jetzt schnarchte er nicht mehr und war im Begriff aufzuwachen. Hinter unserem Zimmer im Tagesraum wurde gekehrt und poliert, leise, mäuschenstill. Der große Tisch unten in der Halle würde glänzen wie ein Glorienschein am Himmel über der Geschichte dieses Ortes, der Geschichte eines Jahrhunderts ... Mohnblumen blühen auf dem Schlachtfeld in Flandern ... Es paart sich die Furcht mit der Schlacht seit alters her.

Ich dachte daran, Burnside etwas zu sagen, entschied mich aber für die Stille. Als es gemütlich wurde in dieser Stille, erläuterte das Land sich selbst. Oder, anders herum, ich verstand endlich, wie die Dinge zusammenpaßten.

Die Dunkelheit im Tagesraum war nicht wirklich gewesen. Es war eine Botschaft aus dem Geisterland über die Dunkelheit hinter den Wänden. Der Blick auf die Särge war eine Warnung. Der Mumpitz mit den Gespenstern, die zum Abschied gewinkt hatten, war auch eine Botschaft, eine verzweifelte, aber dennoch farbenprächtige Botschaft. Die ganze Show war eine hypothetische Standarte, eine Flagge, sie deutete auf die Fäulnis, die in unserem Umfeld herrschte. Unsere Gespenster waren hilflos ohne uns. Es sah so aus, als ob wir alte Männer gefordert wären, nicht nur die Zukunft, sondern auch die Vergangenheit zu unterstützen.

»Ich denke an die Strafbaracken in Leavenworth«, murmelte Burnside. »Jetzt kommt es mir vor, als wäre es ein fröhlicher und warmer Ort gewesen, sehr sicher und freundlich.«

Er kapierte das meiste von dem, was wir gesehen hatten, und ich hatte gehofft, daß es nicht so sei. Es machte keinen Sinn, wenn wir uns beide als Verdammte fühlten. Ich beschloß, nichts über Harvey zu erzählen.

»Ich sorge mich um meine Enkel«, flüsterte er, und es rührte ihn fast zu Tränen. »Behalt es für dich. Es gibt Zeiten, in denen ich glaube, daß wir an diesem kleinen bißchen Schwachsinn schuld sind.«

Hat sich Burnside gewandelt und ist gerade als Heiliger flügge geworden? Wenn unsere Enkel zu Besuch kamen, hatten wir immer so getan, als ob es uns nicht interessierte. Wir hatten so getan, als ob alles mit ihnen in Ordnung sei.

Ich liege in der Dunkelheit, stumm und ohne eine Unze Tränen oder Schweiß, obwohl mir beides sehr wohl nützen würde. Ich liege im Dunkeln und gebe sogar zu, daß ich versucht habe, die Wahrheit unter einem Haufen Scheiße zu verbergen. Die Hölle kommt in zweierlei Versionen zu den Alten – in der kleineren und der größeren.

Sie kommt in der kleineren Version daher, wenn die Geschichte umgeschrieben wurde, die Aufzeichnungen gelöscht, der Glaube an Ideale und an Sehnsüchte verlorengegangen ist, wenn nichts mehr überliefert wird und alle Geschichten auf die Gegenwart revidiert worden sind, auf den Kopf gestellt; wenn auf falsche Zeugnisse gegründet und der Vergangenheit die Schuld für gegenwärtiges Leiden aufgebürdet wird.

Es ist eine finstere Hölle, doch die größere Version ist noch schlimmer – die Hölle der Alten trifft just in dem Augenblick ein, wenn wir zugeben müssen, daß wir unsere Kinder, unsere Familie, unser Land, die Scherben und die Reste unserer Liebe nicht mehr beschützen können.

»Ich kann nicht verstehen, warum es vor uns wegläuft. Es läuft nicht vor Gespenstern davon.«

»Wir haben die Macht der Erinnerung. Wir erinnern uns an die Ordnung und haben noch unsere Stimme. Wenn die Erinnerung stirbt, stirbt die Zivilisation.« Drei oder vier Zimmer weiter unten ging eine Schwester leise den Korridor hinunter. Nein, zwei Schwestern, denn zwei Frauen murmelten. Der Wind ächzte an den Fenstern. Ich fragte mich, wie viele von uns wach lagen, lauschten, sich um unsere Bedeutung Gedanken machten, unfähig, ihre Liebe zu zeigen, und so wie Burnside sich damit abgefunden hatten, schuldig zu sein. Das leise Tappen von Gummisohlen ging vorbei, das Gemurmel verstummte.

»Es ist hinter etwas Größerem her als uns. Wir sind nur im Weg.«

»Ich hätte nichts dagegen, zu kämpfen«, sagte Burnside, »außer, wenn es sinnlos ist.«

»Flaggen sind Symbole. Worte sind Symbole. Kirchtürme sind Symbole. Rote Laternen vor Puffs sind Symbole. Die Welt weiß nichts davon, aber sie lebt von Symbolen. Manche sind gut, manche sind schlecht, wie die Flaggen.«

»Tote fahren keinen Rollstuhl. Das könnte sich als Vorteil erweisen.«

Er hatte nie über sein Leben als Krüppel gesprochen, es sei denn, um Witze zu machen. Ich dachte an die Langeweile, an die vielen Tage und Jahre in diesem Stuhl, an das eiserne Herz und die eiserne Seele, über die ein Mensch verfügen mußte, um jedem einzelnen Tag die Stirn zu bieten.

»Ich mußte pissen, aber ich war nie einer von denen, die eine Bettschüssel wollten«, sagte Burnside, und er murmelte nicht mehr. »Ich seh' dich bald in den Comics der Zeitungen.« Er schwang sich aus dem Bett – ein Schatten in dem abgedunkelten Zimmer. Es war das letzte Mal, daß ich ihn lebend sah, und alles, was ich sah, war nur ein Schatten.

Oh, Schwester Johnson, du weißt nicht, wie schnell es einen treffen kann, und wie hart.

Ich döste, wachte auf, ärgerte mich, döste, wurde hellwach, als mich die harte Erkenntnis traf, daß Burnside beim Appell nicht erscheinen würde. Unerlaubte Entfernung von der Truppe des Veteranen-Hospitals.

Die stillen Korridore füllten sich mit Echos, mit ängstlichen und hoffnungsvollen Stimmen. Irgendwo in der Dunkelheit brach Burnside auf, und Stimmen der Vergangenheit sandten ihr Getuschel in die gleiche Dunkelheit hinein. Geflüsterte Worte eilten hin und her, wie geheime, gegen einen lautlosen Feind patrouillierende Boten. Das Geisterland schwebte zwischen Erfolg und Niederlage – dazwischen gab es nichts. Draußen in der Dunkelheit erhob sich ein Sturm auf Shakespeareschen Flügeln. Schwarzes Sturmgefieder ritt auf Windböen, tumultartig, wie ein heftiger Zornesausbruch. Die Dunkelheit umzingelte und umklammerte, wie ein Sarg aus Wind und Regen, der dem Menschen den Atem raubt und ihn in Leichentücher hüllt.

Ich saß auf der Bettkante und verfluchte Burnside. Eigentlich war auch ich mit von der Partie. Ich fühlte mich vollkommen hoffnungslos, wie man es nur von Zeiten völligen Zusammenbruchs kennt. Zu hilflos, um irgend etwas zu tun, um etwas zu ändern, hilflos, aber – so sagte ich mir –, aber noch nicht verdammt. Nicht ohne Kampf. Unterdessen stöhnten Echos in den Korridoren, Geflüster schwirrte umher.

Ich war voller Kummer, ging auf ein Fenster zu, öffnete es und horchte. Der Regen brachte kalte Windböen mit, getränkt mit Salzwasser. Er platschte auf das Laub der Bäume, und das Wasser gluckerte in den Gräben. Der Regen prasselte sein altes Lied, und der Text des Liedes lautete: »Gott sei der Infanterie gnädig!«

Hinter mir hörte ich das Kleiderrascheln und Patschen weicher Schuhsohlen. Ein Pfleger stand da und atmete schwer. Vorhin hatte ich keine Tränen, jetzt kamen sie. Ich wandte mich nicht um.

»Wo?« sagte der Kerl, und er sagte es grob; ein Kerl, der schon wußte, daß sein Hals bereits in der Schlinge lag. Kein »Ja, Sir«, »Bitte«, oder »Fahr zur Hölle«.

»Passen Sie auf, was Sie sagen.« Ich wandte mich immer noch nicht um. Nur meine Stimme war leicht ins Stocken gekommen.

»Einer wie der andere – ein Schlappschwanz«, sagte der Typ. »Dich werde ich mir später vornehmen.« Er eilte fort.

»Du hast die erste Runde gewonnen«, sprach ich in Regen und in Dunkelheit hinein, sprach zu Burnside, wo immer er auch war. »Die ganze Hölle bricht zusammen. Was du brauchst, Kumpel, ist ein Wunder, du und deine verdammten Marines.«

Ich wandte mich um und ging in den Tagesraum zu meinesgleichen. Kummer erträgt sich leichter, wenn starkgesinnte Leute zusammenhalten und sich nicht gegenseitig auf den Arm nehmen.

Burnside brauchte ein Wunder, nun gut, aber was er bekam, war ein TV-Auftritt. Aus dem Hospital schwärmten Suchtrupps aus. Leute, die sich sonst nur um ihren Job gesorgt hatten, wappneten sich gegen den Regen. Scheinwerferlicht strich über die Straße, starke Taschenlampen der Polizei flackerten durch die Sträucher, als die Abenddämmerung sich über den Schauplatz senkte. Kein Suchender hätte sich vorstellen können, daß Burnside durch den Friedhof und den Hügel hinabgefahren war. Sie waren dazu nicht fähig. Sie glaubten, daß er in die Stadt gegangen sei oder daß er, wie Senile das oft tun, verwirrt wunderschönen Lichtern und Spektakeln hinterherjagte. Bei Tagesanbruch und trotz des Vorsatzes, den Deckel nicht vom Topf zu heben, benachrichtigte jemand die Fernsehanstalt. Ein Rettungshubschrauber kurvte an die Rückseite des Hügels heran – eine verkorkste Art, sich die Morgennachrichten zu beschaffen.

Die drei lagen auf schlammigem Boden, getränkt vom Regen aus Nordwest. Die Kamera übertrug die Bilder der Leichen, die aussahen wie Bündel durchnäßter Lumpen; klein, ausgestreckt und verrenkt. Und obwohl die Berichterstatter von einem Kampf nichts wissen konnten, behaupteten sie, beeindruckt zu sein. Sie lagen verstreut am Fuß des Hügels. Burnside hatte es bis zur Brücke geschafft, hatte sogar mit einer Hand die Brücke berührt. Er lag genauso klein und zerfetzt da wie jeder andere tote Soldat. Kein Engel sang. Ein Feldwebel der Marineinfanterie lag genau unterhalb der Baumgrenze, sein Körper ein wirres Knäuel in der verqueren Haltung von Leichen, die schwerste Frakturen erlitten haben. Ein anderer lag am Rand der Schlucht. Die japanische Kriegsflagge hatte sich im Geäst verheddert und hing da nicht wie eine Sonne, sondern wie ein Blutfleck. Der Junge war ein hübscher Junge, aber kein Samurai.

Der Mann an der Schlucht lebte noch, war aber irrsinnig geworden. Hände und Hirn wollten den Hügel hinauf, sein Körper aber war zu schwach, ohne Kraft. Als die Sanitäter ihn wegtrugen, griff er noch immer krampfhaft ins Leere, seine Stimme hatte ihn nach all dem Schreien im Stich gelassen, und sein Mund formte einen lautlosen Schrei.

Wir Patienten sahen einander an, murmelten, schüttelten den Kopf. Die Leichen wurden mit Traktoren herausgezogen. Der Mariner lag wie ein Klumpen unter dem Leintuch, die Beine waren gekrümmt, vermutlich gebrochen. Burnside mit seinen kläglichen Beinstümpfen bildete einen Klumpen unter dem Tuch, wie ein Knödel.

Die Patienten hatten nicht alle verstanden, wußten aber genug, um sich zu fragen, in welcher Weise Burnside geleimt oder aufs Kreuz gelegt worden war. Die Pfleger behandelten uns wie Kinder auf dem Spielplatz, als wir über grundlegende Fragen der Infanterietaktik nachdachten.

Das Personal beobachtete jeden von uns, um herauszufinden, wer schuldig war. Das Personal glaubte nicht, daß drei alte Männer, einer davon ein Krüppel, ohne Hilfe dreihundert Meter bergab marschieren konnten. Die Angestellten beschuldigten sich gegenseitig und drückten sich davor, Verantwortung zu übernehmen.

Während dies alles in vollem Gange war, strafften die Ärzte ihre Schultern, wie zu klein geratene Menschen, und beschuldigten jeden – Patienten und Personal gleichermaßen –, ein hohes, nur den Ärzten selbst bekanntes Ziel verraten zu haben. Und als Schwester Johnson ihre Schicht begann, bekam sie die ganze Wucht der Anschuldigungen zu spüren. Das Personal beschuldigte die Frühschicht, keine Warnung ausgesprochen zu haben, worunter sich aber nur die Nachtschicht etwas Genaueres vorstellen konnte, und Schwester Johnson war die Oberschwester der Frühschicht.

»Schließlich«, sagte ein kleines Arschloch zu ihr, »sind wir von einem Ihrer Unruhestifter auf den Arm genommen worden.« Der Schnulli hatte schlechte Zähne, manikürte Fingernägel und roch seinem Aussehen entsprechend – nämlich ›blumig‹.

Schwester Johnson antwortete nicht. Schwester Johnson schaute ihre Patienten an.

»Na, die wären wir los«, rief ein anderer. »Hat mir nichts als Ärger eingebracht. Warum nur krieg' ich immer die Problemfälle?« Dieser Typ sah aus wie einer, der seine Zeit damit verbringt, die Haare in anderer Leute Nasen zu stutzen.

Schwester Johnson stellte keine Fragen. Sie stand aufrecht, verzog keine Miene. Nur wer sie gut kannte, konnte ihre Verwirrung erkennen.

Keiner außer uns Alten konnte verstehen, warum die Jungs hinausgegangen waren. Und wir waren, bei Gott, nicht bereit, die Dinge aufzuklären. Das Jenseits war mit uns, und jeder Mutter Sohn und jeder Mutter Tochter auf dieser Station war dem Tod mehr zugetan als dem Theater des Lebens, das um uns herum ächzte und quakte.

Den ganzen Morgen lang erschienen Geister von Männern und Frauen mit steinernen Mienen, und es gab keine Mätzchen. Burnside hatte verloren. Es war gut möglich, daß unsere letzte Chance vertan worden war.

Eine Art Überdruß, eine Art Verhängnis war ins Geisterland eingezogen. Das Jenseits hatte noch Gefühle, weil es genau das tat, was auch wir taten – daß heißt: Wir verbargen sie. Einige Frauen weinten, eine Japanerin schien keine anderen Gefühle mehr zu kennen außer ewigem Kummer. Wenn sie Yukiko hieß, weinte sie vielleicht um Burnside, wahrscheinlicher aber war, daß sie um den Jungen weinte. Ich wollte es gar nicht wissen.

Und als alle ein schlechtes Gewissen hatten oder wütend waren, weil man uns hintergangen hatte, übertraf ich alle. Ich hatte Burnside nichts über Harvey erzählt. Damals, als ich nicht wollte, daß er sich noch mehr fürchtete. Burnside war in die Mausefalle gelaufen, einen Hinterhalt, hatte sich gegen einen Feind gestellt, der schwärzer und gefährlicher war, als selbst er sich vorgestellt hatte. Ich hatte ihn reingelegt. Ich hätte es ihm sagen müssen. Hätte.

Andererseits war er ausgeschert. Ich hatte geglaubt, daß wir einen weiteren Tag nutzen würden, um zu planen – aber dann war Burnside wie ein Kamikaze, wie ein einsamer Krieger losmarschiert.

Ich hätte sie vielleicht aufgehalten. Entweder das, oder Burnside hatte nicht gewollt, daß ich in die Dinge verwickelt wurde. Ich glaube, daß Ersteres zutrifft, weil er genau wußte, was er tat. Wenn er noch mehr Leute gefunden hätte, um es zurückzuhalten, hätte er gewartet.

Während der *Zauberstunde* machte ich eine Bestandsaufnahme unserer Truppe. Drei Rollstühle, deren Besitzer absolut sauber waren, zwei Armeehelferinnen – zähe kleine Prinzessinnen, eine Schreckschraube – drei sabbernde geistige Nullen, zwei Bettlägerige, ein Drückeberger, zwei Mobile, die sich aber von einer Operation erholen mußten, ein einarmiger Bootsmann mit einer künstlichen Hand, ein blinder Quartiermei-

ster ... Der Bootsmann sah ziemlich gut aus, der Blinde nicht allzu schlecht. Ich beförderte mich zur Terrasse, um nachzudenken.

Das Gelände war unverändert. Die kaputte Brücke stand noch. Der zerbrochene Musikpavillon im Park war geblieben. Ich fragte mich, ob Burnside sich ein bestimmtes Angriffsziel vorgenommen hatte oder dem Feind nur hinterhergejagt war, bis er fiel. Die ganze Sache war von Geheimnis umgeben, aber auch von der Gewißheit absoluter Zerstörung, wenn wir gescheitert waren. Es konnte zwar auch eine totale Zerstörung geben, wenn wir erfolgreich waren, aber das Problem betraf nur andere. Wir konnten nur die Maßstäbe festsetzen, unser Testament anhand unserer Taten machen und hoffen, daß jemand es richtig lesen und gegen die eindringende Nacht die Arme heben würde.

Finster blickte die Dunkelheit hinter der Stadt hervor, erreichte das normale Licht des späten Nachmittags und streckte sich bis zu dem kleinen Park, drang aber nicht hinein. Der Pavillon stand leer im konfusen Sonnenlicht. Ein paar Kampfspuren mußten zurückgeblieben sein, etwas, das den Vormarsch aufgehalten hatte. Der Geist eines Geistes war vielleicht doch mehr als nur Erinnerung. Er konnte ein Stück Geschichte sein, das sich dem Neugeschriebenwerden widersetzt hatte.

Möglich, daß von jenen Männern irgend etwas geblieben war. Möglich, daß sogar von Harvey etwas geblieben war. Vielleicht hatte Burnside nicht völlig versagt. Eins war sicher: die Zeit, die mir blieb, war viel zu knapp, um sie zu vertun.

Nach jedem Kampf folgt eine Zeit des Stillstandes, eine Pause, nachdem die Leichen aneinandergereiht, begraben oder verladen worden sind. Zwischen zwei Kampfhandlungen ist ein Vakuum. Der Feind befindet sich noch auf dem Vormarsch, die Bevölkerung kann nicht entkommen. Es ist eine Frist, es ist aber keine gute Zeit, weit vorauszuplanen oder geboren zu werden.

Ich konnte vielleicht den Park erreichen und um den kleinen ordentlichen Platz herum Stellung beziehen. Die eigentliche Niederlage hatten schon Burnside und seine Leute eingesteckt. Das ganze Geschäft war eines der Symbole, ohne die wir nicht existieren können. Symbole, voll des Bösen. Die Welt brauchte das Symbol der Ordnung – einen kleinen viktorianischen Park. Möglich, daß die Welt so oder so der endgültigen Dunkelheit nicht entkommen konnte, aber wir konnten ihr wenigstens eine Chance geben.

Wir besitzen die Macht der Erinnerung, und die Erinnerung an die Ordnung... Eine Tür wurde leise hinter mir geöffnet. Schwester Johnson, natürlich. Ein braves Kind in einer schlechten Welt. Ihre Schritte waren auf dem Terrassenboden kaum zu hören. Sie verharrte in Schweigen, stand neben mir und überblickte das Gelände. Die Welt war ruhig. Ich hörte ihren Atem, hörte sogar ihren Puls.

»Er war in einem Rollstuhl«, flüsterte sie.

»Er fuhr den Hügel rauf und runter. Jedesmal, wenn er den Wald erreichte, ließ er sich aus dem Stuhl fallen und abrollen. Da, wo er nicht rollen konnte, robbte er wie ein Infanterist. Dazu braucht man keine Beine, dazu braucht man Schultern.«

Die Stille kehrte zurück. Sie klagte mich nicht an. Sie ist nicht so wie die meisten anderen. Sie sieht in ihren Patienten oder Nachbarn keine Problemfälle. Sie ist so altmodisch, ihren Mitmenschen einen Freiraum zu gewähren, ohne eine Unmenge Erklärungen dafür zu verlangen.

»Sie hatten bestimmt ihre Gründe.«

»Wenn ich es erklären würde, würde es nichts nützen«, sagte ich. »Man muß es selbst herausfinden.«

»Er fehlt mir sehr. Sie fehlen mir alle, aber er war so unverbesserlich. Ob du mir auch so fehlen wirst?«

In der Station erklang schwach und unmelodisch ein Lied, wie der primitive Gesang eines Hinterwäldlers ... »Ich will dich wiedersehen ...« Sicher, Kumpel, natürlich, richtig so, aber klar.

Schwester Johnsons Miene wirkte alarmiert, wie die einer frischgebackenen Mutter, deren Baby quäkt.

»Du bist viel zu gut für diesen Ort«, sagte ich zu ihr. »Du solltest dich nicht um einen Haufen verschlissener Kadaver sorgen müssen...« Sie hob die Hand, um mich zum Schweigen zu bringen. Der Typ hatte aufgehört zu singen.

»Ich will keinen von euch mehr verlieren.« Ihre Stimme blieb kaum hörbar. Die Gedenktafeln auf dem Friedhof schimmerten unter den Sonnenstrahlen. Eine Flagge, derer man sich an anderen Tagen nicht zu schämen brauchte, hing schlaff herunter.

»Ich mache keine Versprechungen, weil ich es nicht kann«, sagte ich. »Vielleicht war dies die Schlußszene eines Drehbuches, das vor einem halben Jahrhundert geschrieben wurde.« Eher noch, Schwester Johnson, es könnte aus dem 1. Weltkrieg stammen. Ich dachte an all die mutigen Leute, die ich über die Jahre gekannt hatte. »Ich weiß nicht, warum manche Menschen Krankenschwestern werden wollen«, sagte ich. »Ich bin nur froh, daß du eine bist.«

»Welchen Grund könnte jemand haben, Soldat zu werden?« Ihre Stimme klang heiser. Sie unterdrückte ihre Tränen.

Sie wußte nichts über die Thermopylen. Sie wußte herzlich wenig über die Schlacht um England. »Es gibt verdammt wenig Menschen, die Soldat werden wollen«, sagte ich. »Es ergibt sich einfach.« Ich spürte, daß wir nicht allein waren. Aus den Augenwinkeln bemerkte ich einen weißen Schimmer. Ich brauchte mich nicht mal umzudrehen, um zu erkennen, daß meine koreanischen Patriarchen anwesend waren, alle fünf; drei mit Stöcken, zwei mit albernen Eichhörnchenbüchsen.

»Ich muß wieder an die Arbeit«, sagte sie, und es war klar, daß sie meine Koreaner nicht sah. »Sie drehen bestimmt bald wieder ein neues Ding.« Es ging eine solch tiefe Traurigkeit von ihr aus, wie ich sie noch nie gesehen hatte, nicht mal bei ihr. »Dieser Ort läßt einen unablässig darüber nachdenken, was gut und was schlecht ist. Ich kann hier nicht meine ganze Zeit zubringen.«

»Burnside war verrückt nach dir«, sagte ich, und so war es auch gewesen. Dann log ich, aber ich fand, daß es zur Situation paßte. »Du bist die einzige Frau, die Burnside je zum Erröten gebracht hat.«

»Ich bin mir nicht zu gut für einen kleinen Flirt.« Sie versuchte ein Lächeln. »Es hilft den Jungs, am Leben zu bleiben. Und: es kostet keinen roten Heller.« Dann weinte sie ein bißchen.

Ich wollte ihre Hand berühren, ihr sagen, daß es in Ordnung war, ihr sagen, wieviel ihre Entschlossenheit bedeutete. Ich wollte ihr eine ganze Menge mehr sagen, aber es gibt selbstverständlich Dinge, die man nicht tun sollte, auch wenn man es kann.

IV

Die Stunden vergingen. Ich humpelte hierhin und dorthin, organisierte den Einsatz – alte Leute daheim –, das Abendessen kam und ging. Ich sprach mit Quartiermeister Wilson, einem guten und verblüffend gescheiten Mann. Von einem, der wie er fünfzig Jahre lang blind war, erwartet niemand geistige Höchstleistungen. Wilson weiß, daß er herzlich wenig zu verlieren hat und daß es ihm vielleicht guttut, nützlich zu sein. Der Fernseher plapperte um uns herum, die Abendnachrichten hatten Burnside auf ihrer Jagd nach neuen Sensationen vergessen: Unzucht zwischen Politikern und Treuhandbeamtinnen. Ich sprach mit Bootsmann Tilton, der uns anführen will, weil man für diesen Job nur Beine und keine Hände braucht. Wir werden den Feind mit unseren Erinnerungen zurückdrängen, mit der Macht der Geschichte, mit Bildern von Vernunft und Ordnung.

Unterdessen bleibt die Station äußerlich ruhig. Die beiden Armeehelferinnen halten Hof; der beschissene Umgangston wird merklich besser ... Ein paar wirklich niedliche Geschichtenerzählerinnen; wer hätte es je von ihnen gedacht? Die Mädchen hatten mit den Rollstuhlfahrern ein Abkommen getroffen, und sie haben das Pflegepersonal aus ihrer kollektiven Schublade geschwatzt. Sie sind faszinierende Rednerinnen, und unsere Jungs scharen sich um sie. Das Personal beruhigt sich, entspannt sich, hält die Dinge für normal, wird unachtsam. Merkwürdigerweise scheinen unsere Leute frei zu sein, manche zum ersten Mal im Leben, selbst die Senilen sind mehr oder weniger präsent. Licht flackert an den Wänden, rot und schwarz, wie brennende Städte. Die Station aber ist mit Pläneschmieden beschäftigt, während das Leid Nielsens Abend heimzusuchen trachtet. Unsere Truppe nutzt die letzten Reserven – ihre Hilflosigkeit –, um die Tarnung nicht aufs Spiel zu setzen.

Und das Geisterland umringt uns. Bleibt lautlos. Das Geisterland greift nach uns mit dem Versprechen von Hilfe und Unterstützung, oder vielleicht nur aus Dankbarkeit dafür, daß man sich seiner wieder erinnert. Wir haben Japaner und einige Deutsche. Wir haben Afrikaner von den Gummiplantagen der Krauts und Angehörige der einheimischen Küstenwache von den Inseln. Wir haben Maultiertreiber von den Straßen von Burma und Widerstandskämpfer – Franzosen, Griechen und Spaghettifresser, Holländer, Norweger, Belgier, russische und polnische Kavallerie.

Keiner hat eine Flagge mitgebracht. Wir haben Lappen und Türken, Briten und walzertanzende Österreicher. Musik erklingt aus weiter Ferne, schwächer als ein Echo. Wir hören nur wenige Märsche, aber sehr viele Balladen.

Und bald wird es Zeit sein zu gehen. Wenn jemand dieses Tonband hört, könnte es bedeuten, daß noch etwas Zeit bleibt. Es könnte bedeuten, daß einer von uns durchgekommen ist.

Ich betrete die Terrasse, schaue in die Nacht hinaus und denke nach.

Lichtstreifen wirbeln auf dem Gelände. Gesichter der Hölle erscheinen, das zwanzigste Jahrhundert ist hier so konzentriert, daß es die braven Mitarbeiter von Reader's Digest neidisch machen würde ... Dieses blutrünstige Jahrhundert.

Wie auf einer Kinoleinwand bewegt sich der erste Panzerwagen der Welt wie ein gekipptes und mit einer Plane bedecktes Dreieck, walzt Schützengräben und Stacheldrähte nieder. Das erste Maschinengewehr spricht, der erste Flugzeugmotor läuft und surrt, zischt und knallt. Im Hintergrund quasselt das erste Radio über die Sexskandale von 1920 und bemüht sich, Kaugummi und Schlangenöl an den Mann zu bringen. Das Aufflackern von Napalm aus späteren Kriegen. Und das Zeichen des Sieges hängt wie ein Gütesiegel über in die Luft gesprengten Brücken, zerstörten Kathedralen, glühenden Feuerringen, wo einst strohgedeckte Hütten standen.

Und die Botschaft lautet: Selbst wenn es eben jetzt eingestellt worden ist, wird alles noch einmal von vorn anfangen – der alte Haß, die zügellose Selbstsucht, die erhobene Faust, die proklamiert, daß der eine oder der andere Gott das Recht erteilt hat, in die Schlacht zu ziehen, statt zu denken. Die Botschaft besagt: Die Welt vergißt zu jeder Zeit, daß das Böse besteht, das es wiederaufersteht, das Wort ›Ehre‹ zunichte sein und in Flammen aufgehen wird.

Doch einst lebten Männer, die wußten, daß es Dinge gab, für die es sich zu sterben lohnte. Einst lebten Frauen, die für sich selbst und für andere kämpften, soviel sie nur konnten.

Auf einer Geriatrischen bedeutet ein Körper sowieso keinen Vorteil, und so steht es mit uns: Wir können die Zukunft nicht mitgestalten, aber wir können Verantwortung zeigen.

Wir wandern nicht gerade singend umher, aber wir machen uns auf den Weg, ein Haufen alter Männer, geschwächt von Operationen, ein Blinder mit kräftigen Beinen, einer mit Augen, der lenken kann, während er sich auf den Blinden stützt, ein anderer mit einem Greifhaken statt einer Hand. Alte Männer, geführt oder verfolgt von Gespenstern ehemaliger Verbündeter oder von Feinden, die hügelabwärts in die Leere ausschwärmen. Es braucht nur einer von uns über den Steg zu gelangen, um einen Brückenkopf zu bilden, und wir marschieren mit einer kleinen Hoffnung auf Rettung – nicht Burnsides oder Harveys oder unseres Ichs. Keiner hier wiegt mehr als ein Engel. Wir hoffen, daß die Brücke hält.

Und die Kameraden und Mädchen, die wir hinter uns lassen, werden uns Deckung geben. Die beiden Armeehelferinnen planen vor dem Morgengrauen einen Krawall. Die Jungs im Rollstuhl werden einen Anfall vortäuschen. Das Pflegepersonal wird überlastet und viel zu sehr beschäftigt sein. Wir werden uns davonstehlen, leise wie das Jenseits, leise wie die Erinnerung, mit der winzigsten Hoffnung, den gefallenen Kameraden geholfen zu haben, aber ohne einen Abschiedsgruß und ohne Rechtfertigung, während das Jenseits weint, während das Geisterland zum Abschied winkt.

Originaltitel: ›Kilroy Was Here‹ • Aus: ›The Magazine of Fantasy & Science Fiction‹, Juli 1996 • Copyright © 1996 by Mercury Press, Inc. • Aus dem Amerikanischen übersetzt von Cecilia Palinkas

---

Stephen Dedman

NIE MEHR GESEHEN, IM TRAUM NUR MEIN

Es heißt, wir Fotografen seien bestenfalls eine blinde Gattung: daß wir noch die schönsten Gesichter nur als Licht und Schatten sehen, selten etwas bewundern und niemals lieben.

LEWIS CARROLL:
Vom Leben eines Fotografen

Der ehrwürdige Charles Lutwidge Dodgson, Logiker, Fotograf und weniger bekanntes Alter ego von Lewis Carroll, traf Alice Liddell zum ersten Mal, als sie drei Jahre alt war. John Ruskin, ein befreundeter Prediger in Oxford, war der jungen Alice ebenfalls verfallen, und später der zwölfjährigen Rose La Touche. Edgar Allan Poe heiratete seine dreizehnjährige Cousine Virginia, und als Dante sich in Beatrice verliebte, war sie achteinhalb Jahre alt.

Wenn Sie jetzt von mir erwarten, daß ich meinen Namen dieser Liste hinzufüge, haben Sie den Verstand verloren.

»Er hatte furchtbare Angst vor den Nächten«, sagte sie sanft. »Hatte Angst zu träumen, glaube ich. Er fürchtete sich sogar vor Betten.«
Ich nickte. Ich kann mich an überhaupt keine Nachtszene erinnern, weder in den *Alice*-Büchern

noch im *Snark* oder *Sylvie and Bruno*. Das einzige Bett, an das ich mich erinnere, kommt vor in der »Vorladung in ein unangenehmes Bett/Ein melancholisches Mädchen/Wir sind nur ältere Kinder, meine Liebe/Die sich Sorgen machen, daß Schlafenszeit naht«.

Die Jäger im *Snark* »jagten bis zur einbrechenden Dunkelheit«. Mit keinem Wort wird erwähnt, was nach dieser Jagd passierte, und *Sylvie and Bruno* schließt (nicht einen Moment zu früh) mit den Sternen, die in einem strahlendblauen Himmel leuchteten. Wahrlich, ›Das Walroß und der Tischler‹ spielt um Mitternacht, und ein Muschelbett die Hauptrolle, aber die ganze Zeit über war hellichter Tag.

»Wie hast du ihn kennengelernt?«

Alice lächelte süß, ohne das Weiß ihrer Zähne zu entblößen. »Vor einem Theater in London, dem Lyceum, glaube ich. Ich hatte ihn schon früher gesehen, ohne zu wissen, wer er war. Als ich ihm meinen Namen nannte, antwortete er: ›Du bist also auch eine Alice. Ich bin allen Alices sehr zugetan.‹«

»Wann war das?«

»Im Winter. Ich erinnere mich nicht genau an das Jahr. Er war um die dreißig und hatte *Alice im Wunderland* noch nicht geschrieben. Prinz Albert lebte zu dieser Zeit noch, glaube ich – es war vielleicht 1860.« Ich nickte. Dodgson war ein leidenschaftlicher Tagebuchschreiber, aber nach seinem Tod war vieles von dem, was er geschrieben hatte, verschwunden – z. B. die Briefe an Alice Liddell, und alle Fotos und Skizzen von nackten jungen Mädchen.

Ich glaube, es begann in meiner privaten Dunkelkammer: alte, halbvergessene Filmrollen zu entwickeln ist die sicherste Methode, in der Zeit zu reisen; man braucht dazu keine Fahrkarte und einen Sicherheitsgurt schon gar nicht. Dieser Film befand sich seit mindestens einem ganzen Jahr in der Nikon, und als ich mich endlich mit den Kontaktabzügen und einem Glas Glenfiddich hinsetzte, war ich auf alles gefaßt. Vierzig Minuten später – und nach zwei weiteren Gläsern – konnte ich mir immer noch nicht erklären, warum in aller Welt ich fünf Aufnahmen von Folly Bridge gemacht hatte. Es ist der Ort, an dem die berühmte Ruderpartie und die Geschichte vom Wunderland ihren Anfang genommen hatte; auch kam ich nicht so häufig nach London, als daß ich mir hätte leisten können, diese Gelegenheit ungenützt zu lassen. Andererseits ist sie öfter fotografiert worden als Robert Capas ›Tod am Nachmittag‹.

Es war nichts Geheimnisvolles an den Fotos, wenigstens nicht für mich. Die Kontaktabzüge sahen alle ziemlich harmlos aus – eine belebte Straße in Bangkok, ein Strand in der Nähe von Townsville, ein Park in Tokio, das Landhaus von E. A. Poe in Philadelphia, ein Slum in Brasilien oder Rio.

Ein extrem genauer Beobachter (wie beispielsweise Poe) würde in fast jedem Bild ein besonders hübsches kleines Mädchen erkennen – nie im Mittelpunkt stehend, aber immer perfekt in der Schärfe. Es ist nicht immer dasselbe Mädchen, aber immer das gleiche. Es hat immer dunkles Haar, schwarz oder fast schwarz, blasse Haut, große Augen, ist klein, schlank, fast elfenhaft. Das Mädchen in Townsville ist offenbar nicht älter als zehn; das Mädchen aus Bangkok kann zwölf oder zwanzig oder irgendwas dazwischen sein. Es ist nicht dasselbe Mädchen. Aber es ist immer das gleiche Mädchen. Und sein Name ist ...

Ich starrte auf die Fotos von Folly Bridge. Es waren fünf Bilder, jedes aus einer etwas anderen Perspektive, aber alle von St. Aldates aus aufgenommen. Lange Schatten – abends, wahrscheinlich gerade vor Sonnenuntergang. Aber nirgendwo ein Mädchen. Wo, zum Teufel, war es?

Ich schlief schlecht in dieser Nacht, aber ich störte niemanden. Meine Träume waren obszön. Sie brauchen keine Details zu erfahren, außer daß das Mädchen von der Folly Bridge ... da war.

Sie war schlanker als ihr Vorbild, mit der cremefarbenen Blässe einer Londonerin, die es sich nicht leisten konnte, teures Make-up zu kaufen. Ihr Haar war kurz geschnitten, aber äußerst unordentlich, die Augen zu dunkel, ungewöhnlich dunkel; ihr Lächeln wirkte nach, lange nachdem der Traum zu Ende war. Es war nicht das Lachen eines kleinen, sondern das Lachen eines etwas älteren, klügeren und sehr hungrigen Mädchens.

Ich erwachte fröstelnd und glaubte das Bett naßgeschwitzt zu haben oder noch Schlimmeres. Aber es war absolut trocken, kalt, als hätte niemand darin geschlafen.

Barbara ist die beste Sekretärin, die ich je hatte. Sie hat ihr Jurastudium abgebrochen, ist effizient, intelligent, computererfahren, mehrsprachig, leidenschaftlich, diplomatisch, maßvoll ehrgeizig, außergewöhnlich attraktiv und auf eine herzliche Art fröhlich. Vier Jahre frühstücken wir schon zusammen, ohne Mißverständnisse untereinander (wenigstens keine ernsthaften).

Zwei Anwaltspraktikanten, beide begeisterte Kläger, saßen am Tisch neben der Tür und unterhielten sich über die Mordserie, die in allen Zeitungen für Schlagzeilen sorgte. Eine Tasse Kaffee und ein Likör warteten in meiner Nische auf mich, und selbstverständlich Barbara.

»Schlimme Nacht gehabt?« murmelte sie, als ich mich hinsetzte.

Ich nickte. »Was steht heute an?«

»Treffen der Partner um acht, Druitt kommt um zehn und die *Mirror*-Anwälte um elf, politisches

Abendessen.« Sie grinste schelmisch. »Im Savoy, um zwei ...«

»O Gott, ist das alles heute?«

»Ich habe den Nachmittag freigelassen.«

»Gut. Was ist mit morgen vormittag? Muß ich zum Gericht?«

»Nein. Nicht vor Freitag. Sie haben zwei ...«

»Verschieben Sie sie.«

Sie trug, ohne mit der Wimper zu zucken, etwas in ihr Notizbuch ein.

»Wo wollen Sie hin?«

»Nach Oxford.«

Sullivan (also gut, es ist nicht sein richtiger Name) war Abgeordneter der Konservativen, bei seinen Kollegen als der leibhaftige Scharfrichter bekannt. Sollte er Sie je zum Essen einladen, heuern Sie lieber einen Vorkoster an. Ich war noch im Begriff, Platz zu nehmen, als er vor sich hinmurmelte: »*Mirror* hat sich wohl entschieden, wie ich hörte.«

Für einen Mann seines Alters hatte er ein ausgezeichnetes Gehör – wir hatten die Verträge erst vor zwanzig Minuten unterschrieben. Ich grunzte nur. »Das war bestimmt teuer, hoffe ich?« versuchte er es noch einmal.

»Die Reputation meines Klienten ist viel Geld wert.«

»Ihre auch – noch!« Er grinste. Wie die meisten Menschen, die viel in der Welt herumgekommen sind, hatte Sullivan es geschickt verstanden, die Bürde der Reputation zu vermeiden. Sie wissen vermutlich immer noch nicht, von wem ich rede. Der Kellner erschien, ich bestellte ein riesiges Steak und einen guten Burgunder. Sullivan wartete ab, bis der Kellner gegangen war, dann fragte er: »Bleiben Sie länger in London?«

»Ich gehe, wohin die Firma mich schickt«, antwortete ich, »aber ich glaube, ich bleibe einige Jahre hier.

Ich selbst würde es sicherlich vorziehen. Zum Teufel mit New York.«

Er lachte. »Gut. Ich will weder Ihre noch meine Zeit verschwenden. Haben Sie je über eine politische Laufbahn nachgedacht?« Ich zuckte mit den Achseln. »In Ordnung. Angenommen, ich sage Ihnen, daß noch vor dem nächsten Wahlkampf ein Sitz im Parlament frei wird?«

»Ich bin nicht interessiert«, antwortete ich ohne Zögern.

»Denken Sie darüber nach. Hier ist nicht Amerika. Sie brauchen Ihre Kanzlei nicht aufzugeben. Ich weiß, was Sie wert sind, glauben Sie mir. Die Gehälter der Abgeordneten des Unterhauses sind bedauernswert gering, die Reisespesen nicht mehr als ein Taschengeld. Sie brauchen nichts aufzugeben. Habe ich auch nicht getan, das wissen Sie.« Ich nickte; er war immerhin mehrere Jahre unser Klient gewesen. »Verdammt, Sie geben schon jetzt mehr Geld aus als ein Rockstar; mehr, als sich die meisten Leute erträumen können. All die Kinder, die sie sponsern, all die Geschenke an die UNICEF und die Flüchtlinge. Ach, schauen Sie nicht so entsetzlich überrascht drein. Haben Sie wirklich geglaubt, daß niemand davon weiß? Willkommen im 20. Jahrhundert – oder was noch von ihm übrig ist.«

Ich schwieg.

»Ich will Sie nicht verscheißern«, log er. »Ich weiß nicht, warum Sie es tun oder was Sie davon haben – es geht mich ja auch nichts an. Sie tun eben, was Sie für richtig halten. Aber wenn Sie den Straßenkindern oder den hungernden Thais oder sonst irgend jemandem wirklich helfen wollen, sollten Sie über mein Angebot ernsthaft nachdenken.«

»Warum ich?«

»Weil ich weiß, daß Sie gewinnen können. Sie gewinnen immer. Sie sind der beste Verleumdungsanwalt. Sie haben in den letzten Jahren nicht einen Fall verloren. Ich habe selbst erlebt, wie Sie die Geschworenen überzeugten, daß Schwarz Weiß ist und verrückt normal. Sie sind der geborene Politiker.« Er lehnte sich zurück und machte eine kurze Pause. »Ich will ehrlich zu Ihnen sein. Ich weiß, daß sich die Gegenseite noch nicht mit Ihnen in Verbindung gesetzt hat. Ich weiß aber auch, daß sie es noch tun wird. Wir geben Ihnen das Doppelte von dem, was sie anbieten.«

»Seien Sie beruhigt«, versicherte ich ihm. »Ich werde denen das gleiche antworten wie Ihnen. Ich bin nicht interessiert.«

»Warum nicht?«

»Erstens glaube ich nicht, daß es so einfach ist, wie Sie es darstellen. Ich bin allein und habe die meiste Zeit meines Lebens in den Vereinigten Staaten verbracht. Zweitens ist es nicht das, was ich tun möchte. Drittens wollte ich nie eine Persönlichkeit des öffentlichen Lebens werden. Ich ziehe es vor, mein Privatleben privat zu halten.«

Sullivan schnaubte vor Wut. »Wie ich schon sagte, das hier ist nicht Amerika; wir erwarten von unseren Politikern keine moralischen Tugenden. Wir hatten schon zu viele Könige und viel zu viele Prinzen. Niemand verurteilt einen Abgeordneten, weil er nicht verheiratet ist oder hin und wieder seine Sekretärin vögelt. Übrigens, Sie sind hier geboren. Ihr Vater war eine Art Kriegsheld. Sie sind in Boston aufgewachsen und sprechen besser Englisch als die halbe BBC-Belegschaft, und obendrein sind Sie Stipendiat eines britisch-südafrikanischen Staatsmannes. Was Ihr Privatleben angeht – na ja, ich weiß wohl, daß Sie keinen Unterricht geben können, ohne eine Studentin zu vernaschen, aber was macht das schon? Es sind doch alles Mädchen, oder?«

Ich sah ihn an und schwieg. Er lag mit seinen Ansichten über das Privatleben englischer Politiker vermutlich richtig. Niemand interessierte sich für die kuriose Ähnlichkeit zwischen seiner siebenundzwanzig Jahre alten zweiten Frau und seiner fünfzehn Jahre alten Tochter. Seine Frau ist nicht gerade eine Leuchte, aber ich bin sicher, sie hat herausgefunden, wen von beiden er wirklich vögeln möchte. »Ja, es sind alles Mädchen.«

»Und alle über sechzehn.«

Er machte mit seiner dicken Hand eine wegwerfende Bewegung und schwieg, solange der Kellner unseren Lunch servierte. »Nun gut. Lassen Sie es sich durch den Kopf gehen. Ich brauche die Antwort nicht vor nächster Woche.«

Ich parkte nahe der Ecke Thames und St. Aldates, starrte auf die Folly Bridge und fragte mich, ob sie damals ihren Namen mit voller Berechtigung erhalten hatte.

Ich spürte den Drang, den Jaguar zu wenden und nach London zurückzufahren. Statt dessen atmete ich tief ein, löste den Sitzgurt und öffnete die Tür. Ich stieg aus und genoß die schwache Oktobersonne. Wenn ich schon soweit gekommen war, konnte ich zumindest einige Buchhandlungen aufsuchen. Außerdem war es noch die Woche vor dem Herbstsemester, und ich konnte wieder auf dem Campus herumwandern, ohne den Studentenhorden zu begegnen, die mir das Gefühl vermittelten, ein Fossil zu sein.

Als ich zum Parkplatz zurückging, fußkrank vom Kopfsteinpflaster, die Aktentasche gefüllt mit neuen Katalogen von Waterfields und Thornton, war es schon nach sechs und fast dunkel. Da entdeckte ich ein Mädchen vor Alice's Laden. Sie schaute hinein, obwohl das Geschäft schon seit über einer Stunde geschlossen war.

Als sie mich hörte, drehte sie sich um, und wir schauten einander über die Straße hinweg an.

Noch bevor ich ihr Gesicht sah, wußte ich, daß es das kleine Mädchen aus meinem Alptraum war. Sie war zierlich, ungefähr neun oder zehn Jahre alt, trug zerrissene Jeans, leichte Turnschuhe und ein ziemlich verknubbeltes T-Shirt. Ihr schulterlanges dunkles Haar war entweder leicht gelockt oder nur zerzaust. Sie lehnte sich mit dem Rücken ans Schaufenster und steckte die rechte Hand vor – eine bewußte Nachahmung des Bettlermädchens Alice Liddell auf Dodgson's Foto.

Ich stand einen Augenblick lang wie erstarrt, bis ein Touristenbus zwischen uns vorbeifuhr und die Sicht behinderte. Hastig drehte ich mich um, um in südlicher Richtung weiterzugehen. Als ich über die Schulter zurückblickte, war sie fort. Ich eilte davon, ohne mir auch nur die Frage zu stellen, warum.

Als ich den Parkplatz erreichte, ging sie fünf bis sechs Meter hinter mir. Sie war mir den ganzen Weg bis zum Jaguar gefolgt. Ich kramte nach der Fernsteuerung und öffnete die Wagentür, hoffte, daß sie mich einholen und in den Wagen steigen würde. Doch als ich ihr den Rücken zuwandte, mich in den Wagen setzte und den Sicherheitsgurt anlegte, war sie bereits wieder verschwunden. Ich hielt einen Moment lang inne, atmete tief durch und schaltete die Scheinwerfer an. Da stand sie direkt vor dem Wagen, nahe genug, daß die Beleuchtung die Aufschrift ›Oxford‹ auf ihrem dreckigen T-Shirt sichtbar machte, aber nicht ihr Gesicht. Nach kurzem Zögern entriegelte ich die Tür zum Beifahrersitz und wartete. Ich hörte, daß die Tür wieder ins Schloß fiel. Sie beugte sich über mich. Ich fühlte ihren Biß, dann sah ich nichts mehr ...

Als ich die Augen öffnete, lag der Inhalt meiner Brieftasche kreuz und quer über dem Beifahrersitz verstreut, aber nichts schien zu fehlen – außer dem Mädchen. Ich untersuchte mich im Spiegel; die Augen blickten trüb, die Haare waren leicht zerzaust und die Haut vielleicht ein wenig zu blaß, aber ich war nicht verletzt. Ich schaute auf die Uhr. 7.56. Wenn ich mich beeilte, konnte ich um neun wieder in London sein.

Ich hatte mich entschieden, Donnerstagabend zu arbeiten und den Text für die *Harvard Law Review* zu beenden. Barbara hatte ich heimgeschickt, damit sie rechtzeitig in ihren Karatekurs kam – und um zu verhindern, daß sie unangenehme Fragen stellte. Die Worte, die ich brauchte – es waren *genau* die richtigen Worte –, erschienen auf dem Monitor, sobald ich wußte, was ich sagen wollte. Wenn ich schreibe, kommt es in der Regel zu einer Blockade zwischen meinen Gedanken und meiner Hand, und alles, was ich schreiben will, schreit in mir, aber ich verbringe mehr Stunden damit, aus dem Fenster zu sehen statt auf den Bildschirm. In dieser Nacht war ich so sehr in meine Arbeit vertieft, daß Mitternacht schon lange vorüber war, als ich auf die Uhr schaute und erkannte, warum der Kaffee so kalt und die Büroräume so still waren. Alle (auch Hatter, der sich nach orientalischen Arbeitszeiten richtet) waren gegangen. Ich war völlig allein. Ich schaute wieder aus dem Fenster, fröstelte, griff nach Mantel und Regenschirm.

Es war kalt, aus dem Regen war Nieselregen geworden, ähnlich einem feinen Nebel. Die ganze Stadt war düster, schleimig und fremd. Die Straßen waren ausgestorben, die einzigen Geräusche waren das leise Summen des Jaguars und manchmal ein kurzes Zischen, wenn irgendwer oder irgendwas vor dem Scheinwerfer erschien und ich bremsen mußte. Die Eros-Statue ähnelte einem Vampir, und als ich an ihr vorbeifuhr, glaubte ich, am Sockel Schatten vorbeihuschen zu sehen – einen wirren Haufen Junkies oder ein altes

Weibsbild mit Einkaufswagen. Durch London zu fahren, geschützt vom getönten Glas der Windschutzscheibe und der elektronischen Verriegelung, verschaffte mir immer das Gefühl, daß es irgendwie *falsch* war, jedenfalls bei Sauwetter wie diesem. An schönen Tagen fühlte ich mich wie auf einer Spazierfahrt. In schlechten Nächten fühlte ich mich nur wie ein Voyeur.

Sobald ich mein Zuhause erreicht hatte, zog ich alle Vorhänge zu und schaltete die Lampen an. Dann nahm ich eine beliebige CD und stellte die Stereoanlage auf volle Lautstärke. Es reichte zwar nicht aus, um aus diesem Ort ein Heim zu machen (es ist eine Firmenwohnung, sogar die Gemälde sind Spekulationsobjekte), aber er war warm und sicher.

Die meisten Kollegen schmücken ihre Wohnungen mit den unvermeidlichen Karikaturen von Richtern. Ich selbst halte meine Wohnung lieber frei von ihnen, in der Kunst bevorzuge ich Brian Froud und Patrick Woodroffe. Meine private Bibliothek paßt nicht zu den restlichen Lederbänden, doch das kümmert mich nicht. An diesem Abend brach ich auf der Couch förmlich zusammen und griff nach meinem zerlesensten Exemplar der *Feen*. Die kleinen Mädchen zwischen all dem Greuel und den grotesken Gestalten sind so rein, so unschuldig, so himmlisch. Eine hübsche Elfe erwiderte meinen Blick mit dunklen, mandelförmigen Augen – nachtschattengleich.

Das Buch rutschte mir aus der Hand und klappte bei einer Zeichnung von Leanan-Sidhe auf. »Auf der Isle of Man«, hieß es im Text, »ist sie der blutsaugende Vampir, in Irland die Muse der Poeten. Jene, die sich von ihr inspirieren lassen, leben ein großartiges, aber kurzes Leben.«

Es klopfte an der Tür.

Ich werde auf Deine Gesundheit trinken, wenn ich mich nur daran erinnere, und wenn Du nichts dagegen hast – aber vielleicht hast Du etwas dagegen? Denn weißt Du, wenn ich bei Dir frühstückte und Deinen Tee tränke, würdest Du es nicht mögen. Du würdest sagen: »Seht her, Mr. Dodgson hat meinen ganzen Tee weggetrunken und mir nichts übrig gelassen.« Ich befürchte, daß Sybil, wenn sie das nächste Mal nach Dir sucht, Dich auf der traurigen Seewelle findet und ausruft: »Seht her, Mr. Dodgson hat meine Gesundheit getrunken und mir nichts davon übriggelassen.«

Lewis Carroll:
Brief an Gertrude Chataway, 1875

Ich schaute durch den Spion. Sie war es, natürlich, immer noch in dem gleichen dreckigen T-Shirt und den zerschlissenen Jeans. Ich holte tief Luft und öffnete die Tür einen kleinen Spalt breit. Sie lächelte.

»Kann ich reinkommen?« Sie hatte die Stimme eines kleinen Mädchens, einen ziemlich hellen Sopran, aber schön moduliert, fast geschliffen: Marilyn Monroe mit einem Hauch Oxford-Akzent. Es war ein seltsamer Tonfall, mehr fordernd als flehend, die Augen wachsam.

»Kann ich dich etwa aufhalten?« fragte ich halb scherzhaft.

Das Gebäude galt als nahezu uneinnehmbar; selbst wenn sie es geschafft hatte, an dem Pförtner vorbei – der vielleicht beschäftigt war – unbemerkt durch die Eingangshalle zu kommen, waren da noch in jedem Aufzug und jedem Korridor die Kameras.

»Wie bist du hergekommen?«

»Mit Bahn und Bus. Deine Adresse war in der Brieftasche.«

»Warum?«

»Willst du mich nicht hereinbitten?«

»Wer bist du?«

»Ich heiße Alice«, antwortete sie, als ob es eine Antwort wäre.

»*Was* bist du?«

Sie machte eine Pause, lachte mit den Augen, als denke sie sich gerade etwas aus. »Wie sehe ich denn aus?« fragte sie schließlich. »Willst du mich nicht hereinbitten?«

»Was machst du, wenn ich's nicht tue?«

»Weggehen – und nicht mehr wiederkommen«, antwortete sie.

Ich stand da und versuchte mir klarzumachen, daß es dumm war, sich vor einem kleinen Mädchen zu fürchten, das kaum einen Meter groß war, ganz gleich wie dunkel ihre Augen waren. Ich versuchte mir vorzustellen, daß ich die Tür zumachte und mein eigenes Leben wie bisher weiterführte. Aber ich trat zurück und ließ sie rein.

»Was willst du von mir?« fragte ich, nachdem sie sich auf das Chaiselongue gekuschelt hatte, die Arme um die Knie gelegt.

»Was willst *du* von mir?« antwortete sie, immer noch neugierig um sich schauend.

»Ich habe zuerst gefragt.«

»Einen Platz, an dem ich tagsüber bleiben kann, ein paar neue Kleider. Ein Alibi, gelegentlich. Vielleicht könntest du mich auch irgendwohin fahren, irgendwann. Ich weiß nicht, wie lange ich bleiben werde; vielleicht ein paar Wochen, vielleicht einen Monat. Jetzt bist du dran.«

»Ist das alles?«

»Hast du noch was anzubieten?«

Ihr Blick glitt hoch, sie bemerkte das aufgeklappte Buch auf der Liege und den Rest meiner Bibliothek. »Du hast eine Menge Alice-Bücher. Wie viele sind es?«

»Zweiundvierzig.«

»Heilige Scheiße – oh, 'tschuldigung. Warum?«

»Wegen der verschiedenen Illustratoren.«

Sie nickte. »Sicher weißt du eine ganze Menge über Lewis Carroll.«

»Nein, eigentlich nicht. Es gibt eine Menge über ihn, was niemand weiß.«

»Ich könnte dir einiges erzählen. Ich kannte ihn.«

Ich setzte mich ihr gegenüber und versuchte ein Lachen zu unterdrücken. »Wie alt bist du?«

»Ich weiß nicht genau. Acht oder neun.«

»Er starb 1898«, sagte ich freundlich.

Sie sah mich ungeduldig an. »Ich weiß. Er wurde krank, gleich nach Weihnachten, und starb einige Wochen vor seinem Geburtstag. Wenigstens hieß es so, nachdem er nicht zurückgekommen war. Ich war noch in Oxford. Er konnte mich schlecht zu seiner Schwester mitnehmen, meinst du nicht auch? Sieh mich nicht so an. Du weißt, daß ich mir das nicht ausgedacht habe.«

»Dann müßtest du hundert Jahre alt sein.«

Sie schüttelte empört den Kopf; sie hätte bestimmt mit den Füßen gestampft, wenn sie gestanden hätte. »Ich bin acht Jahre alt und werde *immer* acht Jahre alt sein. Es ist das, was er wollte. Deshalb liebte er mich. – Ich kannte ihn«, wiederholte sie, »und ich wußte Dinge über ihn, die er nicht mal seinem Tagebuch anvertraute; Dinge, an die sich sonst niemand erinnert. Ich erzähle dir, was ich weiß, und ich habe dir gesagt, was ich dafür haben will. Einverstanden?«

»Wieso glaubst du, daß ich das auch will?«

Sie lachte. Es war nicht das Lachen eines Kindes, sondern eher so, wie man ein Kind anlacht. »Ich habe dich letzten Sommer gesehen, als du nach Oxford kamst – war im Juni, stimmt's?«

»Juli.«

»Ich hab dich in Alice's Laden gesehen, und in der

Christ Church, als du dir seine Wohnung angeguckt hast ... und daß du mich fotografiert hast. Du hast so getan, als würdest du die Folly Bridge fotografieren. Hast du schon einen Abzug gemacht?«

»Ja.«

»Ich war nicht drauf, stimmt's?«

»Stimmt.«

Sie nickte. »*Er* fand es heraus, als er mit mir nach Oxford fuhr, um Fotos von mir zu machen. Ich wußte es nicht; damals war das Fotografieren etwas Neues, Fremdes, fast Magisches, und sehr teuer. Und da fand er heraus, was ich war. Ich habe mich nie in einem Spiegel gesehen und wußte nicht, daß ich es nie können würde. Spiegel waren etwas für Reiche. Und hätte ich mich je in klarem Wasser sehen können? Im London des letzten Jahrhunderts? Ach! Ich kann mich nicht mal daran erinnern, mich je nackt gesehen zu haben ...«

»Du bist ein Vampir«, sagte ich leise.

Sie lachte ein wenig traurig. »Dies ist sicher der Wald, in dem die Dinge keinen Namen haben«, zitierte sie. »Was wohl aus meinem Namen wird, wenn ich hineingehe? Ich würde ihn nicht gern ganz verlieren, weil man mir dann einen anderen geben müßte, und es ist fast sicher, daß es ein häßlicher sein wird.« Sie blickte in den Spiegel, der über der Bar hing, und meinte: »Du kannst mich Vampir nennen, wenn du willst. Bei Vampiren denke ich immer an etwas Männliches. Wir nennen uns lieber *Sidhe, Mara* oder *Succubi,* oder einfach *Lamia.* Aber keine Angst; ich verspreche dir, daß ich nicht beiße.«

»Du hast mich in Oxford gebissen.«

Sie zog eine Schnute. »Aber nicht sehr. Ich nahm nur soviel, wie ich brauchte. Es wird dir nicht schaden. Für gewöhnlich nähren wir uns von den Lebenden, wenn sie schlafen; am nächsten Tag fühlen sie sich dann krank oder depressiv, aber wir hinterlassen keine Narben und versuchen ihnen die Zeit zu lassen, die sie brauchen, um sich zu erholen. Heutzutage leben wir meist von Selbstmördern, Unfalltoten und Junkies, die sowieso sterben würden; wir lassen sie liegen, bevor der Rettungswagen kommt, und keiner nimmt Notiz von dem bißchen Blut, das fehlt. Vielleicht ist das der Grund, warum es heißt, daß Selbstmörder zu Vampiren werden. Sie werden es selbstverständlich nicht. Sonst wäre die Welt voll davon. Von solchen wie wir.

Und dann gibt es die Symbionten, jene, die wissen, wer wir sind – meist sind es Künstler oder Schriftsteller. Sie geben uns Blut, und wir geben ihnen Träume.«

Ich schlief sehr schlecht in dieser Nacht. Wenn man weiß, daß sich ein Vampir im Gästezimmer aufhält, kann man sich nur schwer entspannen, und ich fürchtete mich vor den Träumen, die da kommen konnten.

Warum habe ich sie nicht einfach rausgeschmissen? Vielleicht, weil ich mir nicht sicher war, ob ich es konnte, und nicht wußte, was sie mir antun würde, wenn ich es versuchte. Und sie hatte Charles Dodgson über vierzig Jahre lang gekannt. Vielleicht wußte sie ...

Ich hatte keine Erfahrung darin, kleinen Mädchen Kleider zu kaufen, aber ich wollte auch niemandem von Alice erzählen (nicht einmal Barbara). Alice konnte ich nicht zum Einkaufen mitnehmen, solange sie nichts Besseres als ihre Oxford-Klamotten besaß. Auf dem Heimweg hielt ich bei Marks & Sparks und kaufte eine Garnitur Kleidungsstücke, die ungefähr ihre Größe hatte. Sie sah schlimm aus, als sie sie zum ersten Mal anprobierte, so schlimm wie ein Pin-up-Girl in einer Trainingshose, aber sie war Schauspielerin genug, um es zu überspielen.

Die ganze Nacht über erzählte sie mir von ihrer ersten Begegnung mit Dodgson. »Er fragte mich, ob er meiner Mutter schreiben dürfe, um ihre Erlaubnis zu bekommen. Anna, meine Lehrerin – auch eine Sidhe –, arbeitete am Theater, also sagte ich ihm, daß sie meine Mutter sei.

Seine Wohnung war voller Bücher – und Spielzeug natürlich, aber an die Bücher erinnere ich mich besser. Anna hat mir das Lesen beigebracht, aber sie war keine gute Lehrerin. Als er sah, wie fasziniert ich war, gab er mir einige Bücher, die ich behalten durfte. Ich glaube nicht, daß er mich damit bestechen wollte, obwohl er überzeugt war, daß die Londoner schrecklich materiell eingestellt waren – er war ein furchtbarer Snob.

Er fotografierte mich bei sich zu Hause – es war noch bevor man ihm gestattete, sich ein Studio auf dem Dach einzurichten –, und ich durfte ihm in einer Kammer bei der Entwicklung der Filmplatten zusehen ... Ich wußte nicht, was wir zu sehen bekommen würden, ich glaube, er war viel zu überrascht, um sich zu fürchten. Jedesmal, wenn ich ihn nach diesem Vorfall besuchte, hatte er noch mehr Bücher über Geister und ähnliches besorgt – *Die Wunder der unsichtbaren Welt*, *Die Geschichte der Erscheinungen*, *Die Vampire* ... Das meiste davon war Schund. Man ließ sich in dieser Zeit leicht übertölpeln. Auch Arthur Conan Doyle glaubte an Elfen ... Ein paar Mal begegnete ich den Liddell-Mädchen. Auch sie waren Snobs, insbesondere Alice, aber im Vergleich zu ihrer Mutter Engel. Alice soll eine richtige Göre gewesen sein. Sie war sehr schön, und sie wußte es, und alle liebten sie: Männer, Frauen, sogar ein Prinz ...«

»Und du?«

»Ich mochte sie. Das hatte ich nicht erwartet, aber es war so.«

»Und Dodgson?«

Sie zuckte mit den Achseln. »Dodgson liebte alle, so wie er alle schönen Mädchen liebte, die sich ihm anvertrauten – jedenfalls bis sie heranwuchsen. Ina war zwölf oder dreizehn, als ich sie traf, und schon sehr entwickelt; ich glaube, sie hat ihn damit schlimmer verletzt als ich.«

Samstag war ein typischer Londoner Frühlingstag, rauh, feucht und grau. Alice hatte mich ermahnt, daß wir sofort nach Hause zurückfahren müßten, wenn die Sonne herauskäme: es würde sie zwar nicht auf der Stelle töten, aber einige Stunden in der Sonne würden ihr Schmerzen bereiten und ihre Haut aufreißen. Wir fuhren gerade über die Glower Street, als sie aus dem Fenster sah und eine Stadtstreicherin entdeckte. Sie richtete sich auf. »Kennst du sie?« fragte ich.
»Ja. Sie ist ... eine von uns, aber sie weiß es nicht. Sie weiß nicht mal, daß sie gestorben ist, kann sich aber auch nicht erinnern, gelebt zu haben. Sie weiß nicht mal, warum Sonnenschein sie schmerzt. Sie versucht sich vor ihm zu schützen, so gut es geht. Vermutlich lebt sie von Katzen, Ratten und allerlei Unrat.«
Wir bogen in die Oxford Street ein, und ich bat sie, nach einem Parkplatz Ausschau zu halten. »Gestern abend hast du gesagt, daß ihr Blut trinkt. Muß es menschliches Blut sein?«
Sie schüttelte den Kopf. »Es muß menschlich sein, aber es muß nicht unbedingt Blut sein. Sperma geht auch, aber wir brauchen davon viel mehr, als ein Mann produzieren kann. Vor hundert Jahren konnte eine Sidhe in einer einzigen Nacht mit so vielen Männern vögeln oder an ihnen saugen, daß es ausreichte, am Leben zu bleiben; heute ist es anders. Es dauert viel zu lange, und es ist die Anstrengung nicht wert, außer wenn alle Männer zu dir kommen. Es gibt noch Vampire in den Außenbezirken und Badehäusern – traue nie einem Jungen, der nicht verlangt, daß du ein Kondom benutzt – manche Dinge sind viel schlimmer

als AIDS –, aber selbst die brauchen hin und wieder Blut. Ich weiß nicht, warum. Wir sind keine Wissenschaftler. Es muß auf jeden Fall menschliches Blut sein, sonst verliert man allmählich den Verstand oder die Seele. Man verliert *sich* selbst: man wird blöde, denkt allmählich wie ein Tier, jagt Tiere, und dann stirbt man. Anna hat mir erzählt, daß sich Vampire allmählich in Wölfe und Ratten verwandeln und daß wir Tollwut von ihnen kriegen können und sie von uns. *Da ist* einer.«

Ich erschrak. Dann begriff ich, daß sie keinen Vampir meinte, sondern einen Parkplatz.

»Danke.«

Das Wochenende verging viel zu schnell, und am Montag kehrte ich widerstrebend zu Chambers und den erfolglosen Neunzigern zurück. Hatter und ich analysierten einen Mietvertrag und versuchten gerade, eine Schwachstelle für unser Anliegen auszunutzen, als das Telefon klingelte. Es war Sullivan, der das Essen absagen wollte. Ich war einverstanden und legte auf, genoß etwa eine Minute lang das Gefühl der Erleichterung, als mir einfiel, daß ich mich gar nicht mit ihm verabredet hatte. Sicher hatte seine Sekretärin die Verabredung meiner Sekretärin mitgeteilt. Ich bat Hatter, mich zu entschuldigen, und verließ das Zimmer. Barbara saß an ihrem Schreibtisch und starrte eifrig auf eine Ecke des Bildschirms, der anscheinend Labyrinthe kreierte, um sie immer wieder zu zerstören. »Ich habe vorhin mit Sullivan gesprochen«, sagte ich leise.

»Ich weiß.«

»Wir waren doch nicht zum Essen verabredet, oder?«

»Nicht, daß ich wüßte.«

»Was ist passiert? Ist er krank?« Er hatte ein bißchen komisch geklungen – fast gefühlvoll.

»Das glaube ich nicht«, sagte sie vorsichtig. »Ich

glaube, es geht um seine Frau – und es wäre gut, wenn Sie ihn zurückriefen.«

Ich nickte und zog mich in mein Zimmer zurück. Hatter hob den Blick von den Fotokopien, die er auf meinem Schreibtisch ausgebreitet hatte. Er ist ein bemerkenswert häßlicher Mann und erinnert genauso unübertroffen an ein New College-Scheusal – große Hände und Füße, große Augen, riesige Nase, störrisches rötlich-gelbes Haar, das jeder pflegenden Hand widerstand – wie an einen hoffnungslosen Anwalt, verfügt aber über ein ausgezeichnetes Gedächtnis für Präzedenzfälle und eine unerschütterliche Hingabe an winzigste Details. Kaum hatte er den Ausdruck in meinem Gesicht gesehen, raffte er die Papiere zusammen und verschwand. Ich ließ mich in den Sessel fallen und griff nach dem Telefon.

Sullivan erzählte mir mit bemerkenswerter Zurückhaltung – jedenfalls für einen Politiker –, was vorgefallen war. Seine Frau Sylvia war Samstagabend ausgegangen und nicht zurückgekehrt. Er hatte sie nicht als vermißt gemeldet (weil die Polizei in den ersten 48 Stunden sowieso nichts weiter unternahm, als aufmerksam zuzuhören), und er wollte die Angelegenheit so unauffällig wie möglich behandeln. Er betonte das Wort ›Angelegenheit‹ derart sonderbar, daß ich erst tief Luft holen mußte, bevor ich fragte: »Was kann ich tun?«

»Wenn es bekannt wird, muß ich eine Pressekonferenz einberufen. Ich brauche Sie hier, um sicherzugehen, daß sich jeder angemessen verhält. Werden Sie mir helfen?«

Falls eine Drohung in seiner Stimme mitschwang, war sie ungewöhnlich leise. Er selbst klang eher müde. Wenn ich nein sagte, würde es mich höchstens meine Stelle kosten, vielleicht nicht einmal das. »Ich werde kommen, wenn nötig«, antwortete ich. »Ich bin sicher, daß sie zurück sein wird, bevor es dazu kommt.«

Er grunzte. »Also gut. Nur zur Gedächtnisstütze: Wenn Sie ein anderes Angebot erhalten, werde ich es überbieten. Das ist ein Versprechen. Wir bleiben in Verbindung.«

Alice schlief noch, als ich nach Hause kam – oder sie war tot, aber sie sah eher aus, als schliefe sie. Sie lag auf dem Bett im Gästezimmer, zusammengerollt wie ein Fötus, immer noch in Jeans und Anorak wie am Vorabend. Ihre Augen waren geschlossen, das Gesicht hatte sich zu einem hübschen, mädchenhaften Schmollen entspannt. Ich stand in der offenen Tür und beobachtete sie eine Weile, schlich dann zur Küche. Ich koche gern, wenn ich Zeit dazu habe, und ich habe schon des öfteren vermutet, daß ich den besten Chili in ganz England mache. Alice erschien, rümpfte die Nase, als ich den Knoblauch hackte. »Verzeihung. Ist das, äh ...«

Sie zuckte mit den Achseln. »Keine Angst. Es schadet mir nicht, es stört nur meinen Geruchssinn. Wie war dein Tag?«

»Ziemlich beschissen. Ich habe die meiste Zeit einer Bank geholfen, ein altes Gebäude abzureißen, um es durch einen häßlichen Büroturm zu ersetzen, der auf eine unheimliche Art an einen riesigen Kühlschrank erinnert. Den Rest der Zeit habe ich einem Politiker geholfen, seiner Mitwelt den besorgten Ehemann vorzutäuschen. Und bei dir?«

»Nichts Aufregendes. Kannst du mich nachher zum Piccadilly fahren?«

Ich nickte. Sie saß im Wohnzimmer, beobachtete mich beim Kochen und schwatzte über irgendwelche kindlichen Freundinnen und Modelle von Dodgson, die sie kennengelernt hatte: Gertrude Chataway, Beatrice Hatch, Connie Gilchrist, Isa Bowman, Ina Watson, Xie Kitchin und andere, deren Namen sie vergessen hatte. Er hatte sie alle in dem Maße nackt fotografiert, wie sie es ihm erlaubt hatten, häufig in Gegenwart ihrer Mütter. Das nackte Kind war ein beliebtes Thema bei viktorianischen Künstlern, und viele dieser Mädchen standen später auch Henry Holiday (damals besser bekannt für sein buntes Fensterglas) oder Harry Furniss Modell. »Die meisten von ihnen habe ich nur ein- oder zweimal gesehen«, sagte sie. »Normalerweise verlor er das Interesse an ihnen, wenn sie elf oder zwölf wurden. Ich erinnere mich, daß er zu Connie besonders ekelhaft war, als wäre es ihr Fehler, älter geworden zu sein. Aber Gertrude nannte er noch ›liebes Kind‹, als sie schon an die dreißig war, und sie ließ es zu. Ich glaube, sie genoß es. Wir trafen zufällig aufeinander, als sie ihn so um 1890 rum besuchte. Sie erkannte mich, und wir taten so, als wäre ich die Tochter des Mädchens, das sie mit acht Jahren kennengelernt hatte.« Sie lachte. »Natürlich kannte ich sie alle nicht sehr gut; sie waren Mädchen des Sonnenlichts.«

»Er hatte Glück«, sagte ich, während ich den Chili rührte. »Heutzutage werden Eltern verhaftet, wenn sie ihre Kinder nackt fotografieren, sogar in der Badewanne. Soviel zum Fortschritt.«

Sie sah mich kühl an. »Hast du je einen viktorianischen Porno gelesen? Die meisten handeln von alten Männern, die junge Mädchen zwischen elf und zwölf ficken, und das nicht nur in der Vorstellung. Es war alltägliche Praxis. Da ist einiges an Fortschritt passiert: Frauen und Kinder kommen heute besser weg – die Männer eben nicht.«

»Entschuldige. Es war dumm von mir, so etwas zu sagen.«

»Ja. Das war's wirklich. Also gut, es ist ein dämliches Gesetz, aber wo willst du die Grenze ziehen?« Sie zuckte mit den Achseln. »Du willst bestimmt wissen, ob er sie gefickt hat. Alle wollen es wissen – und wenn sie nicht danach fragen, denken sie daran. Willst du, daß ich es dir sage?«

Ich schwieg. Sie saß ruhig da, fast eine Minute lang, sagte dann sanft: »Er wollte es nicht – nein, ist gelogen. Manchmal wollte er. Er träumte davon, phantasierte darüber, obwohl er alles Erdenkliche tat, um sich von diesen Phantasien abzulenken. Er schrieb Briefe, erfand mathematische Probleme... Aber ich glaube nicht, daß er je eine von ihnen berührt hat, schon gar nicht, wenn sie nackt waren, und ich finde, das ist das einzige, was zählt. – Mich hat er nie angerührt, und ich kannte ihn nahezu vierzig Jahre. Ich war zart gebaut und zerbrechlich und wie wir alle ziemlich ungeeignet, gevögelt zu werden. Trotzdem wußte er, daß ich ums Verrecken nicht unschuldig war. Auch ich durfte ihn nicht berühren. Er schlug mich, als ich ihm anbot, ihm einen zu blasen. Er schlug mich quer durchs ganze Zimmer – er war viel stärker, als er aussah – und entschuldigte sich später. Schon der bloße Gedanke erschreckte ihn maßlos.«

Weil er wohl selbst schon daran gedacht hatte, fand ich. Ein Mann, der mit einer *neuen* Vorstellung konfrontiert wird, wie schrecklich sie auch ist, muß einen Augenblick darüber nachdenken, bevor er reagieren kann. Doch ich verlor kein Wort darüber.

»Er wollte der ›Weiße Ritter‹ sein, liebenswürdig, höflich, verträumt und unbeholfen, und schlecht in seinem Beruf... Er legte nie die Waffe aus der Hand. Ich bin sicher, daß er im Grunde mit Sex nichts zu tun haben wollte. Er wollte wieder ein Junge sein – nein, ein Kind. Ein Junge zu sein bedeutet, daß Sex existiert.«

»Ich liebe Kinder«, zitierte ich, »außer Jungen.«

Sie nickte. »Er wuchs mit seinen Schwestern und jüngeren Brüdern auf, bis sie ihn zur Schule schickten, die er nicht ausstehen konnte. Er wollte wieder nach

Hause. Ich glaube, er verbrachte den Rest seines Lebens mit dem Wunsch, nach Hause zurückzukehren.

Er ist nie richtig erwachsen geworden. Er stotterte, wenn er mit Erwachsenen redete, war nicht an Geld interessiert und ließ die Finger von Sex. Es gefiel ihm, zu studieren und mathematische Probleme zu lösen, kleine Satiren und Nonsens zu schreiben und sich mit Spielzeug, Büchern und Kindern zu umgeben – all das, was er auch als Kind getan hatte. Er hat seine kindischen Seiten nie abgelegt, und wir liebten ihn dafür. Ohne ihn hätte ich wohl keine Kindheit gehabt.«

Ich sah auf die Bratpfanne und bemerkte, daß ich das Essen anbrennen ließ. Ich rettete es so gut wie möglich und fragte: »Warum hast du keinen Vampir aus ihm gemacht?«

»Ich wußte nicht wie. Anna hat es mir nie beigebracht. Und er hätte es nicht gewollt. Es war zu spät; ich konnte ihn nicht wieder zum Kind machen, konnte ihm seine Unschuld nicht zurückgeben. Und er hätte es nicht gewollt, für immer dreißig oder vierzig zu sein.«

Ich nickte. Ihre Stimme klang irgendwie seltsam, als sie das Wort ›Unschuld‹ aussprach, aber es blieb nicht genug Zeit, um sie vor den Nachrichten ins Kreuzverhör zu nehmen, außerdem mußte ich in Erfahrung bringen, ob Sylvia Sullivans Verschwinden schon bemerkt worden war. Da wurde über den Anstieg der Arbeitslosen und Obdachlosen berichtet, über ein kleineres Schiffsunglück im Kanal, Massaker in Peru, Kowloon, Johannesburg und Atlanta. Ich glaube, man war wohl viel zu beschäftigt, um sich über die Frau eines Hinterbänklers im Parlament Gedanken zu machen, wie fotogen sie auch sein mochte.

»Was gibt's am Piccadilly?«

»Es würde dir nicht gefallen.«

»Ich habe auch keine Einladung erwartet. Wirst du Sidhes treffen?« Es waren noch zwei Tage bis Halloween, den die Engländer zwar nicht so feiern wie wir, aber für Vampire konnte es ein 4. Juli sein.

»Ja.«

»Gehst du aus auf einen Biß?«

Sie sah mich kühl an. »Willst du es wirklich wissen?«

Eins der ersten Dinge, die man als angehender Anwalt lernt, ist, nie eine Frage zu stellen, wenn man nicht selbst die Antwort darauf weiß. »Nein, ich glaube nicht.«

In der Nacht träumte ich von meiner Kindheit – zum ersten Mal seit vielen Jahren. Es war mein zehnter Geburtstag, und alle waren gekommen. Erst als ich aufwachte, noch immer mit angenehmen Gefühlen, fiel mir auf, daß etwas nicht stimmte. Ich hatte meinen 10. Geburtstag gefeiert, stimmt, und ich hatte meine erste Kamera bekommen, meine Eltern waren noch zusammen, die Großeltern lebten noch, was also ...

Alice war im Badezimmer und putzte sich die Zähne. Ich hatte aufgehört, mich zu fragen, wie sie in die Wohnung kam – sie hatte mehr als ein Jahrhundert Erfahrung mit Einbrüchen hinter sich. »Sind das die Träume, von denen du gesprochen hast, die du deinen Opfern schenkst?«

»Du bist nicht mein Opfer.«

»Bestimmt nicht?«

Sie spuckte Zahnpasta aus. Ihre Augen glitzerten, auf ihrem Kinn war weißer Schaum. Sie sah fürchterlich wütend aus. »Du bist Anwalt – ich ein Vampir. Es gibt so etwas wie professionellen Anstand.«

»Ich bin verschwiegen.«

Sie zuckte mit den Achseln, steckte die Zahnbürste wieder in den Mund und schaute in den Spiegel. Ich sah mein Spiegelbild, aber nicht ihres. Schließlich sagte sie: »Ich habe dir diesen Traum nicht gegeben. Den hast du selbst geträumt. Ich habe dir nur geholfen, dich an ihn zu erinnern. Was ist daran falsch?«

»Nichts.«

»Scheiße. Ein Alptraum?«

»Nein.«

Sie lachte in den Spiegel. »Also gut. Ich habe es vermasselt. Entschuldigung. Du hast so glücklich ausgesehen, wie schon seit Jahren nicht mehr, und ich dachte ...«

»Seit Jahren?«

»Ich weiß noch, wie du als Student warst. Du warst auf der Universität, richtig? Hattest eine Wohnung in der Logic Lane?«

Ich nickte. »Irgend jemand in der Verwaltung mußte einen skurrilen Sinn für Humor gehabt haben ... Willst du damit sagen, du hast *mich zwanzig Jahre lang beobachtet?*«

»Nein, nur in der Zeit, als du in Oxford warst. Ich mochte dich. Zum Teufel, manchmal verlieben wir uns in jemanden. Ich habe mich an dein Gesicht erinnert, an die Art, wie du mich ansahst, und als ich dich wiedersah ...«

»Hast du mich gebissen, als ich noch Student war?«

Sie schaute weg. »Nicht sehr fest.«

»Siebeneinhalb Jahre!« wiederholte Goggelmoggel nachdenklich. »Ein ungeschicktes Alter. Also, wenn du mich gefragt hättest, so hätte ich dir geraten: ›Hör auf mit sieben.‹ Jetzt ist es natürlich zu spät.«

»Beim Wachsen lasse ich mir von niemandem raten«, sagte Alice ungehalten. »Aus Stolz?« erkundigte sich ihr Gegenüber.

Diese Verdächtigung brachte Alice noch mehr in Harnisch. »Ich meine, es bleibt einem doch gar nichts anderes übrig, als zu wachsen«, antwortete sie.

»Einem vielleicht nicht«, sagte Goggelmoggel, »aber zweien schon. Mit dem rechten Beistand hättest du mit sieben ohne weiteres aufhören können.«

LEWIS CARROLL:
Alice hinter den Spiegeln

Es stand nichts über Sylvia Sullivan in den Morgennachrichten, und als die Besprechung mit meinen Teilhabern beendet war, bat ich Barbara, mich zu Sullivan durchzustellen; es wäre eine ziemliche Frechheit gewesen, mir nicht zu sagen, daß sie zurückgekehrt war. Sie war es nicht.

Einen Augenblick später kam Barbara herein, ohne sich angekündigt zu haben. Ich legte das Schriftstück zur Seite, das Midas mir gegeben hatte. »Was ist los?«

»Haben Sie nach Sylvia Sullivan gesucht?«

Ich zuckte mit den Achseln. Soweit ich wußte, hatte dies niemand getan. »Wissen Sie, wo sie ist?«

»Nein ...«

»Aber?«

Sie ließ sich steif auf der Stuhlkante nieder. »Ich habe sie in einigen Bars gesehen ...«

Ich blinzelte. »In Schwulen-Bars?«

»Ja. Nicht oft. Vielleicht ein-, zweimal im Monat. Ich glaube, sie hat auch ein paar Liebhaber. Nichts Festes. Kennen Sie sie?«

Offensichtlich nicht. »Nein.«

»Ich kenne sie auch nicht gut ... Wir haben ein paarmal was zusammen getrunken, geredet, aber nicht übers Vögeln oder so was ... Ich weiß nicht mal, wer sie gevögelt hat. Ich glaube, sie war anständig.«

Ich mußte darüber nachdenken. Es half nichts. »Das verstehe ich nicht.«

»Sie war allein. Sie war nicht darauf aus, flachgelegt zu werden, aber sie hätte auch nicht nein gesagt, wenn man es ihr angeboten hätte. Sie wollte begehrt sein. Als das nicht klappte, betrank sie sich und fuhr mit dem Taxi nach Hause. Kennen Sie Elton Johns Lied *All the Young Girls Love Alice* auf der Platte GOODBYE YELLOW BRICK ROAD?«

Ich schüttelte den Kopf.

»Schade. Sylvia ... eine gutaussehende Frau, heiratet einen alten Mistkerl, der sie nie fickt, ohne sich dabei vorzustellen, daß er eine andere fickt. Können Sie sich vorstellen, wie das ist?«

Ich versuchte es. »Was glauben Sie, wo sie ist?«

»Ich weiß nicht. Ich habe sie seit Wochen nicht gesehen. Es gibt eine Menge Möglichkeiten, wo sie nachts sein könnte.«

»Können Sie mir eine Liste machen?«

Sie dachte einen Augenblick darüber nach, starrte aus dem Fenster. »Vielleicht. Versprechen Sie mir, daß Sie sie nicht an Sullivan weitergeben werden?«

»Warum?«

»Möglich, daß Sie sie finden. Aber vielleicht ist sie weggelaufen, hat sich vor dem alten Bock versteckt und will nicht gefunden werden ... Wenn Sie nach ihr suchen und sie finden, ist es in Ordnung – aber ich werde sie ihm nicht auf einem Tablett servieren. Ich kenne sie nicht besonders gut, und sie bedeutet mir nichts, aber das schulde ich ihr.«

»Wenn sie von ihm loskommen will, wieso läßt sie sich nicht von ihm scheiden?«

Sie schnaufte. »Sich scheiden lassen? Von Sullivan? Welcher Anwalt würde sie vertreten? Höchstens ein Anfänger, wenn sie Glück hat. Und Sullivan hätte dann Hatter für die Nachforschungen und Sie, Ashcroft oder Midas, wenn die Sache vor Gericht kommt ... Oder der alte Blutsauger empfiehlt sie einem Klapsdoktor, der sie dann einweisen läßt ...«

Ich schauderte und starrte aus dem Fenster. London starrte zurück, geborgen in seiner ungeheuren Größe, wie ein Dinosaurier, der nicht bemerkt, daß er getötet wird.

»Würden Sie gehen?«

»Wie bitte?«

»Würden Sie durch die Clubs oder Bars ziehen? Nehmen Sie meinen Ausweis, den Jaguar, den Fotoapparat und erkundigen Sie sich, ob sie gesehen wurde. Wenn nicht, brauchen Sie mir nicht mal zu sagen, wo Sie gewesen sind.« Ich wandte mich vom Fenster ab und brachte es beinahe fertig, Barbara direkt in die Augen zu sehen. »Ich bezahle selbstverständlich alle Überstunden.«

Sie zögerte, dann nickte sie. »Wann soll ich anfangen?«

»Haben sie so früh auf?«

»Einige schon ...«

Ich warf ihr die Autoschlüssel zu, und sie ging hinaus.

Ich schaute wieder zum Fenster, zu den dicken grauen Wolken und dem schwachen grauen Sonnenlicht. All die jungen Mädchen lieben ...

Barbara kam um fünf zurück und übergab mir einen Stapel Taxiquittungen. Ich brauchte sie nicht zu fragen, ob sie Spaß gehabt hatte. Es ist nicht schwer, sich in London zu verlaufen – auch wenn man es nicht darauf anlegt –, aber ich hatte keinen Grund zu glauben, daß Sylvia noch in der Stadt war. Ich hatte versucht, Sullivan zu überreden, sie als vermißt zu melden. Er wollte darüber nachdenken. (O Gott, auch ich kann es nicht ausstehen, angelogen zu werden, nicht mal von einem Profi.) Schließlich fand er ihren Paß. Ihre Kreditkarten wurden aber noch vermißt. Sie waren seit ihrem Besuch bei Harrods am Samstagmorgen nicht mehr benutzt worden, eine Tatsache, die ihn riesig freute.

Am nächsten Morgen traf ich Barbara beim Frühstück. Eine Frau, die Sylvia Sullivan hätte sein können, war Samstagabend in einer Bar in der Greek Street gesehen worden. Sie hatte sich unterhalten, getanzt und Drinks von mindestens drei Männern und einer Frau angenommen, aber der Barkeeper wußte nicht mehr, ob sie das Lokal allein oder in Begleitung verlassen hatte. »Was glauben Sie?«

»Ich weiß nicht, was ich glauben soll ... Aber es sieht nicht so aus, als ob sie sich mit einem von ihnen vorher verabredet hätte.«

Ich nippte an meinem Kaffee, zwang mich, wach zu werden. »Das finde ich auch.«

»Was nun? Die Taxifahrer?«

Ich schüttelte den Kopf. »Der Alte kann es nur so lange verheimlichen, bis irgend jemand zwangsläufig bemerkt, daß sie weg ist, dann wird sich die Polizei um sie kümmern, oder sie kommt zurück.« Ich wirkte wahrscheinlich nicht sehr überzeugend.

Ich war wieder zehn Jahre alt, schaute durch den Sucher einer Kamera und wartete, daß sich das Blitzgerät auflud. Irene saß an meinem Bettrand und las. Irgend jemand berührte meinen Nacken und die Schulter ...

Ich lag da in der Dunkelheit, mit weit aufgerissenen Augen, und fühlte mich gefangen in einem Bett, das zu klein für mich war.

Meine Füße waren unvorstellbar weit entfernt, die Zimmerdecke viel zu nah, und das Mädchen mit den roten Lippen neben meinem Bett war ...

»Du hast wieder geträumt«, sagte Alice. »Ich habe es für besser gehalten, dich zu wecken.«

Ich setzte mich langsam auf und erinnerte mich vage daran, daß ich neununddreißig Jahre alt und 1,86 m groß war.

»Danke ... Das finde ich auch. Wie spät ist es?«

»Fast vier.«

Ich sah sie verschlafen an, versuchte, sie deutlicher zu sehen. Meine nächtlichen Visionen sind nicht von der Art, wie sie für gewöhnlich sind (aber das waren sie noch nie).

»Wo warst du ... Nein, vergiß die Frage. War es ein Alptraum?«

»Du erinnerst dich nicht?«

»Ich ...« Ich blinzelte, und plötzlich überkam mich ein kalter Schauer. »Ich ... nein.«

Sie starrte mich an, schüttelte den Kopf und wollte hinausgehen. »Nein ... bitte.« Ich rieb mir die Augen. »Ich kann sowieso nicht wieder einschlafen. Erzähl mir mehr über Dodgson.«

Sie blieb stehen, sah über ihre Schultern, sagte »Nein« und ging weiter.

»Warum nicht?«

»Du hast mich angelogen.«

Ich saß da wie erstarrt und sah ihr nach. Dann murmelte ich: »Tut mir leid.«

Einen Augenblick später erschien sie wieder in der Tür. »Erzähl mir eine Geschichte«, schlug sie vor.

»Wie bitte?«

»Du bist besessen von deinen Phantasien über ein Kind, das seit nahezu hundert Jahren tot ist – du bist noch besessener als damals mit siebzehn. *Warum?*«

»Als ich klein war, mochte ich seine Bücher sehr. Meine Mutter las sie mir vor. Sie mochte sie auch damals noch, vielleicht weil sie so englisch waren. Später, in Oxford, schien sich jeder mehr für Charles Dodgson, den Pädophilen, als für Lewis Carroll, den Phantasten, zu interessieren ... Und es kotzte mich an, daß sie aus jemandem, der mit seinen Büchern so viele Kinder glücklich gemacht hatte, ein Monster machten. Ich meine, es gab keine Beweise. Kein Kind, nicht mal ihre Eltern, hatten ihn beschuldigt, *du* weißt, daß es nicht wahr ist ... Ich glaube, es war in gewisser Weise mein erster Verleumdungsfall. Ich tat mein Bestes, um seine Unschuld zu beweisen.«

Alice starrte mich düster an und nickte. Es entsprach zwar der Wahrheit, trotzdem mußte sie geahnt haben, daß es nicht die ganze Wahrheit war ...

»Also gut.« Sie kam zurück ins Zimmer und setzte sich ans Fußende des Bettes.

»Es gibt eine Geschichte über Dodgson, von der ich annehme, daß sie niemand kennt«, sagte sie ruhig. »Vielleicht hat man einiges davon vermutet. – Scheiße, ich habe das meiste davon vermutet, aber ich habe auch mehr als dreißig Jahre lang Hinweise bekommen.

Dodgson dachte immer voller Wehmut an seine Kindheit, so daß sich wohl niemand auch nur die Frage gestellt hätte, ob er als Junge mißhandelt worden war. Niemand weiß, oder es ist vergessen worden, wie sehr er seine Schulzeit in Rugby haßte. Manche wissen vielleicht, daß er seine Lehrer beeindruckte, aber sie wissen nicht, daß die meisten Jungen ihn haßten. Vielleicht hat man davon gehört, daß er in dem Ruf stand, sich gut verteidigen zu können, aber niemand weiß von seinem Wunsch, jedem Jungen in der Schule einen separaten Schlafraum zu geben, statt alle in einen großen offenen Saal zu stopfen ...

Es könnte ein älterer Junge gewesen sein; oder es waren mehrere, so viele, daß er nicht gegen sie ankam. Ich vermute ja nur ...«

Am nächsten Morgen wurde Sylvia Sullivans Gucci-Handtasche in einem Mülleimer in der Nähe des Canary-Kai gefunden. Ich lieferte den entscheidenden Hinweis für die Identifizierung der Leiche, die man am Sonntag zwischen zwei halbleeren Bürohäusern gefunden hatte.

Der Schädel war durch den Fall so zertrümmert, daß nicht mal die Zahnarztbelege ausgereicht hätten.

Niemand wußte, wie sie aufs Dach gekommen war, ohne mehrmals Alarm auszulösen. Ich hatte einen schwachen Verdacht, ging aber davon aus, daß der Leichenbeschauer mir nicht glauben würde.

Es gibt zuweilen mißtrauische Gedanken, welche für einen Augenblick den stärksten Glauben ausmerzen; es sind blasphemische Gedanken, die wie Wurfpfeile unerlaubt in gläubige Seelen schießen: es sind unheilige Gedanken, die durch ihre haßerfüllte Gegenwart die Phantasie quälen und die Unschuld schwächen.

Lewis Carroll:
Kopfkissen-Probleme

Um die Mittagszeit eilte ich heim und zog in der Wohnung alle Vorhänge zur Seite, außer denen im Gästezimmer. Natürlich regnete es, aber ich konnte nicht darauf warten, daß die Sonne wieder schien. Alice schlief, oder sie war tot, und ihre Kleidung war über den Boden verstreut. Ich durchsuchte ihre Taschen, fand aber nichts – plötzlich drehte sie sich um und schaute mich an.

Ich nahm ein Foto von Sylvia Sullivan aus der Brieftasche und warf es ihr zu. Sie fing es sofort auf und zuckte leicht zurück.

»Erkennst du sie?« knurrte ich. »Ich hoffte, ich sei paranoid. Hast du sie getötet?«

»Was bringt dich ...«

»Ich habe Fotos von der Leiche gesehen. Es war kein Tropfen Blut mehr drin. Der Beamte versucht sich einzureden, daß sie vom Regen ausgewaschen wurde. Ich habe es vermieden, dich zu fragen, wovon du dich ernährst, aber jetzt muß ich es wissen. *Hast du sie getötet?*«

Sie schrak zurück, schüttelte langsam den Kopf.

»Ich? Nein. Sie war schon tot.«

»Hast du sie in der Gasse gefunden?«

»Nein. Es gab ein Festessen auf dem Dach.« Sie lächelte schwach. »Ich war der Ehrengast – die Neue in der Stadt, sozusagen. Ich wußte nicht, daß du mit ihr befreundet warst.«

Meine Knie zitterten, ich warf mich aufs Bett, weinte um einen Menschen, den ich nicht einmal gekannt hatte.

»Kaarina hat sie gefunden«, fuhr Alice fort. »Sie ist gut im Aufspüren von Selbstmördern, kurz bevor sie springen. Ich kenne nicht die ganze Geschichte; sie lungert in den Bars herum und wartet auf jemanden, der springen will. Für gewöhnlich nehmen sie ein paar Drinks zusammen, sie hört ihnen ein bißchen zu, erzählt ihnen, daß auch sie vorhat, sich umzubringen, und schlägt vor, es zusammen zu tun... Die meisten kneifen. Manchmal nehmen sie sie mit nach Hause, aber sie verschwindet, bevor sie herausfinden, was sie ist. Einige von ihnen... sagen ja.«

Nur mit Mühe konnte ich den Kopf heben und sie ansehen. »Um Himmels willen...« Meine Stimme überschlug sich, ich versuchte es noch einmal: »Was für Monster...«

»Ich bin ein Vampir«, erwiderte sie. »Hast du selbst gesagt. Oder eine Sidhe. Oder ein Blutsauger, vielleicht. Ich kann nichts dafür, was ich bin und was ich brauche...«

»Du kannst etwas dafür, was du *tust*«, stieß ich hervor. »Du hast gesagt, daß du das Blut, das du brauchst, bekommen kannst, ohne zu töten.«

»Manchmal. Es ist nicht immer einfach.«

Müde legte ich meinen Kopf in die Hände. »Leicht. Wie leicht, glaubst du, war es für Dodgson, Jungen zu hassen... und sie trotzdem nie zu verletzen, sondern nur aus seiner Welt zu verbannen? Junge Mädchen zu lieben und sie nie anzufassen, außer sie gelegentlich zu küssen? Gott, selbst Sullivan, der widerlichste Mensch, den ich je getroffen habe ... möchte seine Tochter ficken, aber er hat es nicht getan, und ich wette, daß er es nie tun wird. Es ist nicht das, was du willst, und ich verzeihe es dir, wir können nichts für das, was wir wollen, auch wenn es falsch oder obszön ist ... aber ... Was *machst* du denn!«

Wir waren schon stundenlang, wie mir schien, so zusammen, ich kniend vor ihrem Bett wie ein Trauernder, als sie mir zuflüsterte: »Was willst du?«

»Ich will das Töten beenden.«

»Mehr nicht?«

Ich zuckte mit den Achseln. Alice schaute auf mich herunter und berührte meine Schulter an der Stelle, wo sie in den Nacken überging. Sie flüsterte: »Wer ist Irene?«

»Was?«

»Als du geträumt hast, hast du ›Irene‹ gerufen. Als du in Oxford warst, hast du das gleiche getan. Wer ist sie?«

Ich sah sie an. Meine Augen schmerzten höllisch vom Weinen, etwas, was mir seit fast dreißig Jahren nicht mehr passiert war, und alles, was ich sah, waren ihre dunklen Haare und ihre noch dunkleren Augen. Ich wußte, sie war nicht Irene, aber sie hätte es sein können ...

»Irene«, begann ich, »war die Erste. Das erste Mädchen, das ich ... sie ... sie, äh, wohnte zwei Häuser weiter, als ich noch ein Kind war. Sie war ein Jahr älter als ich. Ein wunderschönes Mädchen, richtig schön ... Ihre Mutter starb, als ... Ich weiß nicht mehr genau, als sie sieben oder acht war, glaube ich, und sie wohnte allein bei ihrem Vater. Er war ... Ich kann mich nicht daran erinnern. Ist ja auch nicht wichtig.«

Ich holte tief Luft und begann wieder von vorn. »Sie war die beste Freundin, die ich hatte, und die einzige, die nah bei mir wohnte. Ihr Vater erlaubte niemandem, sie zu besuchen, aber sie schlich zu mir herüber, bevor er abends nach Hause kam. Meist hat sie sich Bücher ausgeliehen – er wollte keine Bücher kaufen und gab ihr auch kein Geld –, oder sie saß einfach auf meinem Bett und las.

Als ich zehn wurde – da war sie elfeinhalb –, habe ich sie zu meiner Geburtstagsfeier eingeladen, aber ihr Vater verbot es.

Wir gaben die Hoffnung nicht auf, daß er seine Meinung ändern würde, daß er abends spät nach Hause käme oder so was, also war sie so etwas wie ein Ehrengast... Aber sie kam nicht rüber. Gott, ich habe die Feier schon vergessen, bis auf... – Na ja, meine Eltern hatten sich getrennt, das wußte ich aber damals noch nicht, und es war die Art meines Vaters, auf Wiedersehen zu sagen. Er schenkte mir eine Kamera – ein gute, eine Nikon mit Zoom-Objektiv und Blitz... Ich hatte die Kamera schon vorher benutzt und konnte damit besser umgehen als er.

Irene kam am nächsten Nachmittag. Es regnete in Strömen. Ich erinnere mich, daß... sie sagte, wie leid es ihr tat, nicht zur Feier gekommen zu sein, daß sie nicht in der Lage gewesen war, mir ein Geschenk zu kaufen. Ich zeigte ihr die Kamera, und sie fragte mich, ob ich nicht ein paar Fotos von ihr machen wollte. Ich machte ein paar Nahaufnahmen von ihrem Gesicht, dann fing sie an, ihre Bluse aufzuknöpfen. Sie sagte, es sei in Ordnung, ihr Vater würde auch ständig solche Aufnahmen von ihr machen... Ich kann mich genau erinnern, wie sie aussah: dunkle Haare, wie deine, große dunkle Augen; sie war etwas größer als ich, aber mager, mit kleinen Brüsten und kleinen rosa Brustwarzen.

Nachdem ich ein paar Aufnahmen gemacht hatte, taten wir...« Ich versuchte zu sprechen, hatte aber einen Kloß im Hals, den ich nicht schlucken konnte. Schließlich hauchte ich: »... auch andere Dinge, die ihr Vater die ganze Zeit über mit ihr trieb ... Es war 1966. Ich war zehn, die sexuelle Aufklärung war ... Na ja, meine Eltern haben mich nie aufgeklärt, meine Lehrer ganz sicher auch nicht. Übrigens sagte sie immer wieder, es sei in Ordnung, und ich ... mochte sie sehr.«

»Haben deine Eltern dich erwischt?«

»Nein. Ich wünschte bei Gott, sie hätten es. Mein Vater war nicht mehr zu Hause, und meine Mutter ... Ich weiß nicht. Irene zog sich an und lief nach Hause, bevor ihr Vater zurückkam. Natürlich wußte er, was geschehen war, und als sie ihm erzählte, daß ich Fotos gemacht hatte ... Er hatte ein Gewehr. Ich nehme an, um Einbrecher abzuschrecken. Er lief ins Badezimmer und schoß sich in den Kopf. Aber vorher erschoß er sie.

Ich glaube nicht, daß wir irgend etwas hörten; falls doch, dachten wir bestimmt, es hätte gedonnert. Der Rest der Geschichte wurde erst einige Tage später bekannt. Als es bekannt wurde ... Als es bekannt wurde, nahm meine Mutter den Film aus der Kamera und verbrannte ihn. Ich weiß nicht mehr, was sie mit mir gemacht hat.«

Ich nahm einen tiefen Atemzug und erbrach mich auf das Bett.

Alice wartete, bis ich aus der Dusche kam. Sie hatte die Vorhänge zugezogen, die Dunkelheit war tröstlich, wie ein Beichtstuhl.

Ich vermute, daß ich zum Kotzen aussah, aber ich fühlte mich wie ein Mensch. Fast. Ich zog einen Bademantel an und ließ mich auf die Couch fallen. »Du hast gesagt, sie war die erste«, meinte Alice.

»Ja. Richtig. Ich hatte erst wieder was, als die High School fast zu Ende war – meine Mutter hat dafür gesorgt. Kurz vor meinem Abschluß fuhr ich mit einigen

Freunden in den Rotlichtbezirk, aber es wurde eine Katastrophe. Sie war älter als ich, mit dicken schlaffen Titten, schlecht gefärbten Haaren und ... Ich versuchte es nicht noch mal, erst dann, als ich mit einem Stipendium nach England kam. Soho war ein Alptraum. Man hatte mir gesagt, es sei Londons Antwort auf die verbotenen Zonen oder den Times Square. Ich fand nicht ein einziges Bild von einem Mädchen, das nicht geschlagen, gefesselt oder ausgepeitscht wurde. Ähnlich dem Londoner Dungeon – du kennst das Horror-Museum für Kinder –, wo man sich nackte Menschen ansieht, die gequält oder hingerichtet werden. Du meine Güte! Übrigens waren die meisten Frauen alt genug, um meine Mutter zu sein.

Danach ... wurde es besser. Leichter. Ich traf ein paar Mädchen in Oxford, die sich in der Spätpubertät befanden ... Die Blonden und Rothaarigen waren die besten. Sie erinnerten mich nicht allzu sehr an Irene und machten sich auch nichts daraus, wenn ich ihren Namen verwechselte. Ich hätte mich vielleicht an sie gewöhnt, aber es war nie so gut wie ...«

Alice nickte. »Und du hast nie mehr ein kleines Mädchen gefickt?«

»Einmal«, gab ich zu. »In Bangkok. In einem Kinderpuff in einer abgelegenen Straße, das einer meiner Klienten kannte. Dort gab es sogar siebenjährige Mädchen. Ich suchte mir eine aus, die wie elf aussah; ich weiß nicht, wie alt sie wirklich war.« Ich schüttelte den Kopf. »Ich kam mit ihr nicht klar, sie gab schließlich auf, und ich bezahlte sie. Sie sagte ›mai pen rai‹, was soviel heißt wie ›mach dir nix draus‹. Ich habe seitdem mehrere tausend Pfund nach Thailand geschickt, um Kinder zu unterstützen, aber es hat mein Gewissen nicht beruhigt.

Ich habe auch mal ein paar Kinderpornos gekauft, rein zufällig. Ehrlich. Es gibt einen Verein in Amerika, den Verein der Lewis Carroll-Sammler. Ich sandte ihnen Geld für einen Katalog. Ich hatte limitierte Ausgaben erwartet, keine Bilder von ... Ist ja auch egal, ich verbrannte ihn. Es war das einzige Mal, daß ich ein Buch verbrannt habe. Ich glaube, das war der Zeitpunkt, an dem ich begann, den Namen dieses armen Teufels reinzuwaschen.«

Alice nickte. »Was willst du?« wiederholte sie.

Ich dachte darüber nach und antwortete: »Nichts, was ich bekommen könnte. Ich wünschte, Irene hätte überlebt. Selbst du kannst das nicht bewirken.«

»Nein«, sagte sie. »Das kann ich nicht. Gibt es sonst noch etwas, was du dir wünschst?«

Ich starrte in die Dunkelheit. Alice konnte ich kaum sehen, nur die Augen und eine Andeutung ihrer scharfen Zähne. »Unschuld. Wenn schon nicht meine, dann ... Ich möchte nicht, daß es jemals eine andere Irene gibt. Ich will keinem kleinen Mädchen mehr weh tun. Ich will, daß diese Obszönitäten aufhören.«

> *Lang ist nun schon der Himmel kalt,*
> *Ein Echo tönt noch schwach von dort –*
> *Auch dieser Ton verhaucht schon bald.*
>
> *Sie sucht mich oft auch jetzt noch heim,*
> *Alice, die unterm Himmel geht,*
> *Nie mehr gesehn, im Traum nur mein.*

LEWIS CARROLL:
Alice hinter den Spiegeln

Sullivan überlebte den Tod seiner Frau – politisch gesehen, meine ich –, aber ich glaube, es verzögerte seine Wahl zum Parteivorsitzenden um einige Jahre. Seine Tochter – es freut mich sehr, dies sagen zu können – wurde in ein Internat geschickt.

Heute morgen lag eine Postkarte aus Bangkok in meinem Fach. Es ist wundervoll, Alice. Gut zu wissen, daß sich die Dinge wieder einrenken. Es war nicht leicht (und auch nicht billig), ein Dutzend Sidhes nach Thailand zu fliegen; Flüge zu finden, die nachts losgehen und bei Nacht in Thailand ankommen; Pässe für kleine Mädchen zu organisieren, die vor fünfzig, einhundert oder einhundertundfünfzig Jahren geboren sind.

Ich schaue noch mal in den Artikel des *Telegraph*, der vom Verschwinden von Touristen in Bangkok berichtet, von blassen männlichen Leichen, die in Seitenstraßen gefunden werden. Blutleer. Ich falte die Zeitung zusammen, greife zum Atlas und überlege, wohin ich sie das nächste Mal schicken werde.

Originaltitel: ›Never Seen By Waking Eyes‹ • Copyright © 1996 by Mercury Press, Inc. • Aus: ›The Magazine of Fantasy & Science Fiction‹, August 1996 • Aus dem Amerikanischen übersetzt von Cecilia Palinkas

Robert Reed

GRAFFITI

Das Flußstädtchen, von dem hier die Rede ist, war seiner Trunkenbolde und unmoralischen Frauen wegen in der ganzen Gegend verschrien; schwere Körperverletzungen und noch schmutzigere Verbrechen, die in anständiger Gesellschaft nicht einmal in den Mund genommen werden, standen dort an der Tagesordnung.

Etwa um das Jahr 1890 herum sorgte der äußerst brutale und bis heute ungelöst gebliebene Mord an drei Menschen im ganzen Land für Schlagzeilen. Nichts anderes als die tiefe Beschämung darüber veranlaßte die redlichen, frommen Bürger schließlich zum Handeln. Das ursprüngliche *Demon's Landing* wurde in *Riverview* umgetauft, sämtliche der Korruption verdächtigten Gesetzeshüter ausgemustert und durch zeitgemäß ausgebildete Polizeikräfte ersetzt, bis die vormals verruchte Kleinstadt samt Umgebung als ›geheilt‹ erklärt werden konnte.

In den neu aus dem Boden geschossenen Schulen führten nun junge, untadelige Lehrkörper ein strenges Regiment. Zonengesetze und andere städtepolitische Projekte weckten wieder den Sinn der Öffentlichkeit für Recht und Ordnung, und niemand war sonderlich traurig darüber, daß ein paar als unbelehrbar geltende Störenfriede bei nächtlichen Bränden ihr Hab und Gut verloren und daraufhin bettelarm fortzogen. Hie und da wurde gemunkelt; kein Geringerer als der Bürgermeister selbst – ein junger, entscheidungsfreudiger

Pragmatiker – habe einen herumstreunenden Mystiker angeheuert, um Riverview von jeglichem kriminellen Element zu säubern.

Vereinzelten Aussagen zufolge hatte es sich bei jenem Mystiker um einen tuberkulosekranken Mann mit wirrem Blick gehandelt, dessen Name in greller Farbe von den Wänden seines maultiergezogenen Wagens prangte. Doch schon wenige Jahre später schien sich kein Mensch mehr dieses Namens zu erinnern, geschweige denn sagen zu können, in welche Richtung sich dieser Mann seinerzeit davongemacht hatte, als er dem Städtchen wieder den Rücken kehrte.

Hoffentlich wurde er für seinen fragwürdigen Beitrag zum Allgemeinwohl nicht auch noch bezahlt.

Zu Beginn des neuen Jahrhunderts kam es zu einer schrecklichen Verbrechenswelle. Eine allseits beliebte Lehrerin wurde überfallen und auf höchst abscheuliche Weise mißbraucht; die Bank wurde zweimal pro Jahr beraubt, und sowohl ein Methodistenprediger als auch der angesehene Bürgermeister wurden von Einbrechern niedergeschossen und erlagen ihren Verletzungen.

Einziger Lichtblick in dieser Zeit war die Tatkraft der verjüngten Polizeibehörde, die von einem jungen Mann namens Bethans geleitet wurde. Den Ordnungshütern gelangen jedesmal zur Beruhigung aller schnelle Erfolge. Verhörte Tatverdächtige legten umfassende Geständnisse ab. Skrupellose Mörder wurden publicityträchtig hingerichtet, Diebe und Vergewaltiger verschwanden für Jahre im Staatsgefängnis. Und allmählich wurde es zum geflügelten Ratschlag, daß, wer auch immer vorhatte, über die Stränge zu schlagen, dies im eigenen Interesse besser nicht in Riverview versuchen sollte.

Die nächsten Jahrzehnte setzten den Grundstein für bescheidenen Wohlstand. Das Verbrechen konnte nicht gänzlich aus der Stadt verbannt werden, aber jede Anwendung von Gewalt endete unmittelbar nach Verübung mit einer Verhaftung und Aburteilung.

In den späten Sechzigern war die kleine Gemeinde am Fluß schließlich zu einem sauberen Städtchen mit etwa fünfzehntausend Einwohnern gewachsen. Die Altstadt mit ihren Backsteinbauten schmiegte sich ans Ufer des breiten braunen Stromes, noble Häuser versteckten sich in den höheren Lagen hinter dichten Baumkronen, und noch etwas weiter oben, wo sich das Land öffnete und flacher wurde, waren die Anfänge urbaner Ausbreitung zu bewundern.

Es gab eine staatliche und eine katholische Hochschule. Macon Lewis war Quarterback des glanzlosen Football-Teams der staatlichen Schule, Eddie Cane sein Klassenkamerad und bester Freund. Cane fehlte es an Macons Größe und Großspurigkeit, trotzdem war er der talentiertere Sportler, einer der besten Querfeldein-Läufer im ganzen Bundesstaat, und deswegen waren sich die beiden letztlich ebenbürtig und unzertrennlich.

Obwohl Macon sechs Monate jünger war, übernahm er gern die Rolle eines älteren Bruders, der seinen eher introvertierten, künstlerisch veranlagten Bruder in die Geheimnisse der Welt einführte.

Eddies erste Verabredung und sein erstes richtiges Sexerlebnis wurden von Macon arrangiert. Auch seinen ersten Rausch mit Budweiser verdankte er seinem besten Freund, der das Bier besorgt hatte. Gemeinsam hatten sie die bewaldeten Steilufer erkundet, riesige Katzenwelse aus dem aufgewühlten Fluß gezogen, und als Macon eines Tages irgendein Gerücht über Vorgänge im zum Stauwehr führenden Abwasserkanal unterhalb der Main Street aufschnappte, schlug er – spontan wie immer – vor, dort mal einen Blick zu riskieren.

»Einen Blick worauf?« fragte Eddie schulterzuckend.

»Du malst doch gerne«, sagte Eddie. »Und dort im Abwasserkanal kannst du dir ein paar wirklich beachtliche Bilder angucken – natürlich nur, falls das, was ich gehört habe, wahr ist ...«

Sie trafen sich, bewaffnet mit den besten Taschenlampen ihrer Väter, nach Einbruch der Dunkelheit, und Macon trug einen schweren Rucksack auf dem Rücken, in dem es klirrte und schepperte, als sie sich durch einen stinkenden Gully hinab in die Tiefe ließen.

Der eigentliche Abwasserkanal begann dort, wo der Gullyschacht in eine gewaltige Betonröhre mündete. Der Zugang dorthin wurde von einem massiven Stahlgitter versperrt. Es gab eine schmale Tür darin, die mit schweren Vorhängeschlössern gesichert war, und unbewußt empfand Eddie bei diesem Anblick Erleichterung. Insgeheim war er froh, nicht weiter vorstoßen zu können, obwohl an einem Abwasserkanal nichts wirklich Furchterregendes war. Aber es hatte ihn achtzehn Jahre lang nicht interessiert, was hinter dieser Absperrung lag, und wenn es nach ihm ging, durfte es auch so bleiben.

Er lächelte entspannt in der Dunkelheit, bis Macon sagte: »Hier drüben ... Hier kommen wir durch ...«

Frostperioden und Überschwemmungen hatten einen Teil der Betoneinfassung verwittern lassen und weggespült. Unter Einsatz von Brecheisen, Meißel und Vorschlaghammer vergrößerten die beiden Freunde nun das begonnene Werk der Natur. Schließlich schlüpfte der um einiges kleinere Eddie problemlos in den Kanalverlauf, und Macon, der nach etlichen Flüchen und Körperverrenkungen ganz außer Atem folgte, klopfte seinem Freund triumphierend auf die Schultern und keuchte mit einem Augenzwinkern, das unbemerkt blieb: »Folge mir!«

Der Pegel des eindrucksvollen, mit Frostschutzmitteln und Altöl verschmutzten Abwasserstroms sank hinter einer scharfen Biegung unterhalb der Main Street, wo sich der unterirdische Schacht auch extrem verbreiterte, so stark, daß kaum mehr als ein schwaches Rinnsal und ein glitschiges, feuchtglänzendes Kanalbett davon übrigblieben.

Auch der moderne Beton machte einer älteren Konstruktion aus rotem Backstein Platz. Der Abwasserkanal mußte in den neunziger Jahren des vergangenen Jahrhunderts gebaut worden sein. Überschüssiger Mörtel war an den gemauerten Bögen verrieben worden, und diese glatten Flächen hatte man mit bunten, manchmal sogar grellen Malereien verziert.

Die große Coleman-Taschenlampe mit beiden Händen haltend, lenkte Eddie den Lichtstrahl auf das nächstgelegene Werk. Bis ins klinischste Detail zeigte es, wie ein Mann und eine Frau sich liebten.

Außer, daß sie sich *nicht* liebten, wie ihm kurz darauf klar wurde. Denn der Mann hielt eine scharfe Klinge gegen den bleichen, schlanken Hals der Frau, deren Gesicht zu einer Grimasse verzerrt war, während er sie von hinten nahm.

»Das ist authentisch«, erläuterte Macon. »Alles, was du hier an Szenen festgehalten siehst, ist genauso irgendwann auch mal passiert.«

Andere Bilder zeigten noch mehr Gewalt.

Einem Mann in altmodischer Kleidung wurde aus kürzester Distanz ins Gesicht geschossen, ein zweiter wurde mit einem langen Messer fachmännisch ausgeweidet, ein dritter wurde von hinten mit einem Baseballschläger getötet. Jedes einzelne Bild sah beunruhigend frisch aus, und die Person des Täters wurde in fast lebensechten Details wiedergegeben.

»Sieht aus wie eine ... Ausstellung«, sagte Eddie klamm. Er war geschockt. Nichts dergleichen hatte er erwartet. Und eine Erklärung dafür fand er auch nicht.

Macon schien eine zu haben. »Nach dem, was ich hörte, schloß unser verträumtes, kleines Städtchen irgendwann einmal einen Pakt mit dem Teufel – zumindest mit jemandem, der dem verteufelt ähnlich kommt.« Er richtete das Licht seiner Lampe auf das eigene Gesicht und zeigte ein stolzes, wissendes Grinsen. »Wann immer es in Riverview zu einem Gewaltverbrechen kommt, findet es hier seinen Niederschlag. Wie durch Magie ...«

»Woher weißt du das alles?«

Ein schelmisches Zwinkern und ein noch breiteres Lächeln. »Pete Bethans hat es mir erzählt.«

Pete war der Sohn des Polizeichefs und ein Running Back in der dritten Mannschaft. »Eine lahme Krücke«, war Macons harte Wertung über ihn. »Du kennst ihn selbst. Er ist in vielerlei Hinsicht etwas zurückgeblieben, aber genau deswegen glaube ich ihm. Er könnte eine so verrückte Geschichte gar nicht erfinden, selbst wenn sein Leben davon abhinge.«

Eddie nickte mit hängender Kinnlade, während sie stromabwärts wanderten.

»Chief Bethans kommt hier einmal am Tag vorbei, nur um die Bilder zu überprüfen. Wenn sich hier nämlich etwas Neues zeugt, bedeutet das nicht mehr und nicht weniger, als daß es irgendwo in der Stadt gerade *passiert* ist.« Er machte eine bedeutungsvolle Pause und fuhr dann fort: »Beide, Petes Vater und Großvater, waren Polizeichefs, und Smith ist schon seit dreißig Jahren Bürgermeister. Es soll ihr gemeinsames Geheimnis sein ...«

Ein Gesicht sprang, so schien es, aus der Dunkelheit auf sie zu.

Das Gesicht eines Jungen, von Grauen und Schmerz verzerrt. Eddie stutzte, ehe ihm entsetzt bewußt wurde, daß sie diesen Jungen kannten. Er war mit seiner Familie vor ein paar Jahren nach Riverview gezogen, mitten im Semester. Er hatte neben Eddie im Klassenzimmer gesessen. Ungefähr zwei Wochen lang hatte er sich in der Rolle des ruhigen Neuankömmlings gefallen, stets freundlich, aber auch distanziert. Dann waren Gerüchte über einen unglaublichen Skandal aufgekommen, und aus keinem wirklich nachvollziehbaren Grund hatte sein Vater den Wagen in ihre Garage gefahren, das Tor geschlossen und den Motor laufen lassen.

Was ein zu leichter Tod gewesen war, wie Eddie nun klar wurde. Als er mit dem Lichtstrahl *hinter* die Maske aus Leid leuchtete, sah er den Vater des Jungen, sah, was dieser getan hatte – etwas noch Schlimmeres als alles, was Eddie sich hätte vorstellen können! Tausendmal unmenschlicher, und ihn wunderte allein, wie ein Sohn, mit dieser Hölle von Bürde beladen, eine einzige Stunde hatte weiterleben können, ohne vor purer Scham tot umzufallen!

Lange Zeit verursachte keiner der beiden Freunde das leiseste Geräusch.

Dann zwang Macon sich, ein nervöses kleines Lachen von sich zu geben.

Müde und verschwitzt ging Eddie wieder ein Stück zurück. Sein ganzer Körper tat weh, als er in leises Schluchzen verfiel.

Zu seinem Nutzen oder vielleicht zu ihrem gemeinsamen sagte Macon: »Diese Art von Mist passiert nun mal – jeden Tag, überall auf der Welt ...«

»Nicht in Riverview.«

»Genau.« Macon zeigte noch einmal auf das Bild mit der Frau, die vergewaltigt wurde. »Solche ›Hinweise‹ helfen der Polizei, Recht und Ordnung zu halten. Was könnte daran verkehrt sein?«

»Sagtest du nicht, wir hätten einen Pakt mit dem Teufel geschlossen?« erinnerte Eddie.

»Da habe ich doch nur Spaß gemacht«, beschwichtigte Macon. »Niemand weiß, was der wirkliche Grund für ihre Existenz ist.«

Über ihren Köpfen ertönte das Rumpeln eines großen Lastwagens, der die Main Street hinab rollte. Der Lärm drang durch ein nahe gelegenes Kanalgitter.

»Außerdem«, sagte der Quarterback, »sind es nur Bilder.«

Was meinte er denn *damit*?

»Wenn du es nicht aushältst, sie anzuschauen, dann tu es einfach nicht.« Macon sprach offenbar nicht nur auf Eddie ein, sondern auch sich selbst Mut zu. Seine Stimme klang in der Tat plötzlich überlaut, als dröhne sie durch die gesamte Länge des Abwasserkanals. »Wenn sie dich so beunruhigen, mach einfach deine Augen zu …!«

Seit er acht war, hatten die Kunsterzieher Eddie für seine Zeichenbegabung gelobt, besonders seines Gefühls für Proportionen und seiner Detailverliebtheit wegen. Seine Werke wurden gern in den Klassenräumen und Gängen ausgehängt, und einige hatten sogar Eingang in die beiden letzten Jahrbücher gefunden.

Auch Leute, die selbst über kein herausragendes Talent verfügten, prophezeiten ihm neidlos eine große Künstlerkarriere. Eddie besaß jedoch genügend eigenes Kunstgespür und die Anforderungen, die es zu erfüllen galt, um realistisch einzuschätzen, daß keine große Zukunft vor ihm lag, abgesehen vielleicht von ein paar bescheidenen kommerziellen Erfolgen. Talent war ein ununterdrückbares Feuer, und ein solches vermochte er nicht in sich zu spüren, was er aber keineswegs bedauerte.

Macon hatte keine Ahnung vom Feuer großer Begabung, deshalb blieb Eddie für ihn ein begnadeter Künstler, und wenn Macon von einer seltenen eigenen

Inspiration heimgesucht wurde, scheute er keine Mühe, um Eddies Unterstützung dabei zu erringen.

Ein paar Wochen waren seit ihrem Besuch im Abwasserkanal vergangen, über den sie mit keiner Menschenseele gesprochen hatten. In zwei Tagen würde ihre Schule gegen den Lokalrivalen Pius antreten. Im Laufe des Jahres gab es kein Spiel, das mehr Aufmerksamkeit auf sich zog.

Wie immer hatte die kleinere katholische Schule Spieler im ganzen Kreis angeworben. Ihre Mannschaft war das letzte Hindernis vor Erreichen der Meisterschaft in der B-Liga des Bundestaates.

»Sie haben uns voriges Jahr mit fünf Touchdowns eingeseift«, fluchte Macon. »Und Haskins ist dieses Jahr sogar noch besser drauf! Ich sag dir, der könnte gegen uns auch ohne Frontline spielen, und, ohne Scheiß, er würde uns immer noch vernichtend schlagen!«

Haskins war der gegnerische Quarterback. Bekannte College-Talentscouts kamen seit zwei Jahren regelmäßig nach Riverview, um den All-State-Senior-Award für das beste Nachwuchstalent zu vergeben.

Eddie wußte um das strategische Geschick seines Freundes und fragte: »Woran denkst du gerade? Du hast doch wieder irgendeine blödsinnige Idee, stimmt's?«

»Nicht blöde ... Brillant!« Macon fühlte sich verdientermaßen stolz, lachte und trommelte einen fröhlichen Rhythmus auf seinen Bauch. »Wer ist das Herz der Pius-Verteidigung?«

»Ein Junior-Linebacker. Ein Farmerjunge namens Lystrom.«

»Genau. Und angenommen, wir sorgen dafür, daß weder Haskins noch Lystrom Freitagnacht antreten können? Nur angenommen ...«

»Wir würden auch dann verlieren«, erwiderte Eddie.

»Vielleicht«, räumte Macon ein. »Aber nicht mit fünf Touchdowns Differenz, und ich würde mir nicht die Kacke aus dem Leib prügeln lassen müssen!«

»Wie lautet also deine geniale Idee?«

»Zuerst«, sagte sein bester Freund, »mußt du mir versprechen, daß du mir dabei helfen wirst. Heute nacht. Wenn's hochkommt, wird es uns ein paar Stunden Schufterei kosten. Also, was ist?«

Eddie sagte seine Mithilfe nie ausdrücklich zu, erfand aber auch keine Ausflüchte, um sich davor zu drücken. »Ich male nicht so lebensecht, wie es erforderlich wäre«, wurde er nicht müde, Macon zu versichern, und er schwieg erst, als sie den Eingang zum Abwasserkanal erreichten. Ihre Arme schmerzten vom Gewicht der Farben und Pinsel, die sie bei sich trugen, und Eddie sagte: »Es wird zu lange Zeit in Anspruch nehmen, und wir haben kein gutes Licht. Außerdem wird uns bestimmt jemand aufspüren ...«

»Die einzigen, denen daran läge, uns zu finden, schlafen jetzt tief und fest zu Hause in ihren Betten«, seufzte Macon. »Hör endlich auf mit dem Gelabere und hilf mir gefälligst. Wir haben hier ein Problem bekommen.«

Jemand hatte den Weg, den sie schon einmal gegangen waren, unpassierbar gemacht, indem er die beschädigten Betonstellen ausgebessert und die Lücke zwischen den Gitterstäben mit einem starken Draht geschlossen hatte. Aber Macon war eine vorausschauende Natur und wurde nicht unvorbereitet damit konfrontiert. Ein Bolzenschneider entfernte das Drahtgeflecht, und die neue Zementfüllung hatte noch keine richtige Haftung, so daß sie ohne großes Aufhebens weggeschlagen werden konnte. Der Zwischenraum, der entstand, genügte den Freunden, sich samt ihrer Utensilien durchzuzwängen.

Die Graffiti hatten sich in ihrer Abwesenheit nicht verändert.

Eddie fragte sich, ob Chief Bethans sich tatsächlich die Mühe machte, jeden Tag hier vorbeizuschauen, oder ob ihm einmal die Woche genügte. Was, wenn ihr schlauer Betrug keine rechtzeitige Beachtung fand?

Er stellte sich diese Frage mehrmals und ließ den Gedanken erst ruhen, als Macon sich zu ihm umdrehte und ihn aufforderte: »Fang an zu malen – sofort. Und sag mir, wie ich das verdammte Licht halten soll, damit du vernünftig arbeiten kannst!«

Den nuancenreichen, fast fotografischen Stil zu imitieren war alles andere als einfach. Die Gesichter getreu ihrer Vorbilder und auf Anhieb erkennbar zu gestalten, erschien Eddie anfangs ein Ding der Unmöglichkeit. Er hatte sich ein Pius-Jahrbuch und mehrere Zeitungsausschnitte mit Abbildungen als Vorlagen mitgebracht und ging mit Bedacht ans Werk – zu langsam für Macons Geschmack –, so daß er gegen Mitternacht mit den Gesichtern fertig wurde.

Erst danach entwarf er das Szenario des Verbrechens selbst.

Sie hatten sich nach langem Hin und Her auf eine Vergewaltigung geeinigt, das Opfer dabei gnädig mit einem erfundenen Gesicht ausgestattet. Der Polizei würde nichts anderes übrig bleiben, als die Footballspieler für ein paar Tage in Gewahrsam zu nehmen, während sie nach der nichtexistierenden Frau fahndeten.

Aber ein wirklich aus der Luft geholtes Gesicht fällt am schwersten, und wann immer Eddie merkte, daß sich Merkmale realer Personen in die Darstellung von Nase, Kieferlinie oder Augen einschlichen, nahm er Korrekturen vor. Er wollte nicht schuld sein, wenn heute nacht wirklich jemand verletzt wurde. Er hätte niemals in Macons Plan eingewilligt, wenn das geringste Risiko bestanden hätte, daß jemand einen echten Schaden davontrug.

Gelegentlich drängte Macon: »Beeil dich.«

Neben dem einschläfernden Plätschern des Abwassers blieb es völlig still in dem altertümlichen Backsteinkanal, der seinen Besuchern gleichgültig gegenüberzustehen schien.

Irgendwann nahm Eddie die Aufforderungen zu größerer Eile gar nicht mehr wahr. Die Müdigkeit und unterschwelligen Ängste fielen von ihm ab. Immer mehr vertiefte er sich in sein Werk und fügte Detail um Detail hinzu, Kleinigkeiten, die ihm unabdingbar erschienen.

Das Opfer kauerte nackt auf Händen und Knien, in einer qualvollen, unnatürlichen Pose erstarrt. Die beiden ebenfalls nackten Gewalttäter waren vorn und hinten in sie eingedrungen, und Eddie investierte viel Zeit in die Darstellung der schwer herabhängenden, schaukelnden Brüste, verlor sich selbst in Andeutungen von Krampfadern oder dem Ausdruck blanken Entsetzens in den blauen, riesig geweiteten Augen, malte verschwitzte, zerzauste, kurze braune Haare ...

Die Stunden vergingen wie im Flug. Als das Bild fast vollendet war, riß Eddie plötzlich seinen Pinsel zurück, weil ihm klar wurde, daß der Rausch, in den er sich gesteigert hatte, das war, was er immer in sich vermißt hatte: so und nicht anders fühlte sich das Feuer an, das einen wahren Künstler ausmachte!

Es war nach vier Uhr morgens.

Eine der Taschenlampen versagte den Dienst, und auch der Schein der Coleman wurde schwächer, flackerte in Macons müden Händen.

Eddie selbst hatte sich niemals wacher gefühlt, und lächelnd tröstete er seinen Freund: »Alles, was noch fehlt, sind Lystroms Arme, dann können wir hier verschwinden.«

Fast mechanisch wiederholte Macon seine Anfeuerung: »Beeil dich.«

Doch bevor Eddie seinen Pinsel in die Farbe tauchen konnte, versagte die Coleman endgültig. Absolute Finsternis fiel auf sie herab.

Fluchend hieb Macon ein paarmal auf die Hülse, in der die Batterien steckten, und seine wütenden Schläge weckten noch einmal ein schwaches Flackern, einen winzigen Rest Helligkeit, der aus dem Glas hervorglomm, über die Malerei auf dem Putz kroch und den beiden Jungs offenbarte, was passiert war.

Lystrom hatte seine fehlenden Arme bekommen.

In einem einzigen Augenblick entstanden, wirkten sie sauber und bleich und viel zu dick. Eine der Hände hatte sich ins kurze Haar des Opfers vergraben und zerrte brutal daran. Wirklich erschreckend waren jedoch die zweite Hand und der dazugehörige Arm. Ihre *Bewegung* war so perfekt eingefangen, daß man glaubte, das Geräusch zu hören, mit dem die Faust des Linebackers hart das zarte, zerbrechliche Gesicht des Opfers traf!

Wie unter Schock sammelten die Freunde ihr Werkzeug und die Farben ein, flohen dann stumm und ohne einen Blick zurückzuwerfen vom Ort des grausigen Wunders.

Kurz vor fünf kamen sie zu Hause an und wechselten verwirrte Blicke, bevor sie, immer noch wortlos, hinter ihren jeweiligen Schlafzimmerfenstern verschwanden.

Die nächsten zwei Stunden lagen beide wie gelähmt in ihren Betten und suchten mit aller Kraft nach einer Erklärung für das, was sie gesehen hatten.

Und sie beteten, daß nicht wirklich etwas passiert war.

Ein bißchen Farbe auf Backstein konnte nichts anrichten, die Frau war keine reale Person, alles war nur ein etwas derberer Jungenstreich, und wenn überhaupt – daran klammerte sich der eine wie der andere –, trug die wahre Schuld der jeweils andere von ihnen beiden!

Ihre Radiowecker gingen kurz vor sieben los.

Noch völlig erschöpft unter den Bettdecken liegend, lauschten sie derselben sanften Ballade. Die Musik hörte abrupt auf, und eine schwankende Stimme zerstörte den kurzen Moment trügerischen Friedens endgültig.

Die Nachricht war ebenso schrecklich wie unterschwellig erwartet.

Eine junge Nonne – Schwester Mayhew, eine Spanischlehrerin am Pius – war in der Nacht überfallen, vergewaltigt und brutal verprügelt worden. Dieses unfaßbare Verbrechen hatte sich innerhalb der Klostermauern zugetragen, und auf dem Weg zum Hospital war sie ihren schweren Verletzungen erlegen.

Nach den Tätern werde seither pausenlos gefahndet, erklärte der Moderator am Ende fast beschwörend.

Und die beiden Freunde schlossen ihre Augen und weinten, weil sie genau wußten, wer die Verantwortung dafür trug. Sie schämten sich in Grund und Boden für das, was sie verschuldet hatten, und ganz besonders schämten sie sich dafür, daß sie sich selbst nicht einmal hatten die Hände schmutzig machen müssen, um zu schändlichen Mördern zu werden ...

Es war in jeder Hinsicht ein bizarres, ein unerklärliches Verbrechen.

Haskins und Lystrom lebten an den entgegengesetzten Enden ihres Viertels, nicht nur im räumlichen, auch im sozialen Sinn so voneinander getrennt, wie man es nur sein konnte, und obwohl sie im selben Team spielten, waren sie alles andere als Freunde – im Gegenteil:

ihre allseits bekannte sportliche Rivalität war im Laufe der Zeit zu einer offenen Fehde entbrannt.

Es war höchst abwegig, auch nur in Betracht zu ziehen, daß diese beiden – vom Spielfeld abgesehen – das kleinste Quentchen Zeit *miteinander* verbrachten. Und keiner von beiden hatte bislang etwas auf dem Kerbholz. Während der Linebacker durchaus über ein ab und zu mit ihm durchgehendes Temperament verfügte – Jähzorn, dem man auch zutraute, daß er im Affekt einmal tödliche Folgen haben könnte –, wurde sein mutmaßlicher Komplize nicht umsonst spöttisch-liebevoll ›Saint Haskins‹, ›heiliger Haskins‹, genannt.

Ihre Schuld indes war unstrittig. Zwei Nonnen hatten sie bei ihrer Flucht aus dem Kloster zweifelsfrei erkannt. Ein dritter Zeuge erinnerte sich an Lystroms Pick-up, weil dieser eine rote Ampel auf der Main Street ignoriert hatte, etwa zur selben Zeit, als Schwester Mayhew in ihrem Zimmer aufgefunden worden war, auf dem Bett liegend. Das liebenswürdige Gesicht zu einem Klumpen blutigem Fleisch angeschwollen, hatte sie die beiden Unholde noch mit kläglicher Stimme benannt, bevor Gott sie gnädig in sein himmlisches Haus geholt hatte.

Und während all dies geschah, stoppte ein Deputy Lystroms Wagen, noch bevor dieser es halbwegs bis nach Hause geschafft hatte, um ihm ein Verwarnungsgeld wegen überhöhter Geschwindigkeit abzuknöpfen. Dabei entdeckte er frisches Blut auf dem T-Shirt des Jungen und bemerkte dessen verwirrten, möglicherweise betrunkenen Zustand.

Vorsorglich hatte der Deputy ihm Handschellen angelegt und ihn auf den Rücksitz des Streifenwagens verfrachtet. Fast zeitgleich erreichte ihn die Nachricht, daß zwei Pius-Spieler unverzüglich zum Verhör vorgeführt werden sollten und man sich ihnen mit äußerster Vorsicht zu nähern habe, worauf der betreffende Deputy im Glauben an einen der üblichen Dumme-Jungen-Streiche oder eine simple Verwechslung seinen Gefangenen arglos fragte: »Was habt ihr denn nun wieder ausgefressen?«

Lystrom hatte einen abgrundtiefen, gequälten Seufzer von sich gegeben und im nächsten Atemzug ein vollständiges Geständnis abgelegt, wobei er den Vorfall mit einer für ihn selbst erstaunt klingenden Stimme, aber präzisen Worten schilderte.

Minuten später wurde Haskins gestellt. Immer noch halbnackt und zitternd, kniete er zwischen Waschmaschine und Trockner in seinem Elternhaus und betete mit zusammengefalteten Händen so tief versunken, daß er die uniformierten Polizisten und die Handschellen, die sich um seine Gelenke schlossen, kaum wahrzunehmen schien.

Das Footballspiel wurde verschoben. Man erwog kurzzeitig, es ganz abzusagen, aber beide Mannschaften hatten noch einen Termin in zwei Wochen frei, und offenbar siegte die Hoffnung, daß die noblen Aspekte des Sports der Gemeinde bei deren Wiedergenesung helfen könnten.

Die katholischen Schulen hielten ihre Pforten am Tag der Beerdigung geschlossen.

Am selben Tag wurden die Gefangenen in das alte Gerichtsgebäude gebracht, wo sie wegen Vergewaltigung und Mordes angeklagt werden sollten.

Eddie und Macon schlichen sich beide aus ihrer Klasse und schlossen sich der wütend skandierenden Menge auf dem Platz vor dem Gerichtsgebäude an. Seit dem Besuch des Abwasserkanals hatten sie nicht mehr miteinander gesprochen, und als sich nun ihre Wege kreuzten, trat Macon neben seinen Freund und zischte ihm zu: »Es ist ganz allein deine Schuld. Wenn du eine fiktive Person als Opfer genommen hättest ...«

»Ich schwöre, ich kannte die Frau überhaupt nicht«, rechtfertigte sich Eddie.

»Das mußt du aber«, blieb Macon unerbittlich. »Zumindest unterbewußt.«

Und obwohl er »Nein, du irrst dich!« erwiderte, fand etwas in ihm heimlichen Gefallen an dieser Erklärung und quälte ihn mit der Einsicht, daß eigentlich *er* es hätte sein sollen, der dem Richter in Ketten vorgeführt wurde, schuldbewußt zu Boden starrte und den Rufen aus tausend aufgebrachten Kehlen zuhörte, die ihn wissen ließen, wie *sie* mit ihm verfahren würden, wenn sie ihn in ihre Finger bekämen: bei lebendigem Leib wollten sie ihn verbrennen, oder noch Schlimmeres...

Daneburg war ihr nächster Gegner kommende Woche. Aber Macon war nicht in der Verfassung, zu spielen. Er vermasselte vier Pässe, bevor der Trainer ihn auf die Bank schickte, drei von seinen Vorlagen waren abgefangen worden und der letzte weit an den Torpfosten vorbeigegangen.

Von seinem Platz auf der Tribüne aus sah Eddie den Quarterback da sitzen, allein und unbeachtet, mit hängenden Schultern, den Helm zwischen seine Füße gelegt und die Augen ins Nichts gerichtet.

Eddie empfand aufrichtiges Mitleid für seinen Freund. Aber diese Anwandlung ging vorbei. Am darauffolgenden Montag waren alle Verzweiflung und Selbstzweifel wie weggeblasen. Macon stolzierte wieder scherzend und lachend durch die Schulgänge, und außer den Spuren, die sich in sein mageres, kantiges Gesicht – insbesondere in seine hellen Augen – gegraben hatten –, erinnerte nichts mehr an die ganz persönliche Hölle, durch die er gegangen war.

Seine eigenen Ängste und Schuldgefühle schien er überwunden und in Erfahrung umgewandelt zu haben.

Der Anstoß gegen Pius fand vor einer ruhigen, gedämpften Zuschauerkulisse statt. Macon blieb an der Seitenlinie und beobachtete, wie die größer gewachsenen, schnelleren Gegner seine Teamkameraden übel zurichteten. Der für ihn auf dem Feld stehende Ersatzmann wurde von Lystroms zweiter Garnitur bewußtlos geschlagen. Zwei Sanitäter und eine Trage waren nötig, um ihn vom Feld zu holen. Daraufhin schickte der Coach, weil ihm keine andere Wahl blieb, Macon in den Krieg.

Die Leute in und um Riverview herum sollten noch die nächsten Jahre mit einer Mischung aus Ehrfurcht und tiefempfundener Dankbarkeit von diesem Match erzählen.

Bevor das Spiel zu Ende war, hatte die Führung zwischen den beiden Teams neunmal gewechselt. Macon schaffte hintereinander fünf Touchdowns und erspielte in der Endphase, einschließlich dem Matchpoint in letzter Sekunde, noch zwei weitere. Daraufhin wurde er auf den Schultern seiner Mitspieler vom Feld getragen, und dieses Bild – das Image des strahlenden Helden dieses Wettkampfs – sollte jahrzehntelang im öffentlichen Bewußtsein haften bleiben.

Es gab ein schnelles Urteil im Januar. Die Angeklagten wurden des Mordes zweiten Grades für schuldig befunden, beide erhielten lebenslange Haftstrafen.

Eddie sprach nur noch ein einziges Mal vor der Graduierung mit seinem Jugendfreund.

Es war Mai. Macon trank Bier vor dem Eingang zum Schulgelände – ein Privileg seines Ruhms –, und aus einer Laune heraus ging Eddie auf ihn zu und fragte: »Wie schaffst du es, damit zu leben?«

Sezierende Blicke durchbohrten ihn für die Dauer eines Moments, dann sah Macon weg. Langsam und mit sorgfältiger Betonung sagte er: »Ich habe lange gebraucht, bis ich dahinterkam, daß du eigentlich immer schon ein feiger, kleiner Scheißkerl warst.«

Was meinte er damit?

»Eddie«, sagte er nach kurzem Schweigen, »es ist passiert, und wir können es nicht mehr ungeschehen machen.«

»Ich weiß«, flüsterte Eddie.

»Und genau das glaube ich nicht.« Macon schüttelte den Kopf und meinte mit unüberhörbarer Verachtung: »Ist dir jemals in den Sinn gekommen, daß wir gar nicht dafür verantwortlich sind? Nicht *dafür*, meine ich. Denk mal drüber nach, verdammt. Wahrscheinlich haust da unten irgendeine unheimliche, unbegreifliche Macht, die jedes Verbrechen malt, wie es dann später auch geschieht – nicht, wie es bereits geschehen *ist*. Frag mich nicht, wie das zugeht. Aber es passiert. Und vielleicht fand es diese fremde Macht mal ganz schick, Hände, Werkzeug und Farbe von jemand anderem zu benutzen... Wir sind an nichts schuld, an gar nichts! Hast du die Sache ein einziges Mal so betrachtet?«

Nein, dachte Eddie, das habe ich nicht.

»Das solltest du aber«, lautete Macons abschließender Ratschlag, ehe sie sich trennten. »Viele Dinge werden dir erst klar, wenn du auf die richtige Weise über sie nachdenkst.«

Ein kalifornisches College gab Eddie die Chance, einen akademischen Grad zu erringen. Er verließ Riverview im Sommer und kehrte in den nächsten dreißig Jahren nur noch zweimal zurück – einmal zu Weihnachten und dann noch einmal im darauffolgenden Frühling anläßlich der Beisetzung seines Vaters.

Seine Mutter zog zurück in den Osten, um im Kreise ihrer altjüngferlichen Schwestern zu leben. Auch wenn er oft Gedanken über seine Heimatstadt wälzte, manchmal in endlos anmutenden Stunden, so sprach er doch niemals mit jemandem, was ihn bewegte, nicht einmal mit seiner Lebensgefährtin. Er heiratete sie gleich nach seinem Junior-Jahr. Sein Abschluß gehörte zu den besten seines Jahrgangs, und von da an erklomm er Stufe um Stufe der Karriereleiter, ohne Rücksicht auf seine Frau, deren Verständnis und gute Laune ganz allmählich flöten gingen.

Schließlich trennten sie sich einvernehmlich, und ganz ohne ein paar Tränen ging es letztlich nicht ab.

Ein paar Jahre später tauchte eine zweite, weniger geduldige Frau auf. Sie schätzte seine langen Phasen des Schweigens oder seine in sich gekehrten Blicke von Anfang an nicht. Kurz nachdem auch sie ihn verlassen hatte – Eddie saß gerade in seiner Wohnung und zappte bei heruntergeregelter Lautstärke durch die einzelnen Fernsehkanäle –, sah er plötzlich ein ihm vertrautes Bild, den Fluß und die davon wegführenden Steilufer, alles genau wie er sich in seiner Erinnerung bewahrt hatte. Nur die eingefangenen Gebäude wirkten neu und zu gewaltig für diese Landschaft; Wolkenkratzer wurzelten dort und ragten in den Himmel.

Riverview expandierte in alle möglichen Richtungen. Die Reporterin betonte dies, und der Film bestätigte es. Schulen mit exzellentem Ruf und die geringe Kriminalitätsrate waren nur zwei Gründe von vielen, warum Unternehmen das unbedeutende Städtchen im Mittelwesten für sich entdeckt hatten, und die jüngste Ansiedlung war zugleich auch die bislang beeindruckendste: der *Fortune 500*-Computerriese wechselte mit seiner kompletten Produktion nach Riverview. Darüber hinaus würden auf den nahe gelegenen Steilufern ein neuer Campus entstehen und eine Milliarde Dollar sowie Tausende Beschäftigte in dieses El Dorado strömen. Um der Öffentlichkeit die Gründe ihrer Entscheidung plausibel zu machen, verließen sich der Vorsitzende des Computerherstellers und die Hauptaktionäre auf die Wortgewandtheit eines neutralen Kommentators, der jedes Wort einstudiert zu haben schien. Seine Lobeshymne auf Riverview machte sich zu sehr an nüchternen Fakten fest und war für Eddies Gefühl zu wenig von ehrlichem Enthusiasmus geprägt.

Was Eddie dennoch mitriß, von seinem Sessel aufspringen und vor dem Fernseher laut aufschreien ließ, war der Anblick des zum dritten Mal wiedergewählten Bürgermeister der Stadt, als dieser dem Vorsitzenden die Hände schüttelte.

Während das Lächeln des Bürgermeisters absolut ehrlich und ungekünstelt herüberkam, glich das des anderen Mannes einer Grimasse. Mit weit aufgerissenen, gehetzt blickenden Augen erweckte er den Eindruck, als säße er in der Falle.

Für immer und ewig in der Falle.

Im darauffolgenden Frühling erschien ein Fremder in Riverview. Er schrieb sich im neuen Holiday Inn ein, bezahlte für sein Zimmer bar im voraus, und nach zwei Tagen, die er mit dem Abklappern der Sehenswürdigkeiten, mit Angeln und Einkäufen kleinerer Souvenirs in der Altstadt herumbrachte, wurde er dabei beobachtet, wie er den unter Verschluß gehaltenen Gully inspizierte.

Sicherheitskameras überwachten jeden seiner Schritte, als er den Zugang zum Abwasserkanal in Augenschein nahm, die kürzlich installierten Titangitter ebenso wie den rasierklingenscharfen Draht, die aufgestellten Kameras und den zweifach gestaffelten elektrischen Zaun.

Ein Streifenwagen wurde zu der Stelle beordert, und der Mann wurde ausführlich befragt. Er behauptete, ein Biologe zu sein, der nach seltenen Pflanzen Ausschau hielt, und er entschuldigte sich über die Maßen für die Unannehmlichkeit, die er den Ordnungshütern verursacht hatte. Da er keinen Versuch unternommen hatte, in den Abwasserkanal einzudringen, verzichtete man auf eine auch nur vorübergehende Inhaftierung. Weder der Officer noch seine direkten Vorgesetzten sahen einen Grund, an der Erklärung des Fremden zu zweifeln. Wenn sie angefangen hätten, selbst Neugierde unter Strafe zu stellen, hätte es nicht lange gedauert, bis die Öffentlichkeit zu Recht gefragt hätte, was denn an dem Abwasserkanal eigentlich so Besonderes war.

Eine intensivere Überprüfung kurze Zeit später ergab jedoch, daß der Fremde offenbar bewußt falsche Angaben gemacht hatte. Er war weder Biologe, noch hatte er sich unter seinem richtigen Namen im Hotel eingeschrieben.

Wie das interne Verfahren es vorschrieb, gelangte die Akte zu diesem Vorfall irgendwann auch bis ganz nach oben, zum neuen Polizeichef. Den störte irgend etwas an den beiliegenden Bildern, auch wenn er nicht sagen konnte, was genau es war.

Seine tägliche Zusammenkunft mit dem Bürgermeister fand um vier Uhr statt; er nahm die Akte mit, legte sie auf den Schreibtisch des Bürgermeisters und kam sich dann wie ein Vollidiot vor, als Macon sagte: »Erkennen Sie ihn wirklich nicht? Sogar mit Glatze erkenne ich ihn auf den ersten Blick ... Scheiße, das ist Eddie Cane!«

Der Running Back von einst – immer noch groß, immer noch langsam in jeder Hinsicht, aber loyal und mit sehr viel Bedacht – antwortete kopfschüttelnd: »Das kann nicht sein. Ihr Freund lebt in Kalifornien. Wir geben einen Haufen Geld für den Detektiv aus, der ihn im Auge behält ...«

»Seine Augen müssen blind sein«, antwortete Macon ungerührt. Er nahm einen tiefen, nachdenklichen Atemzug, bevor er hinzufügte: »Finden Sie ihn. Verlieren Sie keine Zeit!«

»Und dann? *Wenn* ich ihn gefunden habe?«

Macons Blick sagte alles: *Dann lassen Sie ihn nicht mehr aus der Stadt.*

Doch trotz des vielköpfigen und fähigen Polizeiapparates wurde Eddie nicht gefunden. Er kehrte weder in sein Hotelzimmer zurück, noch wurde er irgendwie in den Straßen oder Geschäften gesehen.

Um die Sicherheitsvorkehrungen zu erhöhen, wurden daraufhin von vertrauenswürdigen Spezialisten neue Kameras sowie eine dritte, nicht offensichtliche fotoelektronische Sperre installiert, und in gewissen Kreisen wurde eine Belohnung auf Eddies Kopf ausgesetzt.

Danach war der Chief überzeugt, daß es nichts gab, worüber man sich noch ernstlich Sorgen machen mußte. Aber der Bürgermeister, der aus einem paranoideren Holz geschnitzt war, fand die nächsten Wochen kaum Schlaf, und als ihn schließlich der Anruf um zwei Uhr an einem Montagmorgen erreichte, hatte sich daran noch nichts geändert.

»Ihr Freund ist wieder da«, eröffnete ihm der Polizeichef mit gedämpfter, angstgefärbter Stimme.

»Wo ist er?«

Die Stille in der Leitung währte, bis Macon blaffte: »Wo, zum Teufel, steckt Eddie?«

»Drinnen«, sagte der Chief. »Die Infrarotsensoren haben ihn kurz erfaßt ... Aber wir wissen nicht einmal, *wie* er hineingekommen ist ...« Wieder herrschte Schweigen, bis der Chief im Flüsterton fragte: »Macon? Sind Sie noch dran?«

Es kam vielleicht einmal in einem Jahrhundert vor, daß ein Bethans wahrhaftige und schreckliche Angst vor der Zukunft hatte.

Jetzt war es soweit.

»Es ist Ihr Freund«, hörte er den Chief sagen. »Was schätzen Sie, was er da unten treibt?«

Es waren Jahre vergangen, seit Eddie zuletzt gemalt hatte, und so arbeitete er mit schneller, aber ungeübter Hand. Er war in weite Gummikleidung gehüllt. In der einen Hand hielt er einen Pinsel, in der anderen eine lange Stablampe, die helles Halogenlicht verströmte. Wasser rann durch den alten Kanal, nur noch etwa knöcheltief nach den starken Frühjahrsregenfällen. Er hörte keine Schritte, bis die Störenfriede schon ganz nah waren. Er stockte bei gleichbleibendem Tempo kein einziges Mal in seiner Arbeit und achtete besonders darauf, daß er das Bein vollendet hatte, bevor die vertraute Stimme zu ihm sagte: »Tritt zurück! Weg von der Mauer, sofort!«

Ein zweites Licht flammte auf, danach noch weitere.

Mehr Männer als erwartet waren gekommen. Wild entschlossene Beamte bildeten die Spitze, gerade so, als wollten sie ihrem Bürgermeister und ihrem Polizeichef den Weg bereiten. Alle trugen verschlissene Kleider und hohe Gummistiefel.

»Eddie«, sagte Macon. Er tat es nicht einmal, sondern mehrere Male.

Und der Chief wollte wissen: »Wie sind Sie hier hereingekommen?«

Eddie antwortete in sachlich ruhigem Ton. »Als ich mich letzten Monat oben umschaute, fiel mir eine Pumpenanlage unten beim Fluß auf. Sehr neu und sehr teuer aussehend. Ich begriff, daß ihr damit ausschließen wollt, daß diesem Ort und seinen beunruhigenden Schätzen Schaden zugefügt wird, und daß auch ihr selbst euch in Zeiten der Überflutung nicht von diesem Ort ausgesperrt sehen wollt. Ich fragte bei der Herstellerfirma nach, die das System auch wartet. Natürlich gab ich vor, ein ähnliches Problem zu haben, und ohne zu wissen, was sie da wirklich taten, verrieten sie mir jedes kleine Konstruktionsdetail – unter anderem, daß es, wenn ein Pumpintervall aufgehört hat, eine Art Zwei-Minuten-

Fenster gibt, während dem die Ventile offen sind. Viel Platz bieten sie nicht, aber ich habe nicht allzuviel an Gewicht zugelegt, was meinst du, Macon?«

Macon hatte noch das gleiche gutgeschnittene Gesicht, die gleichen taxierenden Augen wie früher, aber sein Charme schien gelitten zu haben. Offenbar hatte er ihn zu oft zur Durchsetzung irgendwelcher Ziele in die Waagschale werfen müssen, nun war er abgenutzt und nur noch sehr schwer dazu zu bringen, auf Kommando aufzublitzen.

Er ging auf Eddie zu, lächelte dünn und sagte mit immer noch vorhandenem Selbstbewußtsein: »Wir haben dich immer im Auge behalten. Schon bevor ich die erste der hiesigen Wahlen gewann, ließ ich dich von darauf spezialisierten Leuten überwachen.«

»Das hätte ich nie gedacht«, gab Eddie zu.

»Wenn du nicht zurückgekommen wärst, hätten wir dich in Ruhe gelassen.«

»Das glaube ich dir.«

»Leg endlich den Pinsel beiseite, Eddie.«

Die in ihrem Grundsatz todernsten Worte schwangen in einem fast scherzhaft lockeren Tonfall.

Eddie ließ den Pinsel kühl lächelnd ins Wasser fallen und schwenkte seine Lampe dann so, daß sie weite Bereiche des unterirdischen Kanals erhellte.

»Eine nette kleine Filiale haben Sie hier, Bürgermeister.« Auf dem alten Verputz war der Firmenchef zu sehen, den Eddie von dessen Fernsehauftritt her kannte. Er benutzte eine Feuerwehraxt, um den Kopf eines Mannes vom Rumpf zu schlagen. »Du hast diesen Milliardär eingeladen, nach Riverview zu kommen, nicht wahr? Du hast ihm teuren Wein und gutes Essen serviert und versucht, ihm Riverview schmackhaft zu machen, es ihm zum Kauf anzubieten, und als er dann ›Nein, danke!‹ gesagt hat, passierte ihm das hier ... Ein kleiner Mord, der offiziell nie aufgeklärt wurde. Und danach lief alles über kleine Gefälligkeiten, stimmt's?«

Niemand sagte etwas darauf.

»Wie viele der Unternehmen siedeln sich noch hier an, weil ihren Bossen gar keine andere Wahl bleibt, weil sie dazu *erpreßt* werden?«

Stille.

Eddie leuchtete ohne Vorwarnung in Macons Gesicht. »Und wer malt die Bilder, die du willst, du Dreckskerl?«

Einer der am nächsten stehenden Polizisten fühlte sich angesprochen und tippte sich großspurig gegen die Brust.

Eddie fuhr fort, als hätte er es nicht bemerkt: »Die Mörder bleiben unbehelligt, kein Verdacht fällt in der Öffentlichkeit auf sie, habe ich recht? Wie sollten deine Werkzeuge auch wissen, daß du sie nicht nur erpreßt, sondern auch zu ihren Taten *getrieben* hast? An unsichtbaren Fäden, als wären es Marionetten. Und genauso verfährst du wahrscheinlich auch mit deinen politischen Gegnern ...«

Sämtliche Wände hier unten waren mit Horrorszenarien bedeckt, so viele, daß sie sich schon überlagerten; neues Blut übertünchte altes.

Macon trat näher. Er bedachte Eddies Arbeit mit einem flüchtigen Blick und meinte geringschätzig: »Du malst nicht mehr sehr begnadet.«

»Das mag sein«, stimmte Eddie zu.

»Ich sehe nur Gestalten ohne Gesichter.«

»Die Gesichter können noch etwas warten, dachte ich.«

Die fehlenden Details störten Macon. »Ohne Gesichter funktioniert der Zauber nicht. Das hier ist nur ein gewöhnliches, häßliches Graffito.«

Er legte den Kopf schief, als müßte er nachdenken. Der seiner Kritik ausgesetzte Künstler schwieg.

»Du hättest«, sagte Macon mit Endgültigkeit in der Stimme, »nicht zurückkommen dürfen. Das erste Mal war schon kaum verzeihlich, aber das zweite Mal ...«

Eddie warf einen Blick auf seine Armbanduhr und fragte dann in sehr vernünftiger Manier: »Was hieltest du davon, wenn das Bemalen der Wände gar nicht der eigentliche Grund meines Hierseins wäre?«

Macon hatte begonnen, sich langsam von ihm abzuwenden, doch nun zögerte er.

Der Chief merkte es und ergriff mit aggressiver, ungeduldiger Stimme das Wort: »Worauf wollen Sie hinaus?«

»Vielleicht war alles, worauf ich es anlegte, so viele wie möglich von euch hier herunterzulocken ...« Er schnitt eine Grimasse, in der das Lächeln erstarb. »Wie es aussieht, ist mir das ja wohl gelungen.«

Nicht einer der Versammelten schien eine Idee zu haben, was er darauf erwidern sollte.

»Wer mag wohl seit gut anderthalb Jahren mit Auflagen aus der Haft entlassen worden sein?« Ein langsames Kopfnicken. »Richtig: Lystrom.«

Niemand außer Eddie sprach oder bewegte sich noch.

»Haskins wäre inzwischen auch wieder draußen, leider hat er sich vor fünfzehn Jahren einsam und verlassen in seiner Zelle erhängt. Offengestanden wußte ich davon auch nichts – bis vor ein paar Wochen.« Nach einem tiefen Seufzer gestand Eddie: »Die Schuld, die ich seit all der Zeit mit mir herumschleppe, hat meinen Ehrgeiz gebremst, über meine Opfer stets auf dem laufenden zu sein ...«

»Was ist mit Lystrom?« fragte Macon, die Stimme nur ein Flüstern.

»Er hat sich nicht großartig verändert. Ist immer noch imposant, hat vielleicht sogar noch ein bißchen an Umfang zugelegt ... Der Knast macht Männer fett, weißt du? Und er hat immer noch das Temperament eines geborenen Linebackers. Er hat mir auch anfangs nicht so recht glauben wollen, trotzdem hat ihn die bloße *Möglichkeit* bereits ziemlich wütend gemacht.«

Von irgendwoher näherte sich ein grollendes, allmählich anschwellendes Geräusch. Ein jeder vernahm es über das sanfte Murmeln des dahinfließenden Wassers hinweg, und alle zusammen begriffen im selben Augenblick, daß ein Lastwagen oben auf der Straße diesen Lärm verursachte. Der Lüftungsschacht leitete das Fahrgeräusch zu ihnen herab, und schließlich hörten sie, wie hydraulische Bremsen das Fahrzeug mit einem reptilienartigen Fauchen stoppten.

Genau über ihren Köpfen.

»Das könnte Lystrom sein«, erläuterte Eddie. »Ich trug ihm auf, abzuwarten, ob ihr auch tatsächlich herunterkommt. Er hat ein paar tausend Gallonen unverbleites Benzin mitgebracht.«

Die ersten Männer machten auf dem Absatz kehrt und begannen mit ihren klobigen Stiefeln loszurennen, doch ihre patschenden, unbeholfenen Schritte brachten sie kaum voran.

Ein unaufhörlicher Faden aus glänzendem Petroleum fiel süßlich duftend durch das nächstgelegene Gitter herab, traf auf das Wasser – zu leicht, um zu sinken, zu unterschiedlich, um sich damit zu vermischen – und breitete sich wie durch Zauberei über die verdorbene schwarze Brühe aus.

Bemüht, ein letztes Mal zu lächeln, zeigte Eddie auf die Wand und rief: »Schaut doch! Jemand beendet das Bild für mich ...!«

Aber Macon weigerte sich, hinzusehen.

Bis zuletzt wirkte er wie ein ängstlicher kleiner Junge, der sich an die Hoffnung klammert, daß Dinge, die er sich anzuschauen weigert, nicht die Macht haben, ihm bedrohlich zu werden – und erst recht nicht den Wunsch verspüren können, ihm sehr, sehr weh zu tun.

Bis zuletzt ...

Originaltitel: ›Graffiti‹ • Copyright © 1997 by Mercury Press, Inc. • Aus: ›The Magazine of Fantasy & Science Fiction‹, Juni 1997 • Aus dem Amerikanischen übersetzt von Manfred Weinland

Lois McMaster Bujold

*Romane aus dem
preisgekrönten
Barrayer-Zyklus der
amerikanischen
Autorin*

Waffenbrüder
Band 7
06/5538

Spiegeltanz
Band 8
06/5885

06/5885

06/5538

Heyne-Taschenbücher

Marie Louise Fischer

Träume von Leben und Liebe – die hinreißenden Romane und
Erzählungen der beliebten Autorin im Heyne-Taschenbuch

Gisela und der Frauenarzt
01/5389

Geliebte Lehrerin
01/5481

Mit der Liebe spielt man nicht
01/5508

Kinderärztin Dr. Katja Holm
01/5569

Nie wieder arm sein
01/5639

Mädchen ohne Abitur 01/5717

Alles was uns glücklich macht
01/5773

Flucht aus dem Harem 01/5836

Jede Nacht in einem anderen Bett
01/5871

Hasardspiel der Liebe 01/5908

Wichtiger als Liebe
01/5993

Dreimal Hochzeit
01/6067

Gefährliche Lüge
01/6121

Auf offener Bühne
01/6167

Geliebter Heiratsschwindler
01/6220

Der Mann ihrer Träume 01/6263

Vergib uns unsere Schuld 01/6308

Die andere Seite der Liebe 01/6393

Glück ist keine Insel
01/6455

Der Traumtänzer
01/6528

Plötzlicher Reichtum 01/6612

Ein Mädchen wie Angelika 01/6698

Millionär mit kleinen Fehlern
01/6775

Zweimal Himmel und zurück
01/6959

Der japanische Garten 01/6980

Der Weg zurück
01/7687

Ich spüre Dich in meinem Blut
01/7768

Im Schatten des Verdachts
01/7878

Wenn das Herz spricht 01/7936

Frauenstation
01/8062

Späte Liebe
01/8281

Sanfte Gewalt
01/8429

Liebe meines Lebens 01/8652

Alle Liebe dieser Welt 01/8760

**Wilhelm Heyne Verlag
München**

Barbara Cartland

Ihr wurde offiziell der Adelstitel verliehen – aber für ihre Leserinnen ist »Dame« Barbara Cartland längst die unbestrittene Königin des romantischen Liebesromans.

01/8648

Außerdem lieferbar:

Das Schloß der Liebe
01/6259

Anschlag auf die Liebe
01/6714

Wende des Schicksals
01/6961

Mit den Waffen der Liebe
01/7657

Rache des Herzens
01/7759

Die Liebe siegt 01/7901

Irrweg der Liebe 01/7970

Lohn der Liebe 01/8050

Dornen der Liebe 01/8133

Rosen der Liebe 01/8244

Stunden der Sehnsucht
01/8332

Höhenflug der Liebe
01/8409

Verzauberte Unschuld
01/8648

Wilhelm Heyne Verlag
München